고양이 눈 1

Cat's Eye

CAT'S EYE
by Margaret Atwood

세계문학전집 424

고양이 눈 1

Cat's Eye

마거릿 애트우드

차은정 옮김

민음사

차례

이 책을 S에게 바친다.

이 책에 나온 그림과 현대 예술 작품들은 실재하지 않는 것이다. 이 작품들은 조이스 빌란트, 잭 체임버스, 찰스 팩터, 에리카 헤론, 게일 겔트너, 데니스 버튼, 루이스 드 나이버빌, 헤더 쿠퍼, 윌리엄 큐렐렉, 그레그 커노, 팝 초현실 도예가인 르노어 애트우드, 그 밖에 많은 작가들의 영향을 받은 것이다. 그리고 오래된 원본을 소장하고 있는 아이작스 갤러리의 영향 역시 빼놓을 수 없다.

이 작품에서 다룬 물리학과 우주론은 폴 데이비스, 칼 세이건, 존 그리빈, 스티븐 호킹과 이 주제에 관한 그들의 매혹적인 저서들에 빚지고 있다. 또한 끈 이론에 대해 중요한 조언을 해 준 내 조카 데이비드 애트우드에게 감사한다.

이 책의 집필 기간을 견뎌 준 그레임 깁슨에게 감사한다. 그리고 내 대리인인 피비 라모어와, 영국 대리인인 비비엔 슈스터와 버네사 홀트에게 감사한다. 또한 편집자들과 출판인들, 낸 테일스, 낸시 에번스, 엘런 셀리그먼, 에이드리엔 클라크슨, 애비 베넷, 리즈 캘더, 애너 포터에게 감사한다. 그리고 나의 지치지 않는 조력자인 멜라니 두건에게 감사한다. 또한 도냐 퍼로프, 마이클 브래들리, 앨리슨 파커, 게리 포스터, 캐시 길, 캐시 미니얼로프, 패니 실버먼, 제임스 포크, 콜린 퀸, 로지 아벨라, C. M. 샌더스, 진 골드버그, 존 갤러거 그리고 도러시 굴번에게 감사한다.

투카노족 여자들이 노파의 머리를 베었을 때,
그녀는 자신의 피를 손에 담아 태양을 향해 흩뿌렸다.
"내 영혼이 너희 안에도 깃들리라!"
노파가 외쳤다.
그 이후로 살인하는 모든 자는 스스로 인식하지 못하고
원하지 않더라도 자신이 희생시킨 사람의 영혼을 받게 되었다.

— 에두아르도 갈레아노,* 『불의 기억: 탄생』

우리는 왜 미래가 아닌 과거를 기억하는가?

— 스티븐 호킹, 『시간의 역사』

---

* Eduardo Galeano(1940~2015). 우루과이 태생 작가, 기자, 역사학자. 전통적 장르의 경계를 뛰어넘어 다큐멘터리, 픽션, 신문 기사, 정치 분석, 역사 등이 혼합된 작품을 썼다. 대표작인 『불의 기억』은 20여 개 언어로 번역되었다.

1부

철제 폐

1장

시간은 선이 아니라 공간의 차원 같은 하나의 차원이다. 만일 공간을 구부릴 수 있다면 시간 역시 구부릴 수 있을 것이다. 그리고 만일 필요한 지식이 충분히 있고 빛보다 더 빨리 이동할 수 있다면, 우리는 시간을 거슬러 여행할 수 있고 서로 다른 두 장소에 동시에 존재할 수 있을 것이다.

내게 이런 이야기를 들려준 사람은 스티븐 오빠였다. 그 당시 오빠는 공부할 때면 늘 해진 적갈색 스웨터를 입고 있었고, 두뇌에 피가 잘 흘러 영양이 잘 보급되도록 오랫동안 물구나무서기를 하곤 했다. 나는 오빠가 하는 말을 이해할 수 없었다. 아마 제대로 설명해 주지 않아서였을 것이다. 오빠는 그때 이미 언어의 모호함에서 벗어나 있었던 것이다.

그러나 그 후로 나는 시간을 어떤 형태를 가진 것, 볼 수 있는 무엇, 켜켜이 쌓인 흐르는 듯한 슬라이드 필름 같은 것으로 생각하게 되었다. 우리는 시간의 선을 따라 회고해 가는 것이 아니라 물속을 헤엄치듯 시간의 심연을 통과해 가며 회고한다. 때로는 이것이 때로는 저것이 수면 위에 떠오르며 때로는 아무것도 떠오르지 않는다. 어떤 것도 사라지지 않는다.

2장

"시간은 선(線)이 아니라고 오빠가 그러더라."

내가 말한다. 코딜리어는 예상대로 눈을 흡뜨며 어이없다는 표정을 짓는다.

"그래서?"

그녀가 말한다. 우리 둘은 이 대답이 만족스럽다. 그렇게 응수함으로써 우리는 시간의 본성을 제자리에 위치시키고, 마치 자기 자신은 십 대가 아닌 것처럼 우리를 "십 대들"이라고 부르는 오빠를 주제에 걸맞은 제자리로 돌려보낸다.

겨울철이면 토요일마다 늘 그러듯 지금 코딜리어와 나는 전차를 타고 시내로 가는 중이다. 전차 안은 사람들의 숨결과 모직 냄새로 후텁지근하다. 코딜리어는 가끔씩 나를 팔꿈치로 찔러 가며, 금속처럼 불투명하고 반짝이는 회녹색 눈으로 다른 사람들을 쳐다보면서 태연하게 앉아 있다. 그녀는 어느 누구와 눈싸움을 해도 이길 수 있고 나도 그에 못지않다. 우리는 무엇에도 끄덕하지 않으며, 우리는 불꽃처럼 번득인다. 우리는 열세 살인 것이다.

우리는 허리끈 묶는 긴 모직 코트를 입고, 영화배우같이 보이도록 깃을 세우고, 윗부분을 접은 고무장화와 남자용 작업 양말을 신고 있다. 호주머니 안에는 머릿수건이 들어 있다. 어머니들은 우리에게 머릿수건을 쓰라고 하지만 우리는 그들의 시야를 벗어나자마자 벗어 버린다. 우리는 머리를 덮는 것을 경멸한다. 우리의 입은 거칠고, 크레용같이 빨갛고, 손톱처럼 빛난다. 우리는 우리가 친구라고 생각한다.

전차에는 항상 나이 든 부인들, 아니 우리 눈에 나이 들어 보이는 부인들이 타고 있다. 그들은 다양한 부류의 사람들이다. 일부는 옷을 잘 갖춰 입었다. 그들은 해리스 트위드 원단의 맞춤 코트를 입고, 그에 어울리는 장갑을 끼고, 작고 멋진 깃털을 세련되게 한쪽에 꽂은 단정하고 엄숙한 모자를 쓰고 있다. 어떤 이들은 그보다 가난하고 외국인같이 보이고, 머리와 어깨에 짙은 색 숄을 둘둘 감고 있다. 어떤 이들은 뚱뚱하고 땅딸막하며, 꺾쇠로 잡아 맨 것처럼 보이는 독선적인 입매를 하고 팔에는 쇼핑백을 주렁주렁 꿰어 차고 있다. 염가 판매 지하 매장에서 사 온 세일 상품일 것이라고 우리는 생각한다. 코딜리어는 싸구려 옷감을 단번에 구별해 낼 수 있다. 그녀는 말한다. "개버딘이야. 싸구려지."

그리고 아직 스스로를 포기 못 한 이들, 아직도 매력적으로 보이려 애쓰는 이들도 있다. 그들은 수적으로 그리 많지 않지만 단연코 눈에 띈다. 주홍색이나 자주색 옷을 걸치고, 길게 늘어진 귀고리를 하고, 무대 기둥처럼 보이는 모자를 쓰고 있다. 치마 아래로는 희한하고 선정적인 색깔의 슬립이 보인다. 흰색이 아닌 다른 색은 모두 선정적이다. 그들은 밀짚 같은 금색이나 연한 하늘색으로 머리를 물들이기도 하고, 종잇장처럼 메마른 그들의 피부와 더욱더 대조되어 보이고 오래된 털 코트처럼 부석부석한 검은색으로 염색하기도 한다. 립스틱으로 실제 입술보다 지나치게 크게 입술을 그렸고, 실제 눈 주변에 제멋대로 선을 그어 눈을 그렸다. 이런 사람들은 대부분 혼잣말을 한다. "양고기, 양고기."라는 말을 마치 노래인 양 반복하는 사람이 하나 있고, 또 어떤 이는 우산으로 우리의 다리를 찔러 대면서 "완전히 벌거벗었군." 하고 말한다.

우리는 이런 부류의 사람들을 가장 좋아한다. 그들은 일종의 화려함, 창의력을 지니고 있으며, 다른 사람들이 무슨 생각을 하는지 개의치 않는다. 그들은 탈출한 것이다. 무엇으로부터 탈출한 것인지는 분명치 않지만 말이다. 그들의 괴상한 옷차림과 반복적 언어 틱 증상은 스스로 선택한 것이며, 때가 되면 우리 또한 자유롭게 선택할 수 있을 것이라고 우리는 생각한다.

코딜리어가 말한다.

"나도 저렇게 될 거야. 단, 나는 잘 짖는 페키니즈를 키울 거고, 내 잔디밭에서 아이들을 다 쫓아내겠어. 나는 양치기처럼 손잡이가 구부러진 지팡이를 들고 다닐 거야."

내가 말한다.

"나는 이구아나를 반려동물로 기를 거야. 그리고 담홍색 옷만 입을 거야."

'담홍색'이란 내가 최근에 배운 단어다.

이제 나는 이런 생각을 한다. '만약 그들이 자신들이 어떻게 보이는지 볼 수 없었던 것이라면?' 어쩌면 아주 단순한 일일 수도 있다. 시력에 문제가 있었던 것이다. 지금 나 자신이 그렇다. 거울에 너무 가까이 다가서면 내 모습이 몽롱하게 번져 보이고, 너무 멀리 서면 세세한 부분이 안 보인다. 내가 어떤 표정을 짓고 있는지, 나 자신 위에 어떤 현대 미술을 그려 대고 있는지 어찌 알겠는가? 적정한 거리를 찾았을 때조차 나의 모습은 가지각색으로 보인다. 나는 끊임없이 변화한다. 어떤 날은 닳아 버린 서른다섯 살 아줌마로 보이고, 어떤 날은 재기 발랄한 쉰 살 여인으로 보인다. 조명, 그리고 눈을 어떻게 뜨는가가 중요한 변수다.

나는 피부 색조를 더 돋보이게 만드는 분홍색 식당에서 밥을 먹는다. 노란색 식당에서는 피부가 노랗게 보인다. 나는 실제로 시간을 할애해서 이런 것에 대해 생각해 본다. 허영 어린 겉치레는 이제 귀찮은 일이다. 나는 왜 여성들이 결국 그것을 포기하고 마는지 이해할 수 있다. 하지만 나는 아직 그러고 싶지 않다.

근래에 나는 큰 소리로 흥얼거리거나, 입을 슬며시 벌린 채로 침을 약간, 아주 약간, 흘리며 거리를 걷고 있는 자신을 발견한 적이 있다. 하지만 이것은 커다란 일의 전주곡, 마침내 벌어지게 될 담벼락의 작은 금일지도 모른다. 그 틈바구니가 무엇을 향해 열릴까? 어떤 빛나는 기괴함, 어떤 광기의 풍경을 향해?

이런 이야기를 나눌 사람은 코딜리어밖에 없다. 하지만 어떤 코딜리어에게 말할 것인가? 내가 마법으로 불러낸 코딜리어, 아니면 윗부분을 접은 장화를 신고 깃을 세운 코딜리어, 아니면 그전의, 아니면 그 후의 코딜리어인가? 어느 누구도 단일한 모습으로 존재하지 않는다.

만일 코딜리어를 다시 만난다면 나에 대해 그녀에게 무슨 말을 할 것인가? 진실을? 아니면 나를 좋은 사람으로 포장할 말을?

아마도 나는 후자를 택할 것이다. 아직 그럴 필요가 있다.

오랫동안 그녀를 보지 못했다. 그녀를 만날 기대도 하지 않았다. 하지만 이곳으로 돌아온 후, 거리를 걷거나 골목으로 접어들거나 문을 열고 들어설 때마다 그녀의 모습이 내 눈앞을 스쳐 간다. 어깨, 베이지색이나 낙타색 머리칼, 옆얼굴, 종아리 같은 그녀의 편린들은 실제로는 코딜리어가 아닌 다른 여자들의 신체 일부다.

지금 그녀가 어떤 모습일지 나는 전혀 모른다. 살이 찌고 가슴이 처졌을까? 입 주위에는 하얗게 센 잔털이 돋아 있을까? 그렇지는 않을 것이다. 코딜리어라면 뽑아 버렸을 것이다. 최신 유행 스타일의 안경을 쓰고 있을까? 상안검 수술을 받앉을까? 부분적으로, 혹은 전체적으로 염색을 했을까? 이 모두 가능성 있는 일이다. 우리 둘은 모두 경계적 나이에 이르렀다. 밝은 햇빛에 노출되는 것만 피한다면 그런 속임수가 아직 먹힌다고 믿어지는 중간 지점에.

코딜리어가 자꾸만 처지는 눈 밑 살을, 팔꿈치처럼 쭈글쭈글 늘어진 피부를 자세히 들여다보며 점검하는 모습을 상상해 본다. 그녀는 한숨을 쉬고, 그에 맞는 크림을 찍어 바른다. 어떤 크림이 적합한지 코딜리어는 알 것이다. 그녀는 내 손처럼 약간은 쪼그라들고 약간은 뒤틀린 자신의 손을 살펴본다. 손에는 마디가 지기 시작했으며 입술은 시들어 간다. 턱 아래 늘어진 군살의 윤곽이 이제 지하철의 검은 창 속에서도 보이기 시작한다. 가까이 다가가 살펴보지 않는 한 아무도 눈치채지 못할 징후들이다. 하지만 코딜리어와 나는 항상 가까이 다가가 살펴보는 습관이 있다.

그녀는 녹색 목욕 타월, 그녀의 눈동자 색깔과 어울리는 연한 바다색 타월을 떨어뜨리고 고개 돌려 어깨 너머 거울 속에서 개의 목 주름같이 겹친 허리 살이며 칠면조 벼슬처럼 축 처진 엉덩이를 보고, 다시 돌아서 마른 양치류 같은 머리카락을 본다. 나는 타월 색깔과 같은 바다색 운동복을 입은 코딜리어가 체육관 같은 데서 돼지같이 땀을 흘리며 운동하는 모습을 상상한다. 나는 그녀가 이것에 대해, 이 모든 것에 대해 무슨 말을 할지 다 알고 있다. 코딜리어의 언니들이 다리 털을 없애기 위해 사용했던 왁스를 발견했을 때, 거친 털이 숭숭 박힌 상태로 작은 항아리 안에 굳어져 있는 그것을 보고 우리는 혐오감과 즐거움을 동시에 느끼며 얼마나 낄낄댔던가? 몸의 기괴함은 항상 그녀에게 큰 관심사였다.

나는 아무런 예고 없이 코딜리어와 마주치는 상상을 한다. 낡은 코트를 입고 찻주전자에 씌우는 보온 덮개같이 생긴 니트 모자를 쓰고, 가진 것 전부가 들어 있는 비닐봉지 두 개를 들고 혼잣말을 중얼거리며 보도 가장자리에 걸터앉아 있는 코딜리어에게 나는 말한다. "코딜리어! 나 알아보지 못하겠어?" 코딜리어는 나를 알아보지만 모르는 척한다. 그녀는 일어나 부은 발로 휘청거리며 그곳을 떠난다. 고무장화에 난 구멍으로 낡은 양말이 빠끔히 보인다. 그녀는 어깨 너머로 힐끔 뒤돌아본다.

이런 상상을 하면서 나는 일종의 만족감을 느낀다. 상상이 더 잔인해질수록 만족감은 더 커진다. 내가 창가에서, 혹은 구경하기 더 좋은 발코니에서 밖을 내려다보고 있을 때 내가 있는 곳 바로 아래쪽 보도에 웬 남자가 코딜리어를 뒤쫓아 와 갈빗대 부근을(차마 얼굴이라고는 못 하겠다.) 주먹으로 때려 넘어뜨린다. 하지만 이쯤에서 나는 상상을 그친다.

중환자용 산소 흡입 텐트 장면으로 옮기는 것이 낫겠다. 코딜리어는 의식이 혼미한 상태다. 나는 때늦은 호출을 받고 그녀의 병상을 찾는다. 꽃병에는 축 늘어진 꽃들이 꽂혀 메스꺼운 냄새를 풍기고, 코딜리어의 팔과 코에는 튜브가 꽂혀 있으며, 마지막 숨을 넘기는 소리가 들려온다. 나는 그녀의 손을 잡는다. 그녀의 얼굴은 퉁퉁 부었고, 설구운 비스킷처럼 창백하고, 감긴 눈 밑에는 누렇게 그늘이 졌다. 코딜리어는 눈꺼풀 하나 깜박이지 않지만, 손에는 약한 경련 같은 움직임이 흐른다. 아니, 아니면 내가 상상한 걸까? 나는 그녀의 팔에서 튜브를 잡아 빼고 벽에서 플러그를 빼내야 할지 망설이면서 그곳에 앉아 있는다. "뇌가 정지되었습니다." 의사가 말한다. 나는 울고 있는가? 나를 호출한 것은 누구인가?

더 괜찮은 상상은 이것이다. 철제 폐.[1] 나는 철제 폐를 실제로 본 적은 없지만 사람들이 아직도 소아마비로 고통받던 시절, 신문에서 철제 폐에 갇힌 아이들의 사진을 본 적이 있다. 금속으로 된 거대한 소시지 같은 원기둥 모양 철제 폐가 있고 그 한쪽 끝에 머리가 삐쭉 나와 있다. 그 머리의 주인공은 항상 소녀였다. 베개 위에 흩어진 머리칼, 동공이 열린 커다란 눈. 나는 그런 사진들에 언제나 매료되었다. 살얼음 위를 걷다 익사한 아이들이나 철로에서 놀다가 기차에 치여 팔과 다리가 잘린 아이들 이야기보다 훨씬 더 매혹적이었다. 어디에서 어떻게 옮았는지 모르게 소아마비에 걸려서, 결국 이유도 모른 채 철제 폐 속에 갇힐 수 있었던 것이다. 공기, 음식, 또는 다른 사람들이 만졌던 더러운 돈에서 옮은 것일 수도 있었다. 결코 알 수 없는 일이었다.

철제 폐는 우리를 공포로 몰아넣었고, 우리가 원하는 일을 금지하는 수단으로 이용되었다. 공중 수영장에 가지 말 것, 여름에 사람 많은 곳에 가지 말 것. "평생을 철제 폐 속에서 보

---

[1] 소아마비 등을 치료하기 위해 사용되던 철로 된 통. 가슴 부위를 둘러싸 크고 작은 압력을 주어 폐가 움직이도록 유도한다.

내고 싶니?" 그들은 이렇게 말하곤 했다. 바보 같은 질문이다. 그래도 내게는 무기력함과 연민에 가득 찬 그런 삶이 비밀스러운 매력을 지닌 것으로 보였다.

철제 폐 속에 갇혀서, 마치 연주되는 아코디언처럼, 강제로 숨을 쉬고 있는 코딜리어. 기계적인 가쁜 숨소리가 그녀 주위에서 들려온다. 코딜리어는 의식이 있지만, 움직이거나 말하지 못한다. 나는 움직이고 말하면서 방으로 들어온다. 우리의 눈이 마주친다.

코딜리어는 어딘가에 살고 있을 것이다. 내 근방 1킬로미터 이내에 살고 있을 수도, 바로 다음 골목에 살고 있을 수도 있다. 하지만 우연히 그녀와 마주치더라도, 예를 들어 지하철에서 맞은편 좌석에 앉아 있다든가 승강장에서 광고를 보며 전철을 기다리는 코딜리어를 만나게 되더라도, 나는 뭘 해야 할지 모르겠다. 그녀와 나란히 서서 초콜릿 바를 둘러싸고 벌려진 커다란 붉은 입술을 보다가 나는 이렇게 말할 것이다. "코딜리어, 나야, 일레인이야." 그녀는 나를 향해 몸을 돌리고 극적인 비명을 지를 것인가? 나를 모른 체할 것인가?

아니면, 만일 그런 기회가 주어진다면, 내가 그녀를 모른 체할 것인가? 아니면 말없이 다가가 코딜리어를 얼싸안을 것인가? 아니면 그녀의 어깨를 부여잡고 흔들어 댈 것인가?

나는 도심을 향하는 언덕 내리막길을, 전차가 더 이상 다니지 않는 이곳을, 몇 시간째 계속 걷고 있었던 것 같다. 이 도시에 가을이면 찾아오는 회색 수채 물감을 칠한 듯한, 유사(流沙) 같은 저녁이다. 어쨌든 여전히 익숙한 날씨다.

이제 나는 우리가 전차에서 내리곤 하던 장소에 도착했다. 보도에 쌓여 있는 1월의 눈 진창 속으로, 우리에게는 그야말로 도회적으로 보였던 초라한 납작 지붕의 빌딩들 사이로 끽끽 째지는 소리를 내며 불던 호수 바람 속으로 발을 내딛곤 했던 그곳. 하지만 이 지역은 더 이상 낮고 초라한 사양지가 아니다. 흘림체의 튜브형 네온사인이 개조된 벽돌 건물 전면을 장식하고 있고, 수많은 놋쇠 외장과 수많은 부동산과 수많은 돈이 있다. 바로 앞쪽에는 차가운 빛으로 이루어진 거대한 비석처럼 전체가 유리로 만들어져 번쩍거리는 거대한 긴 네모꼴 건물들이 서 있다. 동결 자산.

나는 그 건물들이나 유행하는 옷, 수입품, 수제 가죽, 스웨이드 등등의 옷을 입고 나를 스쳐 가는 사람들을 거의 쳐다보지 않는다. 대신 추적자처럼 보도만 내려다보며 걷는다.

나는 목이 조여 오는 것을, 턱 선을 따라 퍼지는 통증을 느낀다. 나는 다시 손가락을 물어뜯기 시작했다. 손에서 나오는 피, 그 피 맛을 기억한다. 그것은 오렌지 맛 막대 아이스크림, 뽑기 기계 풍선껌, 붉은 감초 끈, 잘근잘근 씹은 머리카락, 더러운 얼음의 맛이다.

2부

은종이

3장

    나는 마룻바닥에 놓인 푸톤[2] 위에 듀베[3] 이불을 덮고 누워 있다. 푸톤, 듀베. 이것은 우리가 얼마나 많은 변화를 거쳐왔는지 단적으로 보여 준다. 오빠인 스티븐은 푸톤이나 듀베가 무엇인지 상상이나 할 수 있었을까? 아마 생각도 못 했을 것이다. 누군가가 그에게 푸톤이라는 말을 했다면 오빠는 분명 자신이 귀가 멀거나 상대방이 뇌손상을 당했다는 듯한 표정으로 상대방을 쳐다봤을 것이다. 그는 푸톤의 차원에 존재하지 않았다.

    푸톤이나 듀베가 없었던 시절, 아이스크림콘 가격은 5센트

---

2) 나무로 짠 낮은 틀 위에 매트리스를 깔아 침대로 사용하거나 한쪽을 접어 올려 의자로 사용하는 일본식 가구다.
3) 깃털이나 솜을 두툼하게 넣어 만든 이불이다.

였다. 이제는 운이 좋아야 1달러인데 그것도 이전처럼 크지도 않다. 95센트, 그때와 지금의 핵심적 차이는 바로 이것이다.

지금은 내 인생의 중반기다. 나는 이것을 공간으로 생각한다. 반을 건너 반이 지나가 버린 강의 중간, 다리의 중간처럼. 이때쯤이면 여러 가지를 축적해 두었어야 한다. 재산, 책임, 성취, 경험과 지혜. 상당한 능력을 갖춘 사람이 되어 있어야 하는 것이다.

하지만 이곳으로 돌아온 후에는 더 이상 무거운 부담을 느끼지 않는다. 마치 내 몸을 구성하는 물질을 떨어뜨린 것처럼, 분자를 잃어버린 것처럼, 내 뼈에서 칼슘이, 내 피에서 세포가 빠져나간 것처럼 더 가벼워진 느낌이다. 내 몸이 수축하는 것만 같고 차가운 공기나 부드럽게 내리는 눈으로 채워지는 것만 같다.

이렇게 가벼워졌지만 나는 상승하지 않고 하강한다. 아니, 유사 속으로 미끄러지듯 아래쪽으로, 이 장소에 겹겹이 쌓여 있는 층 속으로 끌려 내려간다.

사실 나는 이 도시를 싫어한다. 너무나 오랫동안 싫어했기 때문에, 어떤 다른 느낌이 들었는지 기억조차 할 수 없다.

한때는 이곳이 얼마나 칙칙한지 불평하는 것이 유행이었다. 1등 상은 토론토에서 일주일 체류, 2등 상은 이주일. 착실한 토론토, 우울한 토론토, 일요일에는 포도주를 살 수 없는 곳. 여기 살던 사람들은 모두 이 도시가 촌스럽고 자기만족에 가득 차 있으며 지루하다고 했다. 이런 불평을 늘어놓음으로써 사람들은 자기가 이 모든 것을 인식하지만 그 일부는 아님을 증명하려 했다.

이제는 이 도시가 얼마나 많이 변했는지 떠들어 댄다. '세계 정상급 도시'라는 것이 요즘 잡지에서 내세우는 구호다. 지나치게 남용하고 있다. 넘쳐 나는 이국적 레스토랑과 극장, 부티크. '쓰레기와 강도질이 없는 뉴욕시'가 바로 그들이 주장하는 토론토의 모습이다. 토론토 사람들은 주말에 버펄로4)로 가곤 했다. 남자들은 여자 나체쇼를 관람하고 영업 시간 후에 몰래 맥주를 마셨고 여자들은 쇼핑을 했다. 그들은 흥이 오르고 술에 취한 채 세관을 몰래 통과하기 위해 옷을 여러 겹 껴입고 돌아오곤 했다. 이제 주말의 교통 흐름은 정반대가 되었다.

나는 칙칙한 곳이라거나 세계 정상급 도시라는 두 가지 견해 모두 믿지 않는다. 내게 토론토는 결코 칙칙한 곳이 아니었다. 칙칙함이란 그런 비참함과 매혹을 묘사하기에 적당한 단어가 아니다.

이곳이 변했다는 것도 믿을 수 없다. 어제 공항에서 택시를 타고 들어오는 길에 나직하고 단정한 공장과 창고, 하염없이 이어지는 경고 표지판과 실용주의의 풍경을 지나 화려함과 유럽 스타일의 차양과 포석으로 장식된 시내 중심가를 가로질러 가면서, 나는 이곳이 조금도 변하지 않았음을 깨달았다. 융성하고 번듯한 외관 아래에는 옛 도시가 놓여 있다. 독버섯

---

4) 토론토에서 약 두 시간 거리에 있는 미국의 국경 도시다.

기둥 같은 회백색 외부 현관 기둥과 엄중하고 빈틈없는 창문이 달린 육중한 붉은 벽돌 집들이 늘어서 있는 거리들. 심술궂고 악의적이며 보복적이고 무자비한 곳.

이 도시에 대한 꿈속에서 나는 항상 길을 잃는다.

물론 이 모든 것과 별개로, 나는 진짜 삶을 살아가고 있다. 때때로 이것이 현실일까 의심하게 될 때가 있다. 내가 감당할 수 있거나 누릴 만한 자격이 있는 삶이 아닌 것 같기 때문이다. 이것은 또 다른 나의 생각과도 일맥상통하는 것이다. 내 또래의 다른 이들은 모두 어른이지만 나는 겉으로만 어른인 척 가장하고 있는 것이라는 생각.

나는 브리티시컬럼비아주에 있는 커튼과 잔디밭이 딸린 집에 산다. 브리티시컬럼비아는 익사하지 않고 내가 갈 수 있었던, 토론토에서 가장 먼 곳이다. 그곳의 비현실적인 풍경은 나에게 용기를 준다. 일몰 풍경과 감상적인 문구가 인쇄된 그런 종류의 엽서에 나올 듯한 산, 일곱 난쟁이들이 1930년대에 지어 놓은 것처럼 보이는 별장들, 지나치게 커다란 민달팽이들. 심지어 비조차 심하게 온다. 나는 그곳을 진지하게 여길 수 없다. 아마도 그곳에서 자란 사람들에게는 그곳의 모든 것들이 사실적이고 침울하게 느껴질 것이다. 내가 토론토에 대해 느끼는 것과 마찬가지로. 하지만 화창한 날이면 그곳에서의 삶은 여전히 휴가같이, 도피같이 느껴진다. 좋지 않은 날에는 나는 나쁜 날씨와 그 외 다른 것들에 주의를 기울이지 않는다.

나에게는 벤이라는 남편이 있다. 첫 남편은 아니다. 벤은 어떤 종류든 예술가와는 거리가 먼 사람이며, 나는 그 점에 감사한다. 벤은 멕시코 전문 여행사를 운영한다. 유카탄으로 가는 표를 싸게 구할 수 있다는 것은 그가 가진 장점 중 하나다. 벤이 이번 여행에 나와 동행하지 못한 것은 이 여행사 때문이다. 크리스마스 한 달 전이 여행사의 대목인 것이다.

이제 성인이 된 딸들도 둘 있다. 세라와 앤. 좋은, 현명한 이름이다. 한 아이는 곧 의사 자격을 취득할 것이고 다른 아이는 회계사다. 이 역시 현명한 선택이다. 나는 현명한 선택의 중요성을 믿는 사람이다. 나 자신이 한 선택은 전혀 현명하지 못했지만. 나는 또한 아이들을 위해 현명한 이름을 지어 주어야 한다고 믿는다. 코딜리어에게 무슨 일이 일어났는지 보라.

진짜 삶과 더불어 나는 직업을, 정확히 말해 진짜라고는 할수 없을 수도 있는 직업을 가지고 있다. 나는 화가다. 허세를 부리고 싶었을 때는 여권에 화가라고 써넣기도 했다. 그 외에는 써넣을 수 있는 것이 주부밖에 없었기 때문이다. 내가 화가가 되었다는 것은 참 믿기 어려운 일이다. 아직도 이따금 내가 화가라는 사실에 민망함을 느낀다. 품위 있는 사람은 화가가 되지 않는다. 오직 과장하고 허세를 부리며 꾸며 대는 사람들만이 화가가 된다. 예술가라는 말은 나를 당황하게 만든다. 나는 화가라는 직함이 더 좋다. 그것이 더 확실한 직업이기 때문이다. 이 나라 국민들 대다수가 말하듯 예술가란 대개 번지르르하고 게으른 부류다. 만일 당신이 화가라고 말한다면 사람들은 이상하다는 듯한 시선으로 쳐다볼 것이다. 야생 동물을 그리거나 돈을 아주 많이 벌지 않는다면 말이다. 하지만 나는 다른 화가들의 질투를 자아낼 만큼만 돈을 벌 뿐, 다른 모든 사람들에게 꺼져 버리라고 말할 수 있을 만큼 많이 벌지는 못한다.

하지만 대체적으로 내 직업에 만족하며, 가까스로 탈출구를 발견했다고 생각한다.

내가 이곳에서 이 푸톤 위에 이 듀베를 덮고 누워 있는 것은 내 직업 때문이다. 내 첫 번째 회고전이 열리는 것이다. 화랑 이름은 '서브버전스(Sub-Versions)'다. 이런 식의 이름이 유행하기 전에는 내게 희열을 주었던 언어 유희적인 이름[5]이다. 회고전이 열리는 것을 기뻐해야 마땅하겠지만, 사실 내 감정은 복잡미묘하다. 비록 여자들 여럿이 경영하는 대안적 화랑에서일망정, 내가 회고전을 열 만큼 나이가 들고 확고한 입지를 마련했다는 사실을 인정하고 싶지 않은 것이다. 이 모든 일은 비현실적이면서 동시에 불길하게 느껴진다. 처음에는 회고전, 그다음은 시체 안치소 차례가 아닐까? 또한 온타리오 미술관[6]이 내 전시회를 거부했기 때문에 나는 화가 났다. 그들이 선호하는 것은 죽은 외국 남자 작가들이다.

이 듀베는 첫 남편 존의 작업실에 있는 것이다. 집이 있는데도 작업실에 듀베를 갖다 두었다는 것은 자못 흥미로운 사실이다. 나는 머리핀이나 여성용 탈취제를 찾아내려고 세면대

---

5) Subversion은 '전복', '파괴'라는 뜻이고 둘로 나누어 sub-version으로 읽으면 '반대되는 해석', '아래 층위의 판본'이라는 의미가 된다.
6) 1900년에 건립된 북미 최대 규모 미술관 중 한 곳이다.

상부 수납장을 뒤지지 않도록 자제하고 있다. 예전의 나라면 그렇게 했겠지만, 이제는 그것이 더 이상 내 관심사가 아니며, 흘리고 간 여자 머리핀 따위는 그의 까탈스러운 아내가 처리할 문제다.

이곳에 머무르기로 한 것은 어리석은 짓일지도 모른다. 지나치게 '회고적인' 짓. 하지만 우리는 그의 딸이기도 한 세라 때문에 항상 연락을 취해 왔고, 고함을 지르고 유리컵을 깨뜨리는 시기를 거친 후 친구 관계 비슷한 것으로 정착했다. 그것은 우리가 멀리 떨어져 사는 덕분이었는데, 멀리 있다는 것은 지나치게 가까운 것보다 더 용이한 법이다. 존은 회고전 소식을 듣고 자기 작업실을 사용하라고 제안했다. 토론토의 호텔 숙박비는 이류 호텔이라 해도 살벌하다고 그는 말했다. 아마 서브버전스가 내 숙박료를 내 줄 수 있었을 것이다. 하지만 그 말은 꺼내지 않았다. 나는 호텔의 단정함을, 먼지 한 톨 없이 깨끗한 욕조를 좋아하지 않는다. 욕실에서 내 목소리가 울리는 것을 좋아하지 않는다. 특히 밤중에는 더욱더. 나 같은 사람, 존 같은 사람들이 흘린 것, 무질서함, 더러움 같은 것이 더 낫다. 뜨내기와 유목민들.

존의 작업실은 남쪽의 호숫가에 가까운 킹 스트리트에 있다. 예전에 킹 스트리트는 절대 가서는 안 되는 곳이었다. 지저분한 창고와 덜거덕거리는 트럭과 미심쩍은 골목길이 있는 곳. 그러나 이제는 위상이 달라졌다. 예술가들이 몰려들었던 것이다. 사실 초창기의 예술가들은 한때 여기에서 활동하다 사라졌다. 그리고 황동 글자 간판과 소방차처럼 붉은색으로 칠한 난방 파이프와 변호사 사무실이 이곳을 점령하고 있다. 창고 건물의 5층이자 맨 꼭대기 층에 위치한 존의 작업실은 현재 상태를 오래 유지하지 못할 것이다. 사람들은 천장에 트랙 조명을 매달고, 아래층들에서는 오래된 토사물과 오줌 냄새가 희미하게 섞인 세척제 냄새를 풍기는 낡은 리놀륨을 바닥에서 걷어 내고 그 아래 깔린 널빤지를 모래 분사기로 깨끗이 청소하고 있다. 5층까지 걸어 올라오면서 나는 이 모든 것을 보았다. 아직 엘리베이터까지 설치하지는 못한 것이다.

존은 현관 매트 밑에 열쇠와 "축복을."이라고 적은 쪽지를 넣은 봉투를 남겨 놓았다. 그것은 그가 얼마나 온화해지고 원숙해졌는지를 보여 주는 것이다. "축복을."이라는 말을 남겨 놓는 것은 그의 예전 행동 방식이 아니다. 존은 전기톱 살인 영화 일을 하면서 잠시 로스앤젤레스에 머물고 있다. 하지만 전시회가 개막되기 전에 돌아올 것이다.

존을 마지막으로 본 것은 사 년 전 세라의 대학 졸업식에서였다. 그는 다행히도 나를 좋아하지 않는 자기 아내를 동반하지 않고 혼자 비행기를 타고 서해안으로 왔다. 비록 한 번도 본 적이 없지만 나는 그의 아내가 나에게 호감이 없음을 알고 있다. 모든 절차와 허례허식이 진행되는 동안, 그리고 식이 끝나고 쿠키와 차를 먹고 마시는 동안에도 우리는 책임감 있고 성숙한 부모처럼 행동했다. 두 딸을 데리고 저녁 식사를 하러 가서도 조신하게 행동했다. 우리는 심지어 세라가 원했을 법한 방식으로 옷을 차려입었다. 나는 정장과 그에 어울리는 구두 같은 것을, 존은 양복을 입고 진짜 넥타이를 맸다. 나는 그가 장의사처럼 보인다고 말했다.

하지만 다음 날 우리끼리만 몰래 점심을 먹으러 나가서 고주망태가 되도록 술을 마셨다. 고주망태, 고리타분한 그 단어는 그 상황을 정확히 묘사해 준다. 즉 그것은 과거 회고적인 일이었다. 벤은 이 모든 것을 알고 있었지만 여전히 나는 그것이 일종의 밀회였다고 생각한다. 벤은 자기 전처와 점심을 먹으러 나가는 일 따위는 하지 않을 것이다.

"당신은 항상 존과 지낸 결혼 생활이 끔찍한 것이었다고 말했잖아요."

벤은 이해하지 못하겠다는 듯이 말했다.

"그래요. 정말 끔찍했죠."

내가 말했다.

"그런데 왜 그와 점심을 함께하고 싶었던 거예요?"

"그건 설명하기 힘들어요."

내가 말했다. 사실 설명하기 힘든 일은 아니다. 존과 내가 공유한 것은 교통사고와 비슷한 것이었는데, 단 우리는 그걸 서로에게 가했다. 우리는 서로에게서 살아남은 생존자들이었다. 서로에게 상어였으며 동시에 구조선이기도 했다. 그것은 대단한 일이다.

예전에 존은 구조(構造) 작업을 했다. 다른 사람들이 버린 쓰레기에서 주워 모은 나무 부스러기와 가죽 조각으로 작품을 만들거나 바이올린, 유리그릇 같은 물건을 부순 다음 파편들을 도로 갖다 붙였다. "파편 패턴." 그는 자기 작품을 그렇게 불렀다. 언젠가는 나무줄기를 여러 색깔의 테이프로 감아 놓고 사진을 찍기도 했다. 다른 때에는 작은 전기 모터를 이용해 들숨과 날숨을 쉬도록 만든 곰팡이투성이 빵 덩어리 모형을 제작하기도 했다. 곰팡이는 자기와 친구들의 머리카락으로 만들었다. 내 머리카락 몇 가닥도 그 빵 덩어리에 꽂혀 있었을 것이다. 그는 내 머리솔빗에서 머리카락을 훔치다가 들킨 적도 있다.

존은 이제 예술가적 성향을 유지하기 위한 수단으로 영화 특수 효과 일을 하고 있다. 이 작업실에는 반쯤 끝낸 그의 작품들이 흩어져 있다. 물감, 풀, 칼, 집게를 보관하는 작업대에는 플라스틱 레진으로 만든 손과 팔이 있다. 잘려 나간 팔 끄트머리에서는 동맥이 기어 나오고, 팔에 달아 매도록 가죽 끈이 달려 있다. 바닥에는 코끼리 발 모양 우산꽂이처럼 속이 빈 다리와 발 모양 주형들이 서 있다. 우산이 꽂혀 있는 것도 있다. 검게 되고 쪼그라든 얼굴의 일부분도 있는데, 실제 배우의 얼굴에 맞게 만든 것이다. 남들에게 곡해받고, 복수에 열중하는 괴물.

존은 이 동강 난 신체 부위를 만드는 일을 계속해야 하는지 잘 모르겠다고 했다. 너무 폭력적이며 인간의 선에 전혀 기여하지 못하는 일이다. 존은 나이가 들면서 인간의 선함을 믿게 되었다. 그건 정말 큰 변화다. 심지어 찬장에는 허브차까지 있다. 그는 차라리 어린이 프로그램에 나오는 순한 동물을 만들고 싶다고 말한다. 하지만 그가 말하는 것처럼 우리는 입에 풀칠을 해야 하며, 세상에는 잘려 나간 팔다리의 수요가 더 많은 것이다.

존이, 아니면 벤이, 아니 아무나 아는 남자가 같이 있었으면 좋겠다. 낯선 사람을 사귀는 것이 점점 더 시들해진다. 한때는 흥분에, 아슬아슬한 모험에 열중했다. 이제 그것은 어수선함, 귀찮은 일일 뿐이다. 옷 우아하게 벗기, 그것은 절대로 불가능한 일이다. 머릿속에서 같은 말이 계속 맴돌지 않도록 하면서 그다음 할 말을 짜내는 것. 그보다 더 끔찍한 것은 다른 일련의 신체 부위들을 맞닥뜨리는 것이다. 발톱, 귓구멍, 코털. 어쩌면 이 나이에 다시 어린아이처럼 새침해지는 것인지도 모르겠다.

나는 잠을 못 잔 것같이 찌뿌둥한 기분으로 듀베를 걷고 일어난다. 그리고 부엌에서 허브차 봉지를 뒤적인다. 레몬 미스트, 모닝 선더 같은 허브차는 제쳐 두고 진하고 충격적이고 독한 커피를 끓인다. 간이 부엌에서 여기까지 어떻게 왔는지 기억이 없는데, 작업실 한가운데 서 있는 나 자신을 발견한다. 시간의 한시적 건너뜀, 화면의 한시적 지직거림. 아마도 시차 때문일 것이다. 밤에는 너무 늦게까지 깨어 있고, 아침이면 약에 취해 있는 것. 조기 알츠하이머.

나는 창가에 앉아 커피를 마시고 손가락을 물어뜯으며 5층에서 아래를 내려다본다. 이 각도에서는 보행자들이 위에서 눌려 찌그러진 것처럼, 기형아처럼 보인다. 주위는 온통 납작지붕이 얹힌 상자 같은 창고 건물들뿐이고, 그 너머로는 예전에 기차가 앞뒤로 선로를 바꾸던 철도가 깔린 평평한 지역이 있다. 기차가 선로를 바꾸는 풍경은 한때 이곳에서 일요일에

볼 수 있었던 유일한 오락거리였다. 그 너머에는 한쪽 끝에서 다른 끝까지 한결같이 하등의 가치도 없는 평평한 온타리오 호가 있다. 독액이 들끓어 오르는 석판 회색의 호수. 그곳에서 발생한 비도 발암 물질을 함유하고 있다.

나는 세면대 상부 수납장을 애써 외면하며 작고 미끈거리는 목욕탕에서 몸을 씻는다. 목욕탕은 손자국이 얼룩덜룩 찍혀 있고 칙칙한 흰색 칠이 되어 있고 조명도 별로다. 존은 주위가 웬만큼 지저분해야 예술가라고 느낄 것이다. 얼굴을 단장하며 거울을 슬쩍 쳐다본다. 콘택트렌즈를 끼고 있으면 나는 거울에 너무 가까이 다가가 있고, 렌즈를 끼지 않으면 너무 멀어 보인다. 나는 레몬 사탕 끄트머리처럼 매끄럽고 얇은 렌즈 한 짝을 입에 넣고 이렇게 거울을 들여다보는 짓을 자주 한다. 그러다가 실수로 렌즈를 삼켜 질식할 수도 있다. 그다지 품위 있는 죽음이라고는 할 수 없을 것이다. 이제는 이중 초점 안경을 써야 한다. 하지만 그러면 고약한 노파처럼 보일 것이다.

나는 예술가가 아닌 것처럼 보이고 싶을 때 입는 연푸른색 운동복을 걸치고, 활기차고 단호해 보이도록 노력하면서 계단을 내려간다. 나는 조깅하러 나온 사업가일 수도 있고 하루 휴가를 낸 은행 지점장일 수도 있다. 북쪽으로 가다가 이내 퀸 스트리트를 따라 동쪽으로 걷는다. 그곳 역시 우리가 절대 가지 않던 곳이었다. 우리가 소독제 마시는 하마들이라 부르던 지저분한 술주정뱅이들이 자주 드나들던 곳. 그들은 소독제 알코올을 마시고 공중전화 부스에서 잠을 자고 전차에서 남의 신발에 토악질한다는 소문이 돌았다. 하지만 지금 이곳은 미술관과 서점, 검은 옷가지와 특이한 신발이 많은 부티크가 있고, 유행의 최첨단을 이끄는 장소다.

화랑에 가서 한번 살펴보기로 결정한다. 모든 일이 전화와 편지로 성사되었기 때문에 한 번도 직접 가 본 적이 없다. 화랑에 들어가서 내 존재를 알리고 싶은 생각은 아직 없다. 그저 밖에서 한번 보고 싶은 것이다. 그냥 스쳐 지나가면서 주부인 척, 관광객인 척, 윈도쇼핑을 하는 척하면서 자연스럽게 흘끗 쳐다볼 것이다. 화랑이란 무서운 곳이다. 평가와 판단의 장소인 것이다. 그에 대비한 작업을 해야 한다.

그러나 화랑에 도착하기 전에 철거된 건물 터를 합판으로 가려 놓은 곳이 나온다. 합판 벽 위에는 지나치게 깨끗한 토론토의 모습에 반감을 가진 누군가가 스프레이로 낙서를 해놓았다. "아가씨, 베이컨을 먹겠어, 아니면 나를 먹겠어?" 그 아래쪽 낙서. "이 베이컨은 무엇이고 어디서 구할 수 있지?" 그 옆에는 포스터가 붙어 있다. 아니, 포스터가 아니라 전단처럼 보인다. 녹색 강조 장식과 검은색 글자가 있는 강렬한 자주색 포스터. "리슬리 회고전". 성만 써 놓아서 남자 이름처럼 들린다. 그 이름은 내 이름이며 얼굴 또한 내 얼굴이다. 내가 화랑에 보낸 사진이다. 그런데 포스터 속의 나는 콧수염을 달고 있다.

누군지 모르겠지만 낙서한 남자는 제법 그럴듯하게 그려 놨다. 아니, 여자일 가능성도 배제할 수 없다. 기사의 수염처럼 곱슬곱슬하고 매끈하고, 그에 어울리는 우아한 턱수염도 달려 있다. 내 머리색과 잘 어울린다.

이 콧수염 낙서에 대해 나는 우려심을 품어야 마땅할 것이다. 이것은 단순한 낙서인가, 아니면 정치적인 비평, 공격적인 행동인가? 이것은 "킬로이 여기 다녀가다."[7] 같은 표현에 더 가까운가, 아니면 "꺼져 버려!"라는 말에 더 가까운가? 예전에 나 역시 그런 콧수염을 그리던 것을, 그 행위에 배어 들어간 악의를, 비웃고 기를 꺾고 싶던 욕망을, 권력을 쥔 듯한 그 기분을 기억한다. 이것은 외관 손상, 누군가의 얼굴을 없애 버리는 일이었다. 내가 좀 더 젊었더라면 분노를 느꼈을 것이다.

현재의 나는 콧수염을 살펴보며 이렇게 생각한다. '뭐, 괜찮아 보이는걸.' 콧수염은 일종의 의상 같다. 나는 마치 '하나 사 볼까?' 하는 것처럼 여러 각도에서 점검한다. 콧수염은 내 얼굴에 다른 조명을 비춰 준다. 나는 남자들과 그들의 수염에 대해, 그들이 항상 마음대로 써먹을 수 있는 변장과 은폐의 기회에 대해 생각한다. 콧수염을 기른 남자들에 대해, 그리고 그들이 면도를 해 버리면 얼마나 벌거벗은 느낌이 들까 생각한다. 얼마나 위축된 느낌일까? 콧수염을 기르면 외모가 더 나아질 사람도 많다.

갑자기 나는 경이감을 느낀다. 드디어 콧수염을 그릴 가치가

---

7) Kilroy Was Here. 2차 세계 대전 동안 미군이 가는 곳마다 퍼진 낙서. 보통 긴 코와 점으로 된 눈동자를 한 인물이 선으로 표현된 벽을 넘겨다보는 그림과 동반되었다. 유래가 불확실한 이 낙서는 미국의 강력한 군대, 더 나아가 전 세계에 퍼져 있는 미국의 존재를 상징하게 되었다.

있는, 콧수염을 그리고 싶어지는 그런 얼굴을 성취했구나. 공공
연히 알려진 얼굴, 손상시킬 만한 가치가 있는 얼굴. 이것은 하
나의 성취다. 나는 결국 유명 인사 비슷한 것이 된 것이다.

코딜리어가 이 포스터를 보게 될까? 콧수염이 있어도 나를
알아볼까? 어쩌면 개막전에 코딜리어가 올지도 모른다. 그녀
가 문을 열고 들어오면 나는 화가답게 검은 옷을 입고, 성공
한 모습으로 적당히 질 낮은 포도주를 따른 잔을 들고, 뒤를
돌아봐 줄 것이다. 포도주는 한 방울도 흘리지 않을 것이다.

4장

토론토로 이사 가기 전까지 나는 행복했다.

우리 가족은 한곳에 정착해 산 적이 없다. 너무 자주 옮겨 다녔기 때문에 어디를 거쳤는지 기억하기도 힘들다. 우리는 차체가 낮고 크기는 보트만 한 스튜드베이커 자동차[8]로 장기간 돌아다녔다. 후미진 길이나 북쪽으로 향하는 이차선 고속도로를 따라 차를 몰다가 호수들과 언덕들을 굽이쳐 지났다. 도로 한가운데에는 흰색 차선이 죽 그어져 있었고, 도로 양쪽에는 큰 전봇대와 낮은 전봇대가 뒤섞여 서 있어서 전화선이 오르락내리락하는 것처럼 보였다.

---

8) 커다란 마차를 만들던 스튜드베이커가의 형제가 19세기 말 업종을 전환해 생산한 자동차다.

나는 여행용 가방과 음식과 코트가 든 상자와 자동차 좌석에서 풍기는 가스 냄새 비슷한 드라이클리닝 냄새에 둘러싸여 차 뒷좌석에 혼자 앉아 있다. 스티븐 오빠는 앞좌석 약간 열린 차창 옆에 앉아 있다. 그에게서는 박하 향 라이프세이버 사탕 냄새가 난다. 박하사탕 향 기저에서 오빠의 평상시 냄새인 삼나무 심 연필과 젖은 모래 냄새도 살짝 풍긴다. 이따금 오빠는 종이봉투에 구토를 하고, 아버지가 제때 차를 세우면 길가에 구토를 한다. 오빠는 차멀미를 하고 나는 하지 않는다. 오빠가 앞좌석에 앉는 것은 멀미 때문이다. 그것이 내가 알고 있는 오빠의 유일한 약점이다.

시야가 제한된 뒷좌석에서 나는 가족의 귀를 자세히 살필 수 있다. 잔가지와 나뭇진과 애벌레를 피하기 위해 쓰는 낡은 펠트 모자의 차양 아래로 튀어나온 아버지의 귀는 크고 부드러워 보이며 귓불이 길다. 아버지의 귀는 땅속 요정이나 미키마우스 만화에 나오는 살색 개같이 생긴 동물의 귀와 비슷하다. 어머니는 양쪽으로 실핀을 꽂고 있기 때문에 뒤쪽에서도 귀가 잘 보인다. 어머니의 귀는 폭이 좁고 도자기 잔의 손잡이처럼 위쪽 언저리가 연약해 보인다. 물론 어머니는 연약함과는 거리가 멀다. 오빠의 귀는 말린 살구, 또는 그가 색연필로 그리곤 하는 타원형 머리통의 녹색 외계인의 귀같이 둥글다. 둥근 귀 위아래와 목 아래쪽에는 그의 곧고 짙은 금발이 두꺼운 짚단처럼 길게 자라나 있다. 그는 머리카락 자르는 것을 싫어한다.

차를 타고 가는 동안 오빠의 둥근 귀에다 대고 속닥거리는 것은 무척 어려운 일이다. 어쨌거나 오빠는 내 말에 귓속말로 응수할 수 없다. 정면에 뻗어 있는 지평선을, 또는 천천히 굽이치는 파도같이 우리 앞으로 밀려오는 흰 차선을 바라보아야 하기 때문이다.

도로는 전쟁 때문에 거의 텅 비어 있다. 하지만 이따금 절단된 나무 기둥이나 신선한 목재를 실은 트럭이 톱밥 향내를 길게 남기며 지나가기도 한다. 점심때가 되면 우리는 길가에 차를 멈추고 하얀 종이 같은 떡쑥과 자주색 나비바늘꽃 사이에 돗자리를 깔고 어머니가 만든 점심을 먹는다. 빵과 정어리, 빵과 치즈, 빵과 당밀. 아무것도 구할 수 없을 때는 빵과 잼을 먹기도 한다. 고기와 치즈는 귀하기 때문에 배급이 된다. 우리는 색 도장이 찍힌 배급 카드를 가지고 다닌다.

아버지는 캠핑용 깡통에 찻물을 끓이기 위해 작은 불을 피운다. 점심 식사가 끝나면 우리는 휴지를 주머니에 넣고 하나씩 덤불 숲으로 사라진다. 먼저 왔다 간 사람들이 버린 휴지가 고사리, 낙엽과 함께 여기저기에서 썩어 가는 때도 가끔 있다. 나는 허벅지를 할퀴는 날카로운 해국 사이에 쭈그리고 앉아 뒤쪽에서 곰이 나타나지는 않을지 무서워 귀를 쫑긋 세우고 있다가 화장지를 나뭇가지와 껍질, 마른 고사리로 덮는다. 아버지는 우리가 다녀간 흔적을 남겨서는 안 된다고 말한다.

아버지는 도끼와 여행용 배낭, 어깨에 메는 가죽끈이 달린 커다란 나무 상자를 들고 숲속으로 걸어 들어간다. 그리고 이 나무 저 나무를 주의 깊게 올려다보고는, 나무 하나를 골라 땅 위에 방수포를 펼쳐 놓고 나무 몸통 둘레에 감는다. 그는 작은 병들이 차곡차곡 들어 있는 나무 상자를 연다. 도끼 뒷부분으로 나무 몸통을 친다. 나무가 흔들린다. 잎사귀와 잔가지와 애벌레가 후두둑 떨어져 아버지의 회색 펠트 모자에 부딪쳤다가 방수포를 강타한다. 오빠와 나는 엎드려서 개의 코처럼 차갑고 벨벳처럼 매끄러운 푸른 줄무늬 애벌레를 줍는다. 우리는 약한 알코올이 든 수집용 병에 그것을 담는다. 그리고 벌레들이 몸을 비틀면서 알코올 속에 가라앉는 모습을 들여다본다.

아버지는 수확한 애벌레를 자신이 키우기라도 한 것처럼 뿌듯하게 바라본다. 그는 벌레가 갉아먹은 이파리를 살펴본다. "아주 근사하게 번식했군." 아버지가 말한다. 매우 기뻐하고 있는 그는 지금의 나보다 젊다.

내 손가락에는 알코올 냄새가 남아 있다. 차갑고 희미하며 강철 핀이 파고드는 듯 날카로운 냄새. 하얀 에나멜 세면대 냄새와도 같다. 밤에 눈을 들어 차갑고 하얗고 날카로운 별을 바라볼 때면 별들도 그런 냄새를 풍길 것이라는 생각이 든다.

하루가 저물면 우리는 가던 길을 다시 멈추고, 나무 지지대와 묵직한 캔버스 천으로 텐트를 친다. 슬리핑 백은 카키색이고, 두껍고 둔중하며, 항상 축축한 느낌이 든다. 그 아래에는 방수 깔개와 공기 주입 매트리스를 깐다. 매트리스에 공기를 불어 넣을 때면 머리가 어지럽고 코와 입에서는 오래된 고무장화나 차고에 쌓여 있는 낡은 스페어타이어 냄새가 난다. 우리는 모닥불에 둘러앉아 저녁을 먹는다. 나무 그림자가 검은 가지처럼 점점 더 커지면 모닥불이 더 밝게 보인다. 우리는 텐트로 기어 들어가 슬리핑 백 안에서 옷을 갈아입는다. 손전등 빛이 텐트에 비쳐 둥근 무늬를 만들어 낸다. 과녁처럼 밝은 고리가 좀 더 어두운 고리를 테처럼 두르고 있는 무늬. 텐트에서는 타르와 케이폭 솜[9]과 치즈 기름기 밴 갈색 포장지, 짓이긴 풀 냄새가 난다. 아침에 일어나 보면 텐트 밖의 잡초에는 이슬이 맺혀 있다.

밤이 깊어 텐트를 세울 만한 장소를 찾기 힘들 때는 이따금 모텔에 묵기도 한다. 모텔은 항상 세상에서 동떨어진 곳에 캄캄한 숲을 등지고 서서, 변함없이 어두운 밤 속에서 항해선이나 오아시스처럼 빛을 내고 있다. 바깥에는 사람만 한 주유기가 서 있고, 그 위에 달린 둥근 조명은 창백한 달처럼, 머리통 없는 후광처럼 빛난다. 조명 위에는 조개껍질이나 별, 오렌지색 단풍나무 잎, 하얀 장미가 그려져 있다. 모텔과 주유기는 대개 텅 비었거나 닫혀 있다. 휘발유가 배급되기 때문에 사람들은 꼭 필요한 경우가 아니면 여행을 하지 않는다.

남의 오두막, 정부 소유의 오두막 일꾼들이 떠나간 벌목용 막사에서 자거나, 취침용 텐트와 물품용 텐트를 따로 세울 때도 있다. 겨울에는 북쪽에 있는 수세인트마리, 노스베이, 서드베리 같은 소도시나 대도시에 머무른다. 그곳에서는 아파트에 산다. 아파트란 것이 사실 남의 집 꼭대기 층이기 때문에 우리는 나무 마룻바닥에 발소리가 크게 나지 않도록 주의해야 한

---

9) 매트리스 속에 넣는 솜을 말한다.

다. 우리는 보관 창고에 놓아 두었던 가구를 가져온다. 그 가구는 늘 쓰던 것이지만 항상 낯설게 보인다.

이런 집에는 하얀색 수세식 변기가 있는데, 요란한 소리를 내며 모든 것을 순식간에 삼켜 버린다. 도시에 도착하면 오빠와 나는 화장실을 뻔질나게 드나들면서 변기에서 물건들이 사라져 버리는 것을 보기 위해 마카로니 같은 것들을 빠뜨린다. 공습 사이렌이 울리면 커튼을 닫고 불을 끈다. 하지만 어머니는 전쟁이 여기까지 확산되지는 않을 것이라고 말한다. 전쟁은 라디오에서 흘러나오는 미약하고 띄엄띄엄 끊어지는 소리를 통해 전해지고, 런던에서 전송되는 목소리는 찌직거리다가는 끊어지곤 한다. 부모님은 라디오에서 나오는 말을 못 미더워하는 듯하다. 부모님은 입을 굳게 다문다. 우리가 지고 있는 것인지도 모른다.

오빠는 그렇게 생각하지 않는다. 그는 우리 편이 좋은 편이니까 당연히 우리가 이길 것이라고 생각한다. 오빠는 담뱃갑 속에 든 비행기 사진 카드를 수집하고 있고, 비행기 이름을 전부 알고 있다.

오빠는 도끼와 나뭇조각, 자기만의 잭나이프를 가지고 있다. 그는 그것으로 칼질과 도끼질을 한다. 총을 만드는 중이다. 나뭇조각 두 개를 직각으로 대 못질하고, 못으로 방아쇠도 만든다. 오빠는 이런 나무총이 여러 개 있고, 빨간 색연필로 피를 칠한 단검과 칼도 있다. 빨간 색연필을 다 쓰면 오렌지색으로 피를 칠하기도 한다. 오빠는 이런 노래를 부른다.

한쪽 날개와 기도로 돌아오네.
한쪽 날개와 기도로 돌아오네.
모터 하나는 없어졌지만
우리는 계속 진군하네.
한쪽 날개와 기도로 돌아오네.

오빠는 이 노래를 활기차게 부르지만 나는 이 노래가 슬프다. 나는 담뱃갑에 든 카드에서 비행기 사진을 본 적은 있지만 그게 어떻게 나는지 모른다. 아마 비행기는 새 같을 것이고, 한쪽 날개만 남은 새는 날지 못한다. 아버지는 겨울마다 저녁 식사 전, 식탁에 다른 어른들이 같이 있으면 안경을 치켜올리며 이렇게 말한다. "한쪽 날개로는 날 수 없는 법일세." 그러니까 이 노래에 나오는 기도는 무용한 것이다.

오빠가 내게 총과 칼을 주고, 우리는 전쟁놀이를 한다. 오빠가 가장 좋아하는 놀이다. 부모님이 텐트를 치거나 불을 피우거나 요리를 할 때, 우리는 나무나 덤불 뒤에 숨어 있다가 나뭇잎 사이로 총을 겨눈다. 나는 보병이다. 즉 오빠가 시키는 대로 해야 한다. 그는 내게 앞으로 오라고 손을 흔들고, 뒤로 물러나라고 손짓을 하고, 적군이 내 머리를 날려 버리지 않도록 머리를 숙이라고 한다.

"넌 죽었어."

오빠가 말한다.

"아냐, 죽지 않았어."

"아니, 죽었어. 적들한테 당한 거야. 그러니까 쓰러지란 말이야."

오빠와 다퉈 봐야 소용없다. 그는 적을 볼 수 있지만 나는 볼 수 없는 것이다. 나는 다시 살아날 순서가 될 때까지, 너무 많이 젖지 않도록 나무 그루터기에 기대어 습한 땅에 눕는다.

때로는 전쟁놀이 대신 숲에서 통나무와 바위 아래 무엇이 있는지 들춰 보며 사냥을 한다. 개미, 구더기와 딱정벌레, 개구리와 두꺼비, 얼룩무늬 독사가 있고, 운이 좋으면 도롱뇽까지 발견할 수 있다. 그걸로 뭘 하지는 않는다. 예전에 그랬듯이, 그것들을 병에 넣어서 햇빛이 내리쬐는 차 뒤창에 두면 죽어 버린다는 것을 우리는 알고 있다. 그래서 그냥 보기만 한다. 개미가 알약같이 생긴 알들을 황급히 감추는 모습, 뱀들이 어둠 속으로 흘러드는 모습을. 낚시할 때 이것들을 미끼로 쓸 것이 아니라면, 통나무를 원래 자리에 다시 내려놓는다.

어쩌다 우리는 싸움을 한다. 나는 이기지 못한다. 오빠가 나보다 크고 더 비정하기 때문이다. 그리고 오빠보다 내가 더 같이 놀고 싶어 하기 때문이다. 우리는 귓속말로 싸우든가 외진 곳으로 가서 싸운다. 싸우다 들키면 둘 다 야단을 맞는다. 그래서 고자질은 하지 않는다. 배반이 가져다주는 만족감은 별 가치가 없음을 경험으로 알고 있는 것이다.

이러한 싸움은 비밀스럽기 때문에 한층 더 매력적이다. 그것은 입에 담으면 안 되는 비속어, 예를 들면 궁둥짝 같은 말을 할 수 있다는 매력, 음모와 결탁이 지닌 매력이다. 우리는 서로 발을 밟고, 팔을 꼬집고, 아픔을 티 내지 않으려 애쓰며, 분노가 치밀어 오를 때조차 서로에 대한 신의를 지킨다.

우리는 얼마나 오랫동안 이렇게, 전쟁의 먼 끝자락에서 유목민처럼 살았던가?

오늘 우리는 오랫동안 차를 몰았고, 밤늦게서야 텐트를 친다. 우리는 도로 가까운 곳, 험하고 이름 없는 호수 옆에 머물고 있다. 호숫가 주변의 나무는 물속에 비쳐 두 배로 길어 보이고, 포플러 잎사귀는 가을을 향해 노랗게 물들고 있다. 길고 차갑고 주저하는 듯한 노을을 남기며 해가 진다. 홍학의 분홍색, 다음에는 연어색, 그다음에는 머큐로크롬처럼 비현실적으로 강렬한 붉은색으로 변해 간다. 분홍색을 띤 빛은 전율하며 수면에 머물다가 이내 엷어지더니 사라져 버린다. 달빛 없이 깨끗한 별들로 가득 찬 맑은 밤이다. 선명한 은하수가 보인다. 날씨가 나쁘리라는 징조다.

우리는 이런 것에 주의를 기울이지 않는다. 오빠가 지금 특공대처럼 어둠 속에서도 사물을 볼 수 있는 방법을 가르쳐 주고 있기 때문이다. 그가 말한다. "언제 이런 일을 하게 될지 알 수 없잖아. 손전등을 사용할 수 없어. 네 눈이 빛이 없는 상태에 익숙해지도록 어둠 속에서 가만히 기다려야 해. 그러면 사물의 형태가, 어둡고 가물거리며 실체가 없는 듯한 그것이 마치 공기가 응축되어 생겨나는 것처럼 드러나기 시작해." 오빠는 천천히, 한 번에 한 발씩 균형을 맞추어 가면서, 잔가지를 밟지 않도록 주의하며 움직이라고 말한다. 천천히 호흡하라고 말한다. "소리를 내면 그들이 너를 찾아낼 거야." 오빠가 속삭인다.

오빠는 내 곁에 웅크리고 있다. 호수를 배경으로 그의 윤곽이 드러나 있다. 까만 호수 위에 비친 더 까만 그림자. 한쪽 눈이 반짝 빛나는가 싶더니 오빠가 사라져 버린다. 그가 자주 써먹는 속임수다.

그가 모닥불을 향해, 우리 부모님을 향해 살그머니 다가서고 있다는 것을 나는 안다. 그들의 모습은 불꽃처럼 일렁이며 흐릿하게 보이고 얼굴 윤곽은 희미하다. 나는 두근거리는 가슴을 안고 거친 숨소리를 내며 혼자 앉아 있다. 하지만 오빠의 말은 옳다. 이제 나는 어둠 속을 볼 수 있다.

죽은 자들에 대해 내가 떠올리는 영상은 바로 이런 것이다.

5장

나는 모텔에서 여덟 번째 생일을 맞는다. 생일 선물은 브라우니 단[10]의 상자형 카메라다. 검은색에 직육면체이며 위에는 손잡이가 달렸고 뒤쪽에는 들여다볼 수 있는 둥근 구멍이 있다.

이 카메라로 처음 찍은 것은 내 사진이다. 나는 모텔 방의 문틀에 기대어 서 있다. 내 뒤의 하얀 문은 닫혀 있고 금속으로 된 숫자가 붙어 있다. 나는 무릎이 튀어나온 바지와 소매가 너무 짧은 외투를 입고 있다. 사진에서는 보이지 않지만 외투 속에는 오빠가 입던 낡은 갈색과 노란색 줄무늬 저지 티셔츠를 입고 있다. 내 옷은 대부분 오빠에게서 물려받은 것이다.

---

10) 초등학교 2, 3학년 학생들의 걸스카우트. 이제는 인종적 함의가 있을 수 있다는 이유로 호박(embers)으로 바뀌었다.

피부는 필름 과다 노출로 엄청나게 하얗고, 머리는 한쪽으로 기울이고 장갑을 끼지 않은 맨손을 축 늘어뜨리고 있다. 옛날 이민자 사진처럼 어색해 보인다. 마치 누가 나를 문 앞에 세워 놓고 움직이지 말라고 한 것처럼 보인다.

나는 어떤 아이였으며, 무엇을 원했던가? 기억하기 힘들다. 생일 선물로 카메라를 원했던가? 아마 아니었을 것이다. 하지만 받게 되어 기쁘기는 했다.

나비스코 슈레디드 위트 시리얼 상자에 딸려 나오는 카드를 더 갖고 싶다. 회색 카드에 인쇄된 그림에 색칠하고 오리고 접어서 도시의 집들을 만든다. 공예용 철끈도 갖고 싶다. 『비 오는 날의 취미 생활』이라는 책이 있는데, 깡통 두 개와 실을 가지고 무전기를 만드는 방법, 구멍에 윤활유를 떨어뜨리면 앞으로 가는 배를 만드는 방법이 나와 있다. 작은 성냥갑으로 인형 서랍장을 만드는 법, 공예용 철끈으로 개, 양, 낙타 같은 다양한 동물들을 만드는 법도 있다. 배나 서랍장은 관심 밖이고 오직 공예용 철끈만 내 흥미를 끈다. 공예용 철끈을 한 번도 보지 못했다.

담배 포장 은종이를 갖고 싶다. 여러 장이 있지만 더 많았으면 하는 것이다. 부모님이 담배를 피우지 않기 때문에 담뱃갑이 있을 만한 주유소 모퉁이나 모텔 근처 잡초 밭을 찾아다녀야 한다. 나는 이런 식으로 땅에 떨어진 것을 주워 모으는 버릇이 있다. 은종이를 발견하면 깨끗이 털고 편편하게 펴서 읽기책 갈피에 끼워 둔다. 충분히 모으면 무엇을 할지는 모르겠지만, 어쨌든 굉장한 것을 만들 것이다.

풍선을 가지고 싶다. 이제 전쟁이 끝났기 때문에 풍선이 다시 등장하기 시작했다. 내가 볼거리를 앓고 있던 어느 겨울, 어머니는 여행용 트렁크 바닥에서 풍선을 하나 찾았다. 전쟁 전에 한동안 풍선을 보기 어려우리라 생각해서 감추어 두었을 것이다. 어머니는 그 풍선을 불어서 나에게 주었다. 푸르고 반투명하고 둥근 풍선. 나만의 달. 오래되어 물러진 풍선은 금세 터져 버렸고, 나는 상심했다. 이제는 다른 풍선, 터지지 않는 풍선을 가지고 싶다.

친구들을, 여자인 친구들을 사귀고 싶다. 여자 친구들. 책에서 읽은 적이 있기 때문에 여자 친구란 것이 존재한다는 것은 알고 있다. 하지만 한 장소에 오래 산 적이 없기 때문에 내게는 여자 친구가 한 명도 없었다.

날씨는 대체로 스산하고 음침하며, 늦가을의 회색 하늘은 낮게 깔려 있다. 그렇지 않은 날에는 비가 내려서, 우리는 모텔 안에 있어야 한다. 익숙한 그런 종류의 모텔이다. 열 지어 늘어선 엉성한 객실 건물들, 그 건물들을 장식하고 있는 노랑, 파랑, 초록의 크리스마스트리 조명. 이 건물들은 '살림용 객실'이라고 불리는데, 그것은 스토브 비슷한 것과 냄비 한두 개와 찻주전자, 방수 천을 덮은 탁자가 갖추어져 있다는 뜻이다. 우리가 머물고 있는 살림용 객실 바닥에는 색이 바랜 사각형 모양의 꽃무늬 리놀륨이 깔려 있다. 타월은 너무 작고 얄팍하며, 여러 사람들의 몸이 스쳐 간 침대 시트는 가운데가 해졌다. 겨울 숲 풍경 사진과 날아가는 오리 사진이 사진틀에 끼워

져 있다. 어떤 모텔에는 옥외 변소만 있는데, 이곳에는 냄새는 나지만 진짜 수세식 화장실과 욕조도 있다.

드물게도 우리는 이 모텔에 몇 주째 살고 있다. 지금까지 한 모텔에서 하룻밤 이상 머문 적이 없다. 우리는 하비탄트 상표 통조림 완두콩 수프를 우묵한 냄비에 담아 버너가 두 개 달린 스토브에 데우고, 빵에 당밀을 발라서 두툼한 치즈 조각과 같이 먹는다. 이제 전쟁이 끝나 치즈 구하기가 쉬워졌다. 우리는 실내에서도 외출복을 입고 밤에도 양말을 신고 지낸다. 벽이 한 겹이라 보온이 안 되는 이 객실은 원래 여름 관광객용이다. 온수는 미적지근한 정도다. 그래서 어머니는 목욕물을 찻주전자에 데워 욕조에 붓는다. "묵은 때나 대강 씻어 내렴." 어머니가 말한다.

아침에는 담요를 어깨에 두르고 식사를 한다. 실내에서도 입김이 하얗게 나올 때도 있다. 이 모든 것은 규율 없이 난잡하고, 약간은 축제처럼 들뜬 기분을 자아내기도 한다. 학교에 다니지 않기 때문만은 아니다. 우리가 학교를 연속적으로 다닌 기간은 기껏해야 서너 달 정도다. 내가 마지막으로 학교에 갔던 것은 팔 개월 전이었고 지금은 학교에 대해서는 아주 막연하고 짧은 기억밖에 없다.

우리는 아침마다 참고서를 펴고 공부를 한다. 어머니가 어디를 공부할 차례인지 말해 준다. 그다음에는 읽기책을 읽는다. 내 책에는 창가에 주름 잡힌 커튼이 달리고 앞마당에는 잔디밭이 있고 말뚝 울타리가 둘러진 하얀 집에 사는 두 아이 이야기가 나온다. 아버지는 출근하고, 어머니는 드레스에 앞치마를 두르고, 아이들은 개와 고양이와 함께 잔디밭에서 공놀이를 한다. 이 이야기들에는 내 생활과 비슷한 것이 하나도 없다. 텐트도, 고속도로도, 덤불 속에 숨어 오줌 누기도, 호수도, 모텔도 없다. 전쟁도 없다. 아이들은 항상 깨끗하고, 제인이라는 소녀는 예쁜 옷을 입고 끈이 달린 에나멜 가죽 신발을 신고 있다.

이 책들은 이국적인 매력으로 나를 사로잡는다. 색연필로 그림을 그릴 때 오빠는 늘 전쟁 그림을 그린다. 보통 전쟁도 있고 우주 전쟁도 있다. 폭파 장면을 그리느라 빨강, 노랑, 오렌지색 색연필은 몽당연필이 되었고, 반짝거리는 금속 탱크와 우주선, 헬멧, 복잡한 총을 그리느라 금색, 은색 연필도 다 닳았다. 그러나 나는 여자아이들을 그린다. 옛날식 옷, 즉 긴 치마, 피나포어 드레스와 소매가 부풀어 오른 블라우스, 또는 제인이 입은 것 같은 드레스를 입고 머리에 큰 리본을 단 소녀들을 그린다. 이것이 다른 소녀들에 대해 내가 마음속에 간직하고 있는 우아하고 섬세한 영상이다. 실제로 다른 소녀들을 만나게 되면 무슨 말을 할지는 생각하지 않는다. 그렇게까지 앞서 나가지는 않았다.

저녁이면 오빠와 나는 설거지(어머니의 표현에 따르면 '접시 부시기')를 해야 한다. 우리는 누가 설거지할 차례인지 외마디 귓속말로 말다툼을 한다. 축축한 행주로 접시의 물기를 닦는 일은 손을 따뜻하게 해 주는 설거지보다 별로다. 우리는 접시와 유리컵을 개수통에 띄워 놓고 "폭격!"이라고 조그맣게 외치며 스푼과 나이프로 접시와 유리컵을 공격해 물속에 가라앉게 한다. 진짜로 그릇을 치지는 않도록 한다. 우리 그릇이 아니기 때문이다. 이런 놀이는 어머니의 신경을 거스른다. 참다못한 어머니는 우리에 대한 질책의 표시로 직접 설거지를 한다.

　밤이 되면 오빠와 나는 가운데가 꺼진 접이침대에 서로의 머리에 발이 닿도록 거꾸로 눕는다. 그렇게 하면 잠이 더 잘 온다고 한다. 그리고 이불 속에서 소리 나지 않게 서로 툭툭 차거나, 양말 신은 발을 서로 상대방의 잠옷 입은 다리에 얼마나 높이 올려놓을 수 있는지 시도해 본다. 때때로 지나가는 차의 헤드라이트가 창문 너머로 보인다. 그 빛은 한쪽 벽을 비추며 움직여서 옆의 벽으로 옮겨가고는 곧 사라진다. 엔진 소리가, 그다음엔 젖은 땅에서 타이어 끌리는 소리가 들려오고, 이내 고요해진다.

6장

    내가 나온 그 사진을 누가 찍었는지 나는 모른다. 아마 오빠였을 것이다. 그때 어머니는 하얀 문을 열고 들어간 객실 안에서 느슨한 회색 바지와 짙푸른 체크무늬 셔츠 차림으로 음식을 종이 상자에 담고 옷가지를 여행용 가방에 챙기고 있다. 어머니는 나름대로의 짐 싸기 체계가 있다. 짐을 싸는 동안 세부 목록을 스스로에게 주지시키며 혼잣말을 하고, 우리가 끼어드는 것을 달가워하지 않는다.

    그 사진을 찍은 직후, 거친 북쪽의 11월 하늘에서 작고 건조한 눈송이들이 하나씩 떨어지기 시작한다. 이 첫눈이 내리기 전, 빛이 잦아들고 마지막 줄무늬 단풍나무 잎사귀가 해초처럼 가지에서 흔들리는 가운데 일종의 잠잠함과 권태가 감돌고 있었다. 눈이 내리기 전까지는 무척 졸렸지만 지금 우리는 들뜨고 신났다.

우리는 닳아 빠진 여름 신발만 신고 모텔 주위를 뛰어다닌다. 떨어지는 눈송이를 향해 장갑도 안 낀 맨손을 뻗치고, 머리를 젖히고 입을 벌려 눈을 받아먹는다. 눈이 두껍게 쌓이면 진흙탕에서 노는 개처럼 눈 위에서 뒹굴 것이다. 눈은 그와 같은 환희로 우리의 마음을 채운다. 하지만 어머니는 눈 속에서 뛰어다니는 우리를 창문 너머로 보더니 안으로 들어와서 모텔의 시원찮은 타월로 발을 닦으라고 한다. 우리는 발에 맞는 겨울 장화가 없다. 안으로 들어오는 사이 눈은 진눈깨비로 바뀐다.

아버지는 주머니에 든 열쇠를 짤랑거리며 마루에서 서성인다. 아버지는 항상 일을 성급히 처리하려 들고, 지금도 당장 떠나고 싶어 한다. 하지만 어머니가 좀 진정하라고 말한다. 우리는 밖으로 나가 아버지가 차창에 언 얼음을 긁어내는 것을 돕고, 짐 상자를 옮긴 다음 차에 몸을 싣고 남쪽으로 향한다. 남쪽으로 향하고 있다는 것을 가늠할 수 있는 것은 햇빛의 방향 덕분이다. 햇빛은 이제 구름 사이로 약하게 나와서 얼어붙은 나무들을 반짝이는 빛으로 어루만지고, 길가에 쌓여 있는 얼음 조각에 눈부시게 반사되어 시야를 방해한다.

부모님은 이제 새집으로 간다고 말한다. 이번에는 셋집이 아니라 정말 우리 집인 것이다. 집은 토론토라는 도시에 있다. 도시 이름은 내게 아무런 의미가 없다. 나는 읽기책에 나온 집을 상상한다. 말뚝 울타리, 잔디밭과 커튼이 있는 하얀 집을. 내 방이 어떻게 생겼는지 보고 싶다.

우리는 오후 늦게 집에 도착한다. 처음에 나는 뭔가 착각한 거라고 생각한다. 하지만 아버지가 벌써 열쇠로 문을 열고 있는 것을 보면 이 집이 정말 맞는 모양이다. 그 집은 거리도 아니고 허허벌판 같은 곳에 서 있다. 노란 벽돌로 된 사각형 단층집이고 주위는 온통 진흙이다. 집 옆쪽에는 거대한 구덩이가 파여 있고 그 둘레에는 진흙 더미가 높이 쌓여 있다. 집 앞의 도로 역시 포장되지 않고 구멍이 파인 진흙 길이다. 진흙 속에 콘크리트 블록이 징검다리처럼 문까지 박혀 있다.

집 내부의 모습은 더 문제다. 물론 문과 창문과 벽도 있고, 난방기도 작동한다. 거실에는 조망창이 있다. 보이는 풍경이라곤 너르게 펼쳐진 진창뿐이지만. 변기는 안쪽에 갈색 때가 둥글게 끼어 있고 담배꽁초가 몇 개 떠다니기는 하지만, 물은 내려간다. 온수 꼭지를 돌리자 벌겋고 따뜻한 녹물이 흘러나온다. 마룻바닥은 반들한 나무 바닥도 아니고 리놀륨조차 깔려 있지 않다. 그저 아귀가 안 맞아 틈이 벌어진 크고 거친 판자가 여러 개 깔려 있고 회색 석고 먼지가 쌓여 있는 데다 새똥 같은 하얀 얼룩이 여기저기 떨어져 있다. 조명이 달린 방도 있지만 다른 방에는 천장 한가운데 전선만 매달려 있다. 부엌에는 조리대도 없이 개수대만 덩그러니 놓여 있다. 요리용 스토브도 없다. 페인트칠은 전혀 되지 않았다. 창문, 창턱, 전등, 바닥까지, 온통 먼지투성이다. 죽은 파리가 널려 있다.

"모두 힘을 합쳐야 해." 어머니가 말한다. 불평하면 안 된다는 뜻이다. "할 수 있는 한 최선을 다해야 해." 어머니는 강조한다. 우리 힘으로 집 공사를 끝내야 한다. 공사를 맡았던 업자가 파산해 버렸기 때문이다. "꽁무니를 내뺐지."라고 어머니가 표현한다. 아버지는 기분 좋은 기색이 아니다. 집 안을 걸어 다니며 이곳저곳을 유심히 살펴보고, 쿡쿡 찔러 보기도 한다. 그리고 혼잣말을 중얼거리며 식식거리는 소리를 낸다. "개자식, 개자식." 아버지는 욕을 하고 있다.

어머니는 차 안쪽 구석에서 휴대용 석유난로를 꺼내 와서 부엌 바닥에 놓는다. 그것을 올려놓을 탁자가 없기 때문이다. 어머니가 완두콩 수프를 데우기 시작한다. 오빠는 밖으로 나간다. 집 옆에 쌓여 있는 진흙 더미에 올라가거나 땅에 파인 그 커다란 구덩이를 무엇에 써먹을까 살펴보려는 것이다. 하지만 나는 차마 따라 나가지 못한다.

나는 목욕탕에서 불그스레한 물로 손을 씻는다. 세면대에는 금이 가 있다. 이 순간 그 금이 집 안의 모든 흠이나 결핍보다도 더 큰 결함으로 보인다. 나는 먼지로 더럽혀진 거울 속에 비친 내 얼굴을 쳐다본다. 갓도 없이 벌거벗은 전구만 머리 위에 달려 있어서 거울 속의 내 얼굴은 환자처럼 창백해 보이고 눈 아래에는 검게 그늘이 졌다. 나는 눈을 비빈다. 울었다는 표시를 내는 것은 좋은 일이 아니라는 것쯤은 나도 안다. 아무것도 갖추어지지 않아 썰렁한데도 집 안은 너무 덥다. 내가 아직 외투를 걸치고 있어서일지도 모른다. 덫에 걸린 느낌이다. 모텔로, 도로로, 예전에 누리던 가변적이고 안전하던 뿌리 없는 삶으로 다시 돌아가고 싶다.

첫날 우리는 마룻바닥에 공기 매트리스를 깔고, 슬리핑 백에 들어가 잠을 잔다. 좀 지나서는 금속 틀에 캔버스 천을 두른 군대용 간이침대가 등장한다. 위보다 아래가 더 좁아서 자다가 한쪽으로 돌아눕기라도 하면 마룻바닥에 굴러 떨어지고, 그 위로 침대가 엎어진다. 매일 밤 나는 침대에서 굴러 떨어져 먼지 덮인 꺼칠한 마룻바닥에서 깨어나 내가 지금 어디에 있는 것인지 어리둥절해하곤 한다. 이제는 그 모습을 보고 낄낄거리거나 입 닥치라고 할 오빠도 없다. 나는 이 방을 독차지하고 있는 것이다. 처음에는 내 방이 생긴다는 생각에, 여기저기 널린 오빠의 옷이나 나무 총에 신경 쓰지 않고 내 맘대로 꾸밀 수 있는 빈 공간이 생긴다는 것에 흥분했지만, 지금 나는 외롭다. 밤중에 빈방에 혼자 있어 본 적이 한 번도 없었다.

학교에 다녀오면 집에는 매일 새로운 물건들이 생겨난다. 스토브, 냉장고, 카드놀이용 탁자와 의자 네 개. 이제 벽난로 앞 바닥에 돗자리를 깔고 양반다리를 하고 앉아 식사를 하는 대신에 정상적으로, 탁자에 둘러앉아 밥을 먹을 수 있게 된다. 벽난로는 제대로 작동한다. 이 집에서 공사가 마무리된 한 부분이다. 공사하고 남은 나뭇조각으로 불을 지핀다.

시간이 나면 아버지는 집 안에 망치질을 한다. 마루에 자재가 깔리기 시작한다. 거실에는 좁고 단단한 나무 바닥재가, 침실에는 아스팔트 타일이 깔린다. 이제 우리 집도 집답게 보이기 시작한다. 하지만 내 기대보다는 훨씬 오래 걸린다. 여기, 전쟁이 끝난 진흙투성이의 늪지에 서 있는 우리 집은 말뚝 울타리와 하얀 커튼이 갖춰진 집과는 거리가 멀다.

7장

우리는 방수 겉옷과 후줄근한 회색 펠트 모자, 검정 파리가 기어 들어오지 못하도록 소매 단추를 꼭 채운 플란넬 셔츠, 두꺼운 바짓단을 작업용 양모 양말 속에 집어넣은 차림을 한 아버지의 모습에 익숙하다. 펠트 모자만 빼면 어머니의 차림새도 그와 비슷했다.

하지만 이제 아버지는 재킷과 넥타이와 하얀 셔츠, 트위드 천으로 된 코트를 입고 머플러를 한다. 베이컨 기름으로 방수 처리한 가죽 장화 대신 버클 달린 신발 위에 고무 덧신을 신는다. 어머니는 뒤쪽에 이음매가 보이는 나일론 스타킹을 신은 다리를 드러내고, 외출할 때는 립스틱을 바른다. 어머니는 회색 털 칼라가 달린 코트와 깃털이 꽂혀 있어 긴 코를 유난히 돋보이게 만드는 모자를 가지고 있다. 이 모자를 쓸 때마다 어머니는 거울을 들여다보며 말한다. "나는 엔돌의 신접한 여인[11]처럼 보이는구나."

　아버지는 직업을 바꾸었다. 이것이 모든 것을 설명해 준다. 숲과 곤충 현장 연구원 대신 이제 대학교수가 되었다. 집에 온통 널려 있던 냄새 나는 표본 용기와 수집용 병들은 수가 줄어들었고, 그 대신 학생들이 색연필로 그린 그림이 여기저기에 쌓여 있다. 모두 곤충 그림이다. 메뚜기와 가문비나무 유충, 천막벌레나방 애벌레, 나무 먹는 딱정벌레 등등을 도화지에 꽉 차도록 큼직하게 그리고, 몸의 각 부위에 깔끔하게 명칭을 표시해 놓았다. 아래턱, 촉수, 더듬이, 흉곽, 복부. 어떤 것들은 단면도로서, 몸속이 어떻게 생겼는지 볼 수 있도록 절개한 모습이 그려져 있다. 통로와 분절 부위와 둥근 장기와 섬세한 선. 나는 이런 그림이 가장 좋다.

　저녁이면 아버지는 안락의자에 앉아서 팔걸이에 걸쳐 놓은 판자 위에 그림을 놓고 붉은 펜을 들고 그림을 자세히 점검한다. 어떤 때는 혼자 웃기도 하고, 머리를 흔들기도 하고, 혀를 차기도 한다. "멍청이"라거나 "얼간이"라고 아버지는 말한다. 나는 의자 뒤에 서서 그림을 바라본다. 그러면 아버지는 이 학생은 입을 엉뚱한 곳에 그려 넣었고 저 학생은 심장을 아예 그리지 않았으며 또 누구는 수컷과 암컷을 구별하지 못했다고 설명해 준다. 나는 그런 식으로 그림을 판단하지 않는다.

---

11) 성경 「사무엘상」 28장에 나오는 신접한 여인. 위기에 처한 사울 왕은 엔돌 지방의 신접한 여인에게 선지자 사무엘의 영혼을 불러내 달라고 요청하고, 그녀를 매개로 사무엘의 영혼과 만난다.

색깔을 보고 그림이 더 나은지 못한지 결정한다.

토요일마다 우리는 아버지와 함께 차를 타고 아버지가 일하는 곳으로 간다. 그곳은 사실 동물학과 건물이지만 우리는 그렇게 부르지 않고 그냥 "그 건물"이라고 한다.

그 건물은 거대하다. 항상 토요일에 가기 때문에 사람이 거의 없다. 비어서 더 커 보인다. 이 낡고 어두운 갈색 벽돌 건물에는 마치 중세의 성처럼 작은 탑 같은 것이 딸려 있을 것만 같다. 물론 그런 것은 흔적도 없다. 건물 벽을 따라 자라는 담쟁이덩굴은 겨울인 지금 잎사귀 하나 없이 해골 같은 가지만 남아 건물을 뒤덮고 있다. 건물 내부의 긴 나무 복도는 여러 세대 동안 학생들이 겨울 장화를 신고 진흙 발로 밟고 다녀 얼룩지고 닳아 빠졌지만 여전히 반들반들하다. 밟으면 삐걱삐걱 소리가 나는 나무 계단, 미끄럼을 타면 안 되는 난간, 쿵쿵 두드리는 소리가 나며 돌같이 차갑거나 타오를 듯 뜨거운 라디에이터가 있다.

2층에는 다른 복도로 이어지는 복도가 있는데, 죽은 도마뱀이나 보존 처리된 황소 눈알 표본이 든 용기로 꽉 찬 선반들이 양 가에 죽 서 있다. 어느 방에는 우리가 이제까지 본 것 중에 제일 큰 뱀이 유리 우리 안에 들어 있다. 그중에는 길들여진 보아 뱀도 있다. 책임자가 있을 때면 그는 뱀을 우리에서 꺼내 자기 팔에 둘둘 감고 그 뱀이 먹이를 어떻게 감아 죽여 잡아먹는지 시범을 보여 준다. 우리가 그 뱀을 툭툭 건드려 볼 수 있도록 허용하기도 한다. 뱀의 피부는 차갑고 건조하다. 다른 우리에는 방울뱀이 있다. 책임자는 독니에서 독을 어떻게 빼내는지 보여 준다. 그렇게 하기 위해 가죽 장갑을 껴야 한다. 독니는 구부러진 모양에 속이 비어 있고 독은 노란색이다.

그 방에는 걸쭉해 보이는 녹색 물이 찬 시멘트 수조도 있다. 물속에는 커다란 거북이들이 앉아서 눈을 깜박이거나 그들을 위해 마련되어 있는 바위 위로 힘겹게 기어오르기도 한다. 우리가 너무 가까이 다가가면 "슈웃." 하는 소리를 내기도 한다. 이 방은 다른 방들보다 더 덥고 습하다. 뱀과 거북이가 그런 환경에 있어야 하기 때문이다. 이곳에서는 사향 냄새가 난다. 다른 방에는 거대한 아프리카 바퀴벌레가 우글거리는 우리가 있다. 그 하얀색 벌레들은 독성이 너무 강해서 사육자가 먹이를 주거나 한 마리를 꺼내려고 우리를 열 때마다 가스를 투입해 벌레들을 마취해야 한다.

지하실에는 다수의 선반에 하얀 쥐들과 검은 쥐들이 놓여 있는데, 야생 쥐가 아닌 특별한 쥐들이다. 그 쥐들은 우리에 있는 깔때기 모양의 그릇에 든 알갱이 사료를 먹고, 점적기(點滴器)가 달린 병에서 물을 받아 마신다. 신문지를 쏠아 만든 둥지에는 털 없는 분홍색 새끼 쥐들이 버글댄다. 쥐들은 서로를 밟으며 뛰어다니고, 켜켜이 쌓여 잠을 자고, 코를 씰룩거리며 서로 냄새 맡는다. 낯선 냄새가 나는 쥐를 우리에 넣으면 원래 있던 쥐들이 새로 들어온 쥐를 물어 죽인다고 쥐 사육자가 설명해 준다.

지하실에는 쥐똥 냄새가 지독하다. 그 냄새는 건물을 타고 위층으로 올라가다가 초록색 더스트베인 바닥 청소제, 바닥 광택제, 가구 닦는 왁스, 포름알데히드, 뱀 같은 다른 냄새와

섞여 점점 약해진다.

우리는 그 건물에 있는 생물들을 혐오스럽다고 생각하지 않는다. 자세히 알지는 못하지만 그곳에 있는 대부분의 동물들에 익숙하다. 쥐들이 그렇게 많이 모여 있는 것을 본 적이 없기 때문에 그 수와 악취에 놀란 것을 제외하면 말이다. 거북이를 수조에서 꺼내 갖고 놀고 싶지만 그 악어거북은 성질이 나빠서 손가락을 물어뜯을 수도 있기 때문에 현명한 생각이 아닌 것도 잘 안다. 오빠는 병에 들어 있는 황소 눈알 표본을 갖고 싶어 한다. 다른 남자아이들이 굉장하다고 여길 만한 것이기 때문이다.

위층의 일부는 실험실이다. 실험실 천장은 어마어마하게 높고 앞쪽 벽은 전체가 칠판이다. 그곳에는 책상이라기보다는 탁자처럼 보이는 커다란 검은 책상과 등받이 없는 높은 걸상이 줄지어 있다. 책상마다 녹색 유리 전등갓이 달린 램프 두개, 무겁고 가느다란 관과 놋 부품이 달린 낡은 현미경 두 개가 놓여 있다.

현미경은 본 적이 있지만 이렇게 오랜 시간 본 적은 없었다. 우리는 싫증 날 때까지 오랫동안 현미경을 가지고 놀 수 있다. 현미경으로 들여다볼 수 있는 슬라이드를 받기도 한다. 나비 날개, 횡단면을 절단한 벌레, 각각 다른 부위를 볼 수 있도록 분홍색과 자주색으로 염색한 플라나리아. 어떤 때는 렌즈 밑에 우리 손가락을 놓고 손톱을, 짙은 분홍색 하늘을 배경으로 둥글게 솟은 언덕 같은 옅은 색 부분과, 사막의 언저리처럼 거칠고 굴곡진 그 옆의 피부를 관찰한다. 우리 머리에서 머리카락을 뽑아서 살펴보기도 한다. 그것은 곤충의 키톤질 피부에서 자라는 뻣뻣한 털처럼 단단하고 윤기가 돌며, 뿌리 부분은 작고 둥근 양파처럼 생겼다.

우리는 상처 딱지를 좋아한다. 팔다리를 통째로 놓을 수는 없으니까 딱지를 떼어 내 렌즈 밑에 놓고 배율을 최대한 높인다. 상처 딱지는 울퉁불퉁한 바위 같고 규소처럼 광택이 난다. 곰팡이처럼 보이기도 한다. 손가락에서 딱지를 떼어 낼 수 있으면 손가락을 밀어넣고 선홍빛 피가 열매처럼 둥근 단추 모양으로 흘러나온 부분을 바라본다. 그러고 나서는 피를 빨아 먹는다. 주위에 아무도 없는지 일단 확인한 후에 귀지나 코딱지, 발톱에 낀 때도 살펴본다. 물어본 적은 없지만 그런 일이 용납되지 않는다는 것은 알고 있다. 정확하게 규정되어 있지는 않지만, 우리의 호기심은 일정한 한도 내에서만 허용되는 것이다.

우리는 매주 토요일 오전을 이렇게 보낸다. 그동안 아버지는 연구실에서 업무를 보고 어머니는 장 보러 간다. 어머니는 홀가분하게 일을 볼 수 있다고 말한다.

이 건물은 유니버시티 애비뉴를 굽어보고 있고, 그 거리에는 잔디밭과 갈녹색 기마상이 서 있다. 길 건너편에는 이 건물과 마찬가지로 낡고 칙칙한 온타리오 의회 건물이 서 있다. 나는 저 건물에도 이 건물처럼 길고 삐걱거리는 복도와 도마뱀과 황소 눈 표본이 보관된 선반이 늘어서 있을 것이라고 생각한다.

우리가 산타클로스 시가 행렬을 처음 본 것도 이 건물에서

다. 전에는 시가 행렬을 한 번도 본 적이 없었다. 라디오에서 시가 행렬 방송을 들을 수도 있지만, 눈앞에서 행렬을 보고 싶다면 겨울옷을 잔뜩 껴입고, 몸을 따뜻하게 하기 위해 발을 구르고 손을 비비며 보도에 서 있어야 한다. 더 잘 보기 위해 기마상에 올라가는 사람도 있다. 우리는 그럴 필요가 없다. 먼지 낀 유리창이 바깥의 추운 날씨를 막아 주고 철제 라디에이터에서 더운 공기가 다리를 타고 올라오는 이 건물의 실험실 창틀에 앉아 있으면 되는 것이다.

거기에서 우리는 사람들이 눈송이, 꼬마 요정, 토끼, 설탕 자두 요정같이 의상을 차려입고 우리가 앉아 있는 곳을 지나 행진하는 모습을 내려다본다. 위에서 내려다보면 그들은 뭉툭하게 잘린 것처럼 이상하게 보인다. 킬트를 입은 백파이프 연주단이 지나가고, 손을 흔들며 앉아 있는 사람들을 태운 커다란 케이크같이 보이는 것이 바퀴를 달고 미끄러지듯 굴러간다. 가랑비가 내리기 시작한다. 저 아래쪽에 있는 사람들은 모두 추워 보인다.

산타클로스는 맨 마지막에 나온다. 그는 예상했던 것보다 작다. 그의 목소리와 확성기로 울려 퍼지는 썰매 종소리는 먼지 낀 유리창에 막혀 들리지 않는다. 그는 기계로 작동되는 순록 뒤에 서서 몸을 앞뒤로 흔들며 비에 젖은 채 군중에게 키스를 날려 보낸다.

나는 그가 진짜 산타클로스가 아니라 변장한 사람일 뿐임을 알고 있다. 그렇지만 산타클로스에 대한 내 생각은 변화되었고 새로운 차원을 획득했다. 그 행렬을 본 다음부터는 산타클로스에 대해 생각할 때마다 뱀과 거북이와 눈알 표본과 누런 용기 속에 떠다니는 도마뱀을, 거대하고, 소리가 울리고, 향긋하고, 낡고, 황량한 동시에 안정감을 주는 오래된 나무 냄새와 가구 광택제, 포름알데히드, 그리고 아득히 풍겨 오는 쥐 냄새를 떠올리게 된다.

3부

제국의 블루머

8장

침대에서 일어나기 힘든 날들이 있다. 말하는 것도 안간힘을 써야 한다. 욕실까지 한 걸음 또 한 걸음, 천천히 나아간다. 한 발 한 발이 커다란 성취다. 치약 뚜껑을 열고 칫솔을 입에 넣는 데 집중한다. 팔을 입까지 올리는 것조차 힘겹다. 스스로가 아무런 가치도 없고, 내가 할 수 있는 일도, 무엇보다 내게는, 아무런 가치가 없다고 느낀다.

"뭐 변명할 말 있어?"

코딜리어는 그렇게 묻곤 했다.

"아무것도 없어."

나는 그렇게 대답했다. 나와 연관되었다고 여기게 된 그 단어. 마치 나 자신이 아무것도 아닌 것처럼, 내 안에 아무것도 없는 것처럼.

어젯밤 나는 아무것도 아닌 것, 무(無)가 다가오는 것을 느꼈다. 아주 근접하지는 않았으나, 날갯짓처럼, 바람이 서늘해지는 것처럼, 파도 저류의 가벼운 첫 물살처럼 다가오는 것을. 벤에게 말하고 싶었다. 전화를 걸었지만 그는 집에 없었고 자동 응답기가 작동했다. 들려오는 것은 활기차고 절제된 내 목소리였다. "안녕하세요. 벤과 저는 지금 전화를 받을 수 없습니다. 하지만 메시지를 남겨 주시면 최대한 빨리 다시 전화 드리겠습니다." 그런 다음 "삐." 하는 소리가 났다. 육체에서 분리된 목소리, 천사의 목소리가 공중을 떠돈다. 내가 이 순간 죽는다 해도 이 목소리는 이런 식으로 평안하고 유용하게, 마치 전자식 사후의 삶처럼 계속될 것이다. 그 목소리를 듣고 나는 울고 싶어졌다.

"큰 포옹을 보내요."

나는 허공에 대고 말했다. 나는 눈을 감고 해안의 산에 대해 생각했다. 자신에게 말했다. 그게 네 집이야. 그곳이 네가 진짜 사는 곳이야. 무대 장치 같은 그 풍경, 판자로 된 영화 배경막처럼 너무나 아름다운 그곳이. 그곳은 현실적이지 않아. 현실적으로 느껴질 만큼 우중충하고 단조롭고 더럽지 않지. 그렇지만 사람들은 그렇게 만들기 위해 노력하고 있다. 여기서 몇 킬로미터, 저기서 몇 킬로미터만 더 가면 조망창에서는 내다보이지 않는 곳에 나무 그루터기만 남아 있는 땅이 나올 것이다.

밴쿠버는 이 나라에서 자살의 수도다. 길이 끝날 때까지 서쪽으로 계속 가다 보면 땅의 가장자리에 도달하게 되고, 그다음에는 추락하게 되는 것이다.

나는 듀베에서 기어 나온다. 나는 이론상으로는 바쁜 사람이다. 하고 싶지 않지만 처리해야 할 일들이 있다. 간이 부엌에 있는 냉장고를 뒤져 계란을 찾아내 삶아서 찻잔에 던져 넣고 으깬다. 허브차에는 눈길도 주지 않고, 진하고 해로운 커피를 끓여 마신다. 컵 속에 담긴 흥분제. 이제 곧 긴장감을 느끼게 되리라는 사실을 아는 것만으로도 기분이 나아진다.

나는 여기저기 흩어져 있는 잘린 팔과 텅 빈 다리 사이를 천천히 걸으며 까만 물을 들이켠다. 이 작업실이 마음에 든다. 여기에서 작업을 할 수도 있을 것 같다. 제멋대로에다 지저분해서 나에게 꼭 들어맞는다. 무너져 가는 것들은 내게 용기를 준다. 어찌 되었든 간에 내 모습은 적어도 그들보다는 나은 것이다.

오늘은 그림을 매다는 날이다. 매달다니, 얼마나 불길한 용어인가?

팔다리가 남의 것인 것처럼, 너무 뚱뚱하지도 않고 건강 상태가 양호하지도 않은 누군가의 몸인 양 나는 옷 속에 자신을 밀어 넣는다. 오늘도 연푸른색 운동복이다. 나는 옷을 많이 가져오지 않았다. 짐을 부치는 것보다는 비행기 좌석 아래 모두 쑤셔 넣는 것이 낫다. 만일 저 공중에서 뭔가 잘못된다면 좌석 아래서 가방을 끄집어내 움켜쥐고 창문 아래로 우아하게, 내 소유물을 전혀 남기지 않고 뛰어내릴 수 있으리라는 생각이 마음 한구석에 자리 잡고 있는 것이다.

나는 밖으로 나가 입을 약간 벌리고, 머릿속으로 시간을 재면서 거리를 따라 빠르게 걷는다. "해피 갱과 함께 행복하세요."[12] 예전에는 조깅을 했지만 그것은 무릎에 무리가 된다. 베타카로틴을 너무 많이 먹으면 피부가 주황색으로 변하고, 칼슘을 너무 많이 섭취하면 신장에 돌이 생긴다. 건강이 우리를 죽인다.

예전 한산하던 토론토의 모습은 사라졌다. 이제는 숨막힐 정도로 붐빈다. 토론토는 너무나 팽창해서 터져 죽을 지경이다. 그것 하나만은 분명한 사실이다. 교통량이 엄청나서 여기저기서 경적 소리가 들리고 난폭 운전이 난무하고 사람들은 교차로 한가운데까지 차를 몰고 와서 신호등이 바뀔 때도 그곳에 머물러 있는다. 차 없이 두 발로 걸어 다니는 게 다행이다. 창고 사이에 서 있는 건물은 전부 "나를 수리해 줘! 리노베이션(Renovation)이 필요해!"라고 외치는 듯하다. 부동산 광고란에서 '리노(Reno)'라는 단어를 처음 보았을 때 나는 도박 리조트를 말하는 줄 알았다.[13] 언어는 나를 앞질러 가고 있다.

킹 스트리트와 스파다이나 로드 교차로를 지나 북쪽을 향해 걷는다. 이곳에서는 옷을 도맷값으로 살 수 있었고 지금도 마찬가지다. 그러나 오래된 유대인 델리 식품점은 물러나고 그 자리에 고리버들 가구, 컷워크 식탁보, 대나무 풍경(風磬)

---

12) 1930년대에서 1950년대 후반까지 캐나다에서 활동했던 그룹 해피 갱의 타이틀 곡 중 한 부분이다.
13) '수리'를 의미하는 리노베이션의 줄임말을 화자는 미국의 유명한 도박 도시 리노(Reno)로 생각한 것이다.

등을 파는 중국 상점들이 들어서고 있다. 일부 표지판에는 중국어 주석까지 붙어 있다. 다문화주의가 진행 중인 것이다. 어떤 표지판에는 거리 이름 아래 '패션 구역'이라고 쓰여 있다. 이제는 모든 곳이 구역으로 나뉜다. 예전에는 구역 따위는 존재하지 않았다.

개막전에 입을 새 드레스가 필요하다는 생각이 갑자기 든다. 물론 드레스 한 벌을 가져오기는 했다. 나는 존의 작업대 한구석을 치우고 접은 타월을 덮어서 다리미판으로 삼아 여행용 다리미로 드레스를 이미 다려 놓았다. 드레스는 검은색이다. 그런 행사에는 검은색이 제일 적합하다. 교향악단에서 첼로를 연주하는 여성들이 입는 것처럼 수수하고 점잖은 검은 드레스. 고객보다 화려하게 차려입는 것은 적절하지 않다.

하지만 그 드레스를 입을 생각을 하니 우울해진다. 검은색에는 보푸라기가 많이 붙는데, 옷솔을 깜빡하고 가져오지 않았다. 1940년대의 스카치테이프 광고가 기억난다. "테이프 안쪽이 겉으로 오도록 손에 감아서 옷의 보풀을 제거하세요." 미술관에서 부티크에서 맞춘 옷을 걸치고 진짜 진주를 두른 사람들 사이에서, 과부를 연상시키는 검은 옷을 입고 스카치테이프가 미처 떼어 내지 못한 보풀을 달고 있는 내 모습을 상상해 본다. 다른 색깔 옷, 예를 들면 분홍색 같은 것을 입을 수도 있을 것이다. 분홍색은 적들을 약화시키고, 그들의 태도를 유하게 만든다고 한다. 그래서 여자 아기들에게 분홍색 옷을 입히는 것이다. 군대에서 왜 이 색을 사용하지 않는지 모르겠다. 장미 모양 매듭이 달린 연분홍색 헬멧. 과할 정도의 분홍색 복장을 하고 상륙 거점으로 향하는 전 대대. 이제 내가 변화를 시도할 때다. 나도 당장 분홍색을 좀 사용할 수 있을 것이다.

나는 할인 중인 상점의 유리창을 들여다본다. 상점은 일종의 성지 같다. 안쪽에서 조명이 밝혀지고, 손을 허리에 얹거나 한쪽 다리를 내밀고 서서 베이지색의 범접하기 어려운 얼굴을 한 여신이 진열되어 있다. 파티 드레스가 다시 유행하기 시작했다. 리본, 플라멩코 춤 의상 같은 주름, 어깨끈 없는 드레스와 빳빳한 속치마, 천으로 된 마시멜로처럼 부푼 소매. 나는 이 모든 것들이 영원히 과거에 머물러 있을 것이라고 생각했다. 언제나와 마찬가지로 불량한 미니스커트 역시 다시 유행한다. 하지만 나는 그것에 대해서는 선을 긋는다. 이전에 유행했을 때도 별로 좋아하지 않았다. 속옷이 너무 많이 드러나기 때문이다. 나는 주름이 많이 잡힌 옷을 입을 수 없다. 그런 옷을 입으면 양배추처럼 보인다. 그리고 앙상하게 불거진 쇄골과 암탉 발처럼 쭈글쭈글한 팔꿈치 때문에 어깨끈 없는 옷도 입을 수 없다. 나에게 필요한 것은 부드럽게 늘어지는 긴 옷이다.

할인 판매 광고가 나를 안으로 유혹한다. 이 상점 이름은 '슬릭 부티크'지만 진짜 부티크는 아니다. 이곳에는 떨이 상품과 싸구려 옷들이 쑤셔 박혀 있다. 다행히도 사람들이 많아 무척 복잡하다. 나는 판매원들을 두려워하며, 그들의 감시 없이 쇼핑하고 싶다. 할인 표시가 걸린 옷 거치대를 은밀히 뒤져 본다. 스팽글 장식, 앙고라 털, 장미 장식, 금색 실, 지저분한 흰색 가죽 등을 건너뛰고, 입을 만한 것을 찾아 본다. 내가 원하는 것은 전면 변모다. 가능성은 그다지 높지 않다. 변장은 젊을 때에나 쉬운 법이다.

나는 옷 세 벌을 들고 탈의실로 간다. 연어 색깔에 1달러 동전만 한 하얀 물방울 무늬가 있는 옷, 공단 장식이 있는 밝은 푸른색 옷, 둘 다 맞지 않을 경우에 대비한 안전한 검은색 옷. 정말 마음에 드는 것은 연어색 옷이지만 과연 내가 물방울 무늬를 소화할 수 있을지 잘 모르겠다. 나는 옷을 걸치고 지퍼를 올리고 훅을 잠근 후, 다른 상점과 마찬가지로 조명이 열악한 거울 앞에 서서 이리저리 돌아 본다. 내가 이런 상점을 운영한다면 탈의실을 전부 분홍색으로 칠하고 거울에 좀 더 투자할 것이다. 여자들이 거울을 통해서 보고 싶어 하는 것이 무엇이든 간에, 적어도 이렇게 최악의 조명 속에서 보는 자기 자신의 모습은 아닐 것이다.

나는 목을 길게 빼고 뒷모습을 본다. 신발과 귀고리를 바꾸면 좀 괜찮을지도 모르겠다. 가격표가 내 둔부를 가리키며 달랑거린다. 뒷부분에는 물방울 무늬가 넓게 펼쳐져 있다. 뒤에서 보면 얼마나 더 뚱뚱해 보이는지 정말 놀라운 일이다. 아마도 단조롭게 펼쳐진 드넓은 언덕과 평원을 분산시켜 줄 만한 특징이 별로 없어서 그럴 것이다.

몸을 원상태로 돌리면서 나는 바닥에 놓아 두었던 핸드백을 본다. 이렇게 나이를 먹었으면 보다 현명하게 처신했어야 했다. 핸드백이 열려 있다. 탈의실 벽은 바닥에서 30센티미터 정도 올라가 있는데, 그 틈으로 팔 하나가 소리 없이 빠져나가고 있고, 손은 내 지갑을 쥐고 있다. 손톱은 빛나는 데이글로[14] 초록색이다.

나는 맨발로 그 손목을 세게 밟는다. 비명 소리가 나고, 여럿이 시끄럽게 낄낄거리는 소리가 들려온다. 지름길을 타려는 젊은이들, 훔칠 기회를 노리고 돌아다니는 여학생들. 지갑은 바닥에 떨어지고, 손은 촉수처럼 움츠러든다.

나는 문을 열어 젖힌다. "이 나쁜 계집애, 코딜리어!" 나는 상상 속에서 외친다.

하지만 코딜리어는 오래전에 사라져 버렸다.

14) Day-Glo. 상표명이다. 주황색, 분홍색, 초록색, 노란색 등 이 상표의 색상들은 너무나 밝아서 불이 붙은 듯한 느낌을 준다.

9장

우리가 다니게 된 학교는 상당히 멀다. 공동묘지를 지나 협곡을 건너, 보다 오래된 집들이 줄지어 서 있는 넓고 굽어진 거리를 따라 걸어가야 한다. 학교 이름은 '퀸 메리 공립학교'다. 아침이면 우리는 새 방한용 덧신을 신고 종이봉투에 점심을 담아 얼어붙을 듯 추운 진흙밭을 가로지르고 과수원을 지나 집에서 가장 가까운 포장도로에 다다른다. 그곳에서 우리는 통학 버스가 언덕을 넘고 여기저기 팬 길 위로 비틀거리며 올 때까지 기다린다. 나는 새 겨울옷을 입고 있다. 툭툭한 방한용 바지 안으로 쑤셔 넣은 치마는 다리에 감기고, 걸을 때마다 바지와 함께 움직인다. 학교에 바지를 입고 가서는 안 된다. 치마를 입어야 한다. 나는 치마를 입는 것이나 책상에 가만히 앉아 있는 일에 익숙하지 않다.

우리는 학교 관사의 희미한 불이 켜진 추운 지하실에서, 얼기설기 배치된 난방용 파이프 아래 놓인 흠집투성이 긴 나무 벤치에 시키는 대로 열을 지어 앉아 점심을 먹는다. 대다수 아이들은 점심을 먹으러 집으로 가고, 통학 버스를 타고 다니는 아이들만 남는다. 작은 병 우유가 지급되는데, 두꺼운 종이 병마개에 꽂힌 빨대로 마신다. 처음으로 빨대를 써 본 나는 그 신기함에 무척 놀란다.

간(肝) 색깔 벽돌로 지어진 학교 건물 자체는 낡고 크다. 높은 천장과 길고 불길해 보이는 나무 복도와, 거세게 열기를 내뿜거나 아예 열이 나지 않는 라디에이터가 있다. 그래서 우리는 추위에 덜덜 떨거나 지나친 열기에 시달린다. 격자창은 길고 폭이 좁으며 색종이를 오려 만든 장식이 붙어 있다. 지금은 겨울이라 눈송이 무늬가 붙어 있다. 아이들은 절대 앞문을 사용해서는 안 된다. 뒤쪽에는 조각 장식 테두리가 있는 웅장한 출입구가 두 개 있는데, 문 위에는 엄숙한 흘림체가 정교하게 새겨져 있다. '여학생'과 '남학생'. 선생님이 운동장에서 황동 종을 울리면 우리는 교실 옆에 둘씩 짝을 지어 여학생 줄, 남학생 줄로 맞춰 서서 각기 다른 문으로 들어가야 한다. 여자애들은 서로 손을 잡지만 남자애들은 그러지 않는다. 아이들 말로는 틀린 문으로 들어가면 가죽끈으로 얻어맞게 된다고 한다.

나는 남학생 문에 대해 궁금한 것이 많다. 남자아이가 문에 들어가는 것은 뭐가 다를까? 매를 감수하고도 볼 만한 것이 있을까? 오빠는 그 안에 있는 계단은 특별할 것 없고 그냥 평범하다고 한다. 남학생들만 따로 사용하는 교실이 있는 것이 아니기 때문에 우리와 같은 교실에서 공부한다. 남학생 문으로 들어가서 결국 우리와 같은 교실로 오게 되는 것이다. 남학생 화장실이 따로 있는 이유는 납득할 수 있다. 그들은 우리와 다른 식으로 소변을 본다. 남학생용 운동장 또한 이해가 간다. 그들 사이에 오가는 온갖 공차기와 주먹질 때문이다. 하지만 문은 도저히 이해할 수 없다. 그 안을 들여다보고 싶다.

문이 남학생과 여학생용으로 구분되어 있듯이 학교 운동장도 구분되어 있다. 앞에 있는 교사 출입문 바깥쪽에는 재로 덮인 흙 벌판이 있는데 그곳이 남학생 운동장이다. 거리를 등지고 있는 학교 측면에 언덕이 있다. 그곳으로 올라가는 나무 계단, 옆쪽이 마모된 침식 도랑들이 있고, 꼭대기에는 왜소한 상록수가 몇 그루 서 있다. 관례상 이곳은 여학생들을 위한 장소이고, 고학년 학생들이 서너 명씩 무리를 지어 둥그렇게 서서 머리를 맞대고 속닥거리곤 한다. 때로 남자아이들이 고함을 지르고 팔을 흔들며 언덕 위로 돌격해 오기도 한다. 남학생 문과 여학생 문 바깥쪽에 시멘트 포장이 된 곳은 공동 구역이다. 남자아이들이 자기들 문으로 가려면 이곳을 지나가야 하기 때문이다.

학교에서 오빠를 볼 수 있는 유일한 시간은 줄을 설 때다. 우리는 집에서 깡통 두 개를 실로 연결해 만든 무전기를 각자 방 창문 사이에 설치했는데, 성능이 시원찮다. 우리는 외계인의 비밀 언어로 쓰여 있어서 엑스(X) 자와 제트(Z) 자가 잔뜩 있고 해독이 필요한 메시지를 서로의 방문 아래 밀어 넣곤 한다. 우리는 탁자 아래서 서로를 팔꿈치로 찌르고 발길질을 하면서도 표정은 침착하게 유지한다. 때로 신호를 보내기 위해 서로의 신발 끈을 한데 묶기도 한다. 삐걱거리는 깡통 무전기에서 흘러나오는 말들, 모음 없는 문장들, 발로 보내는 모스부호가 오빠와 내가 요즘 주로 사용하는 소통 수단이다.

하지만 현관을 나서는 순간부터 낮 동안에는 오빠를 볼 수 없다. 오빠는 눈덩이를 던지며 앞쪽에서 걸어간다. 그리고 버스에서는 고학년 남학생들이 시끄럽게 소동을 벌이는 뒷좌석에 앉는다. 어느 학교에서나 전학 온 남자아이들이 맞닥뜨리게 되는 싸움을 거친 다음에는, 근처 가톨릭 학교 남학생들과 전쟁을 하러 간다. 그 학교 이름은 '영원한 도움을 주시는 우리 성모님'이지만, 우리 학교 남학생들은 '영원한 괴로움을 주시는 우리 성모님'으로 바꾸어 부른다. 가톨릭 학교 남학생들은 매우 거칠며 눈덩이 속에 돌을 넣어 던진다고 한다.

이럴 때는 오빠에게 말을 걸거나 다른 남자아이들의 주의를 끌면 안 된다는 것 정도는 나도 알고 있다. 남자아이들은 여동생, 아니 여자 형제, 아니 어머니가 있다는 사실만으로도 놀림을 받는다. 새 옷이 생겼을 때도 비슷하다. 오빠는 뭔가 새것이 생기면 그 즉시 더럽혀서 눈에 띄지 않도록 한다. 그리고 나와 어머니와 함께 어디 갈 일이 생기면 저만치 앞서 걸어가거나 반대편 보도로 가곤 한다. 오빠가 나 때문에 놀림을 받는다면 오빠는 싸움을 더 자주 하게 될 것이다. 그러니 오빠를 알은척하거나 이름을 부르기만 해도 의리 없는 행위가 될 것이다. 나는 이런 것들을 이해하고 있으며 최선을 다한다.

그래서 드디어 나는 소녀들, 살아 있는 진짜 여자아이들 사이에 남겨졌다. 하지만 나는 여자아이들에게 익숙하지 않고 그들 사이에 통용되는 관습을 잘 알지도 못한다. 그들과 함께 있으면 어색한 느낌이 들고 무슨 말을 해야 할지 모른다. 나는 남자아이들 사이의 암묵적인 규칙들은 알고 있지만 여자아이들과의 관계에서는 금방이라도 뜻하지 않게 처참한 실수를 저지를 것만 같은 느낌이다.

캐럴 캠벨이라는 아이가 나와 친구가 된다. 어떻게 보면 캐럴은 나와 사귈 수밖에 없다. 우리 학년에서 통학 버스를 타고 다니는 여학생은 우리 둘뿐인 것이다. 통학 버스를 타고 다니고, 집에 가는 대신 지하실에서 점심을 먹는 아이들은 다소 이질적인 존재들로 여겨지며, 종이 울리고 줄을 설 때가 되면 같이 줄 설 친구가 없어 혼자 있기 십상이다. 그래서 캐럴은 통학 버스에서 내 옆에 앉고, 줄을 설 때는 내 손을 잡으며, 내게 귓속말을 하고, 지하실의 나무 벤치에서 내 옆에 앉아 점심을 먹는다.

캐럴은 버려진 과수원 맞은편의 오래된 주택가에 산다. 학교에서 더 가까운 그녀의 집은 노란 벽돌 이층집이고 녹색 덧문이 창문 테두리에 있다. 캐럴은 웃음이 헤프고 땅딸막하다. 그녀는 자기 머리칼이 벌꿀색 금발이고 머리 모양은 시동 스타일[15]이며, 머리카락을 자르러 두 달에 한 번씩 미용실에 가야 한다고 내게 말해 준다. 나는 시동 스타일이라든가 미용사 같은 것이 있다는 사실조차 몰랐다. 우리 어머니는 미용실에

15) 앞머리를 드리운 단발이다.

가지 않는다. 그냥 머리를 길게 길러서 전쟁 포스터에 나오는 여자들처럼 양쪽에서 머리핀을 꽂아 올린다. 그리고 내 머리는 한 번도 자른 적이 없다.

캐럴과 그녀의 여동생은 똑같은 일요일용 외출복을 갖고 있다. 벨벳 칼라가 달린 딱 맞는 갈색 트위드 코트, 턱에 걸도록 고무줄이 달린 둥근 갈색 벨벳 모자. 갈색 장갑과 작은 갈색 손가방도 있다. 캐럴은 내게 이런 얘기를 다 해 준다. 캐럴네 가족은 영국 국교회 신자다. 캐럴은 우리 가족은 어떤 교회에 나가느냐고 묻고, 나는 모르겠다고 대답한다. 사실 우리는 교회에 간 적이 한 번도 없다.

학교가 파한 후 캐럴과 나는 걸어서 집으로 온다. 통학 버스가 아침에 통과하는 경로와 다른 길로 간다. 뒷길을 따라가다가 협곡 위에 놓여 있는 썩어 가는 나무 인도교를 건넌다. 우리는 다리를 혼자 건너면 안 되고, 협곡에 우리끼리 내려가도 안 된다는 주의를 받았다. 저 아래 남자가 있을지도 모른다는 것이 캐럴의 생각이다. 보통 남자가 아니라 우리에게 해를 끼칠 수도 있고 모호하고 이름 없는 부류의 남자들이다. 캐럴은 남자라는 말을 할 때는 미소를 지으며 속삭인다. 특별하고 오싹한 농담이라도 되는 것처럼. 우리는 판자가 썩어서 구멍이 난 곳을 피하고, 남자를 만나게 될까 경계하면서 나무다리를 재빨리 건넌다.

수업이 끝난 후 캐럴은 나를 집으로 초대해서 옷이 가득 걸려 있는 옷장을 보여 준다. 드레스와 치마가 굉장히 많다. 심지어 실내용 가운, 같은 무늬의 보송보송한 슬리퍼까지 있다.

나는 여자애 옷이 그렇게 많이 있는 것을 본 적이 없다.

응접실에는 들어가면 안 되지만 캐럴은 문간에서 들여다볼 수 있도록 해 준다. 자기도 피아노를 칠 때만 들어간다고 한다. 응접실에는 소파와 의자 두 개, 같은 문양의 커튼이 있다. 모두 활짝 핀 장미 문양과 베이지색으로, 캐럴이 사라사라고 부르는 천으로 되어 있다. 그녀는 그 직물 이름이 마치 성스러운 무엇이라도 되는 양 경외감을 가지고 발음한다. 나는 혼자서 조용히 따라 해 본다. "사라사." 가재의 일종이나 오빠가 말하는 먼 행성에 사는 외계인 이름같이 들린다.

캐럴은 음을 잘못 짚으면 피아노 선생님이 자로 손가락을 때리고. 어머니는 머리빗 뒤쪽이나 슬리퍼로 체벌한다고 내게 말해 준다. 정말 큰 벌을 받을 때는 아버지가 귀가할 때까지 기다렸다가 맨엉덩이를 허리띠로 맞는다고 한다. 이 모든 것은 비밀이다. 캐럴의 어머니는 가명으로 라디오 프로그램에서 노래를 부른다고 한다. 우리는 정말로 캐럴의 어머니가 응접실에서 크고 떨리는 목소리로 음계 연습하는 것을 엿들을 수 있다. 아버지는 밤이면 치아 일부를 꺼내 침대 옆 유리컵의 물속에 넣어 놓는다고 캐럴은 말한다. 유리컵도 보여 주지만 치아는 담겨 있지 않다. 캐럴이 털어놓지 않을 비밀은 아무것도 없을 것처럼 보인다.

캐럴은 절대 아무에게도 말하지 말라고 한 후 학교에서 어떤 남자애들이 자기를 좋아하는지 말해 준다. 그리고 어떤 애들이 나를 좋아하는지 물어본다. 나는 그것에 대해 한 번도 생각해 본 적은 없었지만 어떤 식으로 대답해야 하는지 곧 알아차린다. 나는 잘 모르겠다고 말한다.

캐럴은 우리 집에 와서 모든 것을, 페인트칠이 되지 않은 벽, 천장에서 늘어진 전선, 마감이 되지 않은 바닥, 군대용 간이침대를 믿을 수 없다는 듯한 환희에 사로잡혀 자세히 둘러본다. 그녀가 말한다. "여기가 네가 자는 곳이야? 여기에서 밥을 먹어? 이게 네 옷이니?" 몇 벌 되지 않는 내 옷은 대부분 바지와 티셔츠다. 드레스는 여름용과 겨울용 한 벌씩, 학교에 입고 가는 옷은 겉옷과 모직 치마가 하나씩 있다. 나는 옷이 좀 더 많아야 하는 것이 아닐까 생각하기 시작한다.

캐럴은 학교에서 전교생에게 우리 가족은 마룻바닥에서 잔다고 말한다. 우리가 도시 밖에서 왔기 때문에, 그리고 우리의 신념 때문에 일부러 그렇게 하는 것이라는 인상을 풍기면서 말한다. 우리의 진짜 침대가, 다른 사람들 것과 마찬가지로 다리가 넷 달리고 매트리스 있는 침대가 창고에서 도착하자 캐럴은 무척 실망한다. 그녀는 내가 어떤 교회에 나가는지도 모른다는 것과 우리 가족이 카드놀이용 탁자에서 밥을 먹는다는 사실을 널리 알린다. 이런 사실을 경멸적으로 말하는 것이 아니라 이국적인 특별함을 가미해서 말한다. 결국 나는 그녀의 줄서기 짝이며, 그녀는 내가 다른 사람들의 경외의 대상이 되기를 바라는 것이다. 정확히 말하자면 캐럴은 그런 놀라운 사실을 밝힌다는 점에서 자기 자신이 경외의 대상이 되기를 원한다. 마치 어떤 원시 종족의 괴기한 행동을 보고하기라도 하는 듯이. 진실이지만 믿을 수 없을 만큼 놀라운 것을.

10장

토요일에 우리는 캐럴 캠벨을 그 건물로 데려간다. 건물에 들어서자 그녀는 콧등을 찡그리며 말한다. "여기가 너희 아버지가 일하는 곳이야?" 우리는 그녀에게 뱀과 거북이를 보여준다. 그녀는 "우웩!" 하는 소리를 내며, 그것들을 만지고 싶지 않다고 한다. 나는 그런 반응에 놀란다. 나는 오랫동안 그런 감정을 장려하지 않는 환경에서 자랐기 때문에 이제는 더 이상 그런 감정을 느끼지 않는다. 오빠도 마찬가지다. 기회만 주어진다면 우리가 만지지 않을 것은 거의 없다.

나는 캐럴 캠벨이 겁쟁이라고 생각한다. 그러면서도 그녀의 연약함을 약간 자랑스럽게 여기는 나 자신을 발견한다. 오빠는 캐럴을 이상하게 쳐다본다. 경멸의 표정, 바로 그것이다. 내가 그런 말을 했다면 오빠는 나를 놀렸을 것이다. 하지만 오빠의 놀림에는 마치 보이지 않는 끄떡임 같은 것, 낮은 목소리 같은 것이 있다. 의심해 오던 것이 결국 현실화되었다는 듯한.

그냥 캐럴을 무시해 버려도 될 법한데, 오빠는 포기하지 않고 도마뱀과 황소 눈알이 든 병을 가지고 그녀를 시험해 본다. 캐럴은 "우웩!" 하는 소리를 낸다. "누가 그걸 네 등에 내려보내면 어떻게 해?" 오빠는 저녁 식사로 그걸 먹으면 어떨지 물어본다. 씹어서 후루룩 마시는 소리를 내면서.

"우웩!" 캐럴은 얼굴을 찡그리고 몸부림을 친다. 나는 캐럴처럼 충격을 받거나 역겹다는 시늉을 할 수 없다. 그렇게 해봐야 오빠는 믿지 않을 것이다. 그렇다고 해서 두꺼비 햄버거나 거머리 추잉 껌처럼 구역질 나는 음식을 고안하는 일에 동참할 수도 없다. 물론 우리끼리만 있거나 다른 남자아이들과 있었더라면 두 번 생각하지 않고 했겠지만 말이다. 그래서 나는 아무 말도 하지 않는다.

그 건물에서 돌아온 다음 나는 다시 캐럴네 집으로 간다. 그녀는 자기 어머니의 트윈 세트를 보고 싶으냐고 내게 묻는다. 나는 그것이 무엇인지 모르지만 이름이 흥미롭게 들리기 때문에 그렇다고 말한다. 들키면 정말 크게 야단맞을 것이라고 말하며 캐럴은 몰래 어머니 침실로 나를 데려가서 선반 위에 개켜 놓은 트윈 세트를 보여 준다. 트윈 세트란 색깔이 같은 스웨터 두 벌일 뿐이다. 하나에는 앞쪽에 단추가 달려 있고 다른 하나에는 없다. 나는 전에 캠벨 부인이 다른 베이지색 트윈 세트를 입고 있는 것을 본 적이 있다. 그녀는 가슴을 뾰족하게 앞으로 내밀고, 단추 달린 스웨터를 케이프처럼 어깨에 두르고 있었다. 이것이 모두 트윈 세트인 것이다. 나는 쌍둥이와 연관된 어떤 것을 상상하고 있었기 때문에 매우 실망한다.

캐럴의 어머니와 아버지는 우리 부모님처럼 커다란 침대에서 같이 자지 않는다. 대신 똑같이 생긴 작은 침대 두 개에서 따로 잔다. 침대에는 똑같은 분홍색 모충사(毛蟲絲) 침대 덮개가 있고 똑같은 협탁이 딸려 있다. 이런 침대는 트윈 베드라고 불린다. 트윈 세트보다는 일리가 있는 이름이라고 나는 생각한다. 그렇지만 캠벨 씨 부부가 밤에 얼굴은 서로 다르지만(캠벨 씨는 콧수염이 있고 부인은 콧수염이 없다.) 쌍둥이 같은 모습으로 똑같이 침대 시트와 담요 아래 나란히 누워 있는 것을 상상해 보면 정말 이상한 기분이 든다. 똑같은 침대 덮개, 협탁, 램프, 서랍장. 이 방의 모든 것이 이중으로 되어 있다는 사실 때문에 이런 생각이 든다. 우리 부모님의 침실은 이렇게 대칭적으로 균형이 잡히지도, 이렇게 깨끗하지도 않다.

캐럴은 자기 어머니는 접시를 닦을 때 고무장갑을 낀다고 말한다. 고무장갑과 수도꼭지에 달린 분무기 같은 것도 보여 준다. 캐럴은 물을 틀고 개수대 안에 물을 흩뿌린다. 실수로 마룻바닥에도 물을 조금 흘린다. 이내 캠벨 부인이 베이지색 트윈 세트를 입고 얼굴을 찌푸리며 들어와 위층에 올라가서 놀라고 말한다. 찌푸린 표정이 아닐 수도 있다. 미소 짓고 있을 때도 입술 양쪽이 아래쪽으로 약간 처져 있기 때문에 기분이 좋은지 아닌지 구별하기 힘들다. 캠벨 부인은 캐럴과 같은 색의 머리칼을 지녔고, '콜드 웨이브'라는 파마머리를 하고 있다. 그 머리 모양이 콜드 웨이브라는 것을 가르쳐 준 것은 캐럴이다. 콜드 웨이브란 물과는 아무런 상관이 없다. 그것은 인형 머리처럼 꿰매어 고정된 듯 매우 단정하고 정돈된 머리 모양이다.

캐럴은 내가 당황해할수록 더욱더 만족감을 느낀다. "너는 콜드 웨이브가 뭔지 몰랐단 말이야?" 그녀는 즐거워하며 묻는다. 캐럴은 내게 무언가를 열심히 설명해 주고 이름을 가르쳐 주고 직접 보여 준다. 자기 집이 박물관이라도 되는 양, 그 안에 있는 것을 전부 자신이 직접 수집했다는 투로 나를 데리고 다니며 보여 준다. 기둥식 옷걸이가 있는 아래층 복도에 서서 캐럴은 말한다. "기둥식 옷걸이를 본 적이 없단 말이야?" 그녀는 내가 자기의 가장 친한 친구라고 말한다.

캐럴에게는 가장 친한 친구가 또 있다. 그 아이는 어떤 때는 캐럴의 가장 친한 친구이기도 하고 어떤 때는 아니다. 이름은 그레이스 스미스다. 캐럴은 버스 안에서 그레이스가 누구인지 가리켜 보인다. 트윈 세트와 옷걸이를 보여 줄 때와 똑같은 태도로, 감탄할 만한 어떤 대상을 가리키듯이.

그레이스 스미스는 우리보다 한 살 더 많고 한 학년 위다. 학교에서는 자기 반 여학생들과 논다. 하지만 토요일에는 캐럴과 논다. 같은 반에는 협곡 이편에 사는 여자아이들이 없기 때문이다.

그레이스는 굵고 하얀 기둥 두 개가 외부 현관 지붕을 받치고 서 있는 신발 상자 모양의 붉은 벽돌 이층집에 산다. 캐럴보다 키가 크고, 푸석하고 숱 많은 짙은 색 머리를 양쪽으로 땋아 내렸다. 피부는 수영복에 가려 타지 않은 부위의 살처럼 창백하고 주근깨로 뒤덮여 있다. 그녀는 안경을 쓰고, 어깨끈이 두 개 달린 회색 치마와 보풀이 일어난 빨간 모직 스웨터를 늘 입고 다닌다. 옷에서는 가루비누와 삶은 순무와 약간 역한 세탁물과 외부 현관 밑의 흙냄새가 합쳐진 스미스 씨네 집 특유의 냄새가 희미하게 풍긴다. 나는 그레이스가 예쁘다고 생각한다.

나는 더 이상 토요일에 그 건물에 가지 않는다. 그 대신 캐럴과 그레이스와 논다. 겨울이라 우리는 대개 실내에서 논다. 여자아이들과 노는 것은 많이 다르다. 처음에는 지나치게 의식이 되고 마치 내가 여자애들 흉내를 내는 듯한 느낌이 들어 기분이 이상했지만 이내 익숙해진다.

우리가 하는 놀이는 대부분 그레이스가 생각해 낸 것이다. 자기가 좋아하지 않는 놀이를 하려고 하면 그레이스는 머리가 아프다면서 집으로 가 버리고, 자기 집에서 놀 때는 우리에게 집에 가라고 한다. 그녀는 결코 목소리를 높이거나 화를 내거나 울지 않고, 마치 자기 두통이 우리 때문이라는 듯이 조용히 비난한다. 그레이스는 우리와 노는 것에 시큰둥한 반면 우리는 항상 그녀와 놀고 싶어 하기 때문에 그녀는 뭐든지 자기 하고 싶은 대로 할 수 있다.

우리는 그레이스의 영화배우 그림 색칠 놀이 책에 색깔을 칠한다. 그 책에는 영화배우들이 다양한 옷을 입고 다양한 활동을 하고 있는 그림이 있다. 개를 산책시키고, 선원 복장을 하고 배를 타러 가고, 이브닝드레스를 입고 파티장에서 빙글 도는 모습. 그레이스가 가장 좋아하는 영화배우는 에스터 윌리엄스다. 나는 좋아하는 영화배우가 없다. 영화관에 가 본 적도 없다. 하지만 내가 가장 좋아하는 배우는 베로니카 레이크라고 말한다. 그 이름이 마음에 든다. 베로니카 레이크 그림책은 종이 인형 책이다. 수영복을 입은 베로니카 레이크와 수십 벌의 옷. 옷은 끝에 붙은 종잇조각을 목 부근에 접어서 갈아입힐 수 있게 되어 있다. 그레이스는 우리가 의상을 오려 내지 못하게 한다. 꼭 자기가 옷을 오려 낸 다음에 우리가 옷을 입혔다 벗겼다 하게 해 준다. 하지만 선 안쪽으로만 칠한다는 조건으로 색칠은 하게 해 준다. 그녀는 책 전체가 채색되기 바란다. 어디에 어떤 색을 칠해야 할지는 그레이스가 알려 준다. 오빠라면 에스터를 초록색으로 칠하고 딱정벌레 더듬이를 달아 주고, 베로니카에게는 털투성이 다리를 여덟 개 붙여 줄 것이다. 하지만 나는 그렇게 하지 않는다. 어쨌든 그 옷들이 마음에 든다.

우리는 학교 놀이를 한다. 그레이스네 집 지하층에는 의자 몇 개와 나무 탁자, 작은 칠판과 분필이 있다. 그 위에는 스미스 씨네 가족이 비나 눈이 오는 날 속옷을 실내에서 말리는 빨랫줄이 걸려 있다. 지하층은 마감되지 않았다. 바닥은 시멘트가 그대로 드러나고, 집을 지지하는 기둥은 벽돌이며, 수도관과 전선이 드러나 있고, 칠판 바로 옆에 있는 석탄 보관함 때문에 석탄 먼지 냄새가 공중을 떠다닌다.

그레이스는 언제나 선생님이고 캐럴과 나는 학생이다. 우리는 철자 시험을 봐야 하고 덧셈을 해야 한다. 실제 학교와 다를 바 없고, 그림 그리는 시간이 없기 때문에 사실은 학교보다 더 끔찍하다. 그레이스가 무질서를 싫어하기 때문에 우리는 나쁜 학생 역을 하는 척할 수도 없다.

아니면 그레이스의 방에서 바닥에 앉아 잔뜩 쌓여 있는 오래된 이턴 백화점 카탈로그를 보기도 한다. 나는 예전에 이턴 카탈로그를 많이 보았다. 북쪽으로 가면 옥외 화장실에 화장지 대신 걸려 있다. 이턴 카탈로그는 옥외 화장실의 악취, 오물 구덩이 속에서 웅웅거리는 파리 소리, 볼일을 본 다음 뿌려 주기 위한 석회 상자와 나무 삽, 오래되었거나 얼마 되지 않은 다양한 모양의 갈색 똥을 연상시킨다. 하지만 여기에서 우리는 이 카탈로그를 경건한 태도로 다룬다. 우리는 조그마한 총천연색 사람들을 오려 스크랩북에 붙인다. 그다음에 조리 기구나 가구 같은 물건들을 오려서 사람들 주위에 붙인다. 오리는 것은 항상 여자들이다. 우리는 그들을 "나의 숙녀"라고 부른다. 우리는 말한다. "내 숙녀는 이 냉장고를 살 거야." "내 숙녀는 이 융단을 살 거야." "이건 내 숙녀의 우산이야."

그레이스와 캐럴은 서로 스크랩북을 들여다보며 말한다. "야, 네 건 정말 좋은데. 내 건 별로야. 내 건 후져." 그들은 스크랩북 놀이를 할 때 늘 그렇게 말한다. 그들의 목소리는 아첨과 허위로 가득 차 있다. 나는 그들이 진심이 아니라는 것을, 자기 스크랩북과 자기 숙녀가 더 훌륭하다고 생각한다는 것을 알고 있다. 하지만 이 놀이에서는 그래야만 하기 때문에 나도 그렇게 말을 하기 시작한다.

이 놀이를 하면 나는 늘 피곤해진다. 이 모든 물건의 축적, 돌보고 포장하고 차에 싣고 다시 포장을 풀어야 할 이 모든 소유물이 지닌 무게에 눌려서 그런 것이다. 나는 이사에 대해 잘 안다. 하지만 캐럴과 그레이스는 단 한 번도 이사해 본 적이 없다. 그들의 숙녀들은 한집에 살고 있으며, 언제나 그곳에서 살아왔다. 그들은 물건들을 계속 늘릴 수 있고, 아무런 거리낌 없이 식탁 세트, 침대, 타월 무더기, 그릇 세트로 스크랩북 페이지에 가득 채워 넣을 수 있는 것이다.

나는 전에는 한 번도 갖고 싶었던 적이 없었던 것들을 원하게 되었다. 땋은 장식 끈, 실내용 가운, 나만의 손가방. 그 무엇인가가 내게 모습을 드러내면서 펼쳐지고 있다. 내가 이제까지 알지 못했던 여자아이들과 그들의 행동이라는 세계가 있으며, 나도 자연스럽게 그 세계의 일부가 될 수 있다는 것을 깨닫는다. 뒤떨어지지 않으려고 애쓰지 않아도 된다. 빨리 달리거나 과녁을 잘 맞추거나 폭탄처럼 큰 소리를 내거나 메시지를 해독하거나 신호에 따라 죽은 시늉을 하지 않아도 된다. 이런 일을 잘했는지, 남자아이처럼 잘했는지 생각하지 않아도 된다. 그저 방바닥에 앉아 이턴 카탈로그에서 프라이팬을 자수용 가위로 잘라 내고, 내가 한 것은 형편없다고 말하기만 하면 된다. 이것은 한편으로 안도감을 준다.

11장

크리스마스 선물로 캐럴은 내게 프렌드십 가든 상표 목욕 소금을, 그레이스는 영화배우 버지니아 메이오가 나오는 색칠 놀이 책을 준다. 나는 그 선물들을 다른 것보다 먼저 열어 본다.

내 카메라와 짝이 되는 앨범도 받는다. 안팎이 모두 검은색이며, 검은색의 긴 구두끈같이 생긴 것으로 한데 묶여 있다. 사진을 앨범에 붙이도록 접착제가 묻은 조그만 검은 삼각형 조각이 한 봉지 들어 있다. 이제까지 나는 필름을 한 통밖에 안 썼다. 버튼을 누르기 전에 이 사진이 어떻게 보일까 생각한다. 필름을 낭비하고 싶지 않다. 사진을 인화하면 음화(陰畵)도 같이 따라온다. 음화를 빛에 비춰 본다. 사진에서 하얀 것이 음화에서는 검게 보인다. 예를 들면 눈은 까맣게 보이고, 사람들의 눈자위와 치아 역시 마찬가지다.

내가 찍은 사진들을 검은 삼각형 조각으로 앨범에 붙인다. 눈덩이를 들고 위협하고 있는 오빠의 사진이 있다. 캐럴과 그레이스의 사진도 있다. 내 사진은 한 장뿐이다. 오래전, 한 달 전에 9자가 붙어 있는 모텔 문 앞에 서서 찍은 그 사진. 그 아이는 지금의 나보다 훨씬 더 어리고, 가난하고, 멀리 있는 존재처럼 보인다. 현재 내 모습의 순진한 축소판인 양.

다른 크리스마스 선물은 빨간색 플라스틱 손가방이다. 직사면체 모양에 금색 걸쇠가 달렸고, 위쪽 끝에 손잡이가 있다. 집 안에서는 부드럽고 말랑말랑하지만 추운 바깥으로 나가면 딱딱해져서 안에 든 물건들이 달그락거린다. 나는 일주일에 5센트씩 받는 용돈을 손가방에 보관한다.

이제 우리는 제대로 된 거실 바닥을 갖추게 되었다. 어머니는 단단한 나무 바닥에 무릎을 꿇고 앉아서 왁스칠을 하고, 손잡이가 길고 무거운 빗자루로 파도치는 듯한 소리를 내면서 앞뒤로 비질을 해서 광을 낸다. 거실에는 페인트칠이 끝나고, 전등이 달리고, 굽도리널도 추가되었다. 심지어 커튼도 있다. 사람들은 그것을 드레이프라고 부른다. 공개된 곳, 보이는 곳의 공사가 먼저 끝난 것이다.

침실은 여전히 헐벗은 상태다. 창문에는 아직 드레이프가 없다. 밤에 침대에 누워 있으면 바로 옆 오빠 방에서 흘러나오는 조명을 받아 환하게 빛나는 눈이 창밖에 내리는 것을 볼 수 있다.

지금은 1년에서 밤이 가장 긴 때다. 낮에도 어두컴컴하다. 밤이면 전등을 켜 놓아도 어둠이 안개처럼 모든 것에 스며든다. 밖에는 몇 안 되는 가로등이 있는데, 띄엄띄엄 떨어져 있고 밝지도 않다. 가정집의 전등은 노르스름한 빛을 발하고 있다. 차갑고 푸른 기 도는 빛이 아니라 갈색 기가 살짝 깃든 버터 같은 어둑한 노란색. 집 내부에 있는 물건들의 색채에도 어두움이 섞여 든다. 적갈색, 버섯의 베이지색, 채도 낮은 녹색, 흐린 분홍색. 붓을 씻지 않고 물감을 섞은 팔레트 칸처럼 지저분해 보이는 색깔.

우리 집에는 창고에서 가져온 적갈색 긴 의자가 있고 그 앞에는 적갈색과 자주색이 섞인 동양풍 양탄자가 깔려 있다. 키큰 3등 램프도 있다. 저녁의 램프 빛 속에서 공기는 오래된 커스터드 크림처럼 응고된다. 더 무거운 빛의 침전물이 거실 구석마다 쌓인다. 밤에는 드레이프를 닫아 놓는다. 겨울을 차단하고 희미하고 무거운 빛을 실내에 저장하고 간직하기 위해 겹겹이 드리운 직물.

이 빛 아래서 나는 반들거리는 나무 마루에 석간을 펼쳐놓고 엎드려서 만화면을 읽는다. 만화에는 둥그런 구멍이 눈인 사람들, 즉각적으로 최면을 걸 수 있는 사람들, 비밀 신원을 가진 사람들, 얼굴을 늘려서 어떤 모양으로든 바꿀 수 있는 사람들이 나온다. 주위에서는 신문 잉크 냄새와 바닥 왁스 냄새, 때묻은 무릎 냄새와 가려운 스타킹에 밴 서랍장 냄새가 뒤섞인 냄새, 체크무늬 모직의 껄끄럽고 더운 냄새와 면으로 된 속바지에서 나는 고양이 화장실 냄새가 풍겨 온다. 뒤쪽의 라디오에서 6시 뉴스에 앞서 '돈 메서와 그의 섬 사람들'[16]의

---

16) Don Messer and His Islanders. 대중 음악가 돈 메서가 마지 오스본과

매리타임스[17] 스퀘어 댄스 음악이 흘러나온다. 광택 나는 짙은 나무 소재 라디오에는, 둥근 손잡이를 돌리면 눈금판을 따라 움직이는 초록빛 외눈이 박혀 있다. 각 방송국의 눈금 사이사이에서 이 눈은 외계에서 들려오는 듯한 무시무시한 소리를 낸다. "라디오 주파 소리야." 오빠가 말한다.

이제 그레이스 스미스는 방과 후에 종종 캐럴은 빼놓고 나만 자기 집으로 초대한다. 그녀는 캐럴에게 왜 초대할 수 없는지 말해 준다. 어머니 때문이라는 것이다. 어머니가 피곤하기 때문에 그날은 가장 친한 친구 한 명만 초대할 수 있다는 것이다.

그레이스의 어머니는 심장이 나쁘다. 그레이스는 캐럴과는 달리 그런 이야기를 비밀로 취급하지 않는다. 그녀는 마치 현관 매트에 신발 먼지를 털라고 요청하는 것처럼 감정 없이, 예의 바르게 그 사실을 말한다. 하지만 그와 동시에 마치 캐럴과 나에게는 없는 특권이나 도덕적 우월함 같은 것을 자기 혼자 지닌 듯이 점잔을 뺀다. 계단 중간의 층계참에 있는 고무나무에 대해 이야기할 때도 마찬가지다. 그 나무는 그레이스 집에 있는 유일한 식물이며, 우리는 그걸 만지면 안 된다. 그것은 매우 오래된 나무이고 잎사귀를 우유로 하나하나 닦아 주

함께 조직한 악단. 매리타임스 지방의 토속 음악을 주로 다루었고, 캐나다 공영 방송(CBC)을 통해 장기간 방송되어 많은 인기를 끌었다.
17) 캐나다 동부의 바다를 면하고 있는 네 주, 뉴브런즈윅주, 노바스코샤주, 뉴펀들랜드주, 프린스에드워드아일랜드주를 가리킨다.

어야 한다. 스미스 부인의 나쁜 심장도 마찬가지다. 그녀의 심장 때문에 우리는 까치발을 하고 조용히 걸어야 하고, 웃음소리를 억누르고, 그레이스가 명하는 대로 해야 한다. 나쁜 심장도 나름대로 쓸모가 있는 것이다. 심지어 나도 그 정도는 알아차릴 수 있다.

매일 오후 스미스 부인은 휴식을 취해야 한다. 그녀는 침실이 아니라 응접실의 긴 의자 위에 신발을 벗고 길게 누워 털실로 짠 아프간 담요를 덮고 휴식을 취한다. 방과 후에 놀러 갈 때마다 항상 그 모습이다. 우리는 옆문으로 들어간 다음, 최대한 조용히 움직이려 노력하면서 계단을 통해 부엌, 그리고 식사실로 들어가서, 프랑스식 문 앞까지 간다. 그곳에서 우리는 유리창 안을 들여다보면서 스미스 부인이 눈을 뜨고 있는지 감고 있는지 알아내려 노력한다. 그녀는 결코 잠들지 않는다. 하지만 그레이스가 예의 그 사무적인 태도로 우리 머릿속에 주입했듯이, 죽었을 가능성이 항상 있다.

스미스 부인은 캠벨 부인과 다르다. 가령 그녀는 트윈 세트가 없으며 그것을 경멸한다. 언젠가 캐럴이 자기 어머니의 트윈 세트에 대해 자랑을 늘어놓고 있을 때 스미스 부인이 "그러니?"라고 대답하는 것을 보고 알아차렸다. 그것은 질문이 아니라 캐럴이 입을 다물게 만드는 방법이었다. 스미스 부인은 외출할 때조차도 립스틱이나 분을 바르지 않는다. 그녀는 뼈대가 크고, 틈새가 거의 없어서 하나하나 뚜렷히 구별되어 보이는 네모난 치아를 갖고 있다. 피부는 감자 씻는 솔로 문질러 생살이 까진 것처럼 거칠다. 얼굴은 둥글고 평범하며,

그레이스처럼 하얗지만 주근깨는 없다. 또 그레이스처럼 안경을 끼지만 갈색 뿔테가 아니고 금속테다. 관자놀이에 새치가 돋기 시작한 머리는 가운데에 가르마를 타고 땋아서 납작한 머리 왕관처럼 위로 감아 올리고, 머리핀을 겹쳐 꽂아 고정했다.

스미스 부인은 날염 무늬 실내복을 아침뿐 아니라 거의 하루 종일 입고 있다. 그 실내복 위에는 가슴판 달린 앞치마를 입는다. 가슴판은 앞으로 처져서, 마치 유방이 두 개가 아니라 앞가슴 전체를 가로질러 펼쳐지다가 허리까지 한 덩어리로 이어진 것처럼 보인다. 봉합선이 보이는 라일사(絲) 스타킹을 신은 다리는 속을 채우고 뒤에서 꿰맨 것처럼 보인다. 스미스 부인은 갈색 옥스퍼드 슈즈를 신는다. 스타킹 대신 얇은 면양말을 신기도 하는데, 양말 위쪽의 하얀 다리에는 여자 콧수염처럼 듬성듬성 털이 나 있다. 그녀는 콧수염도 있다. 숱이 많은 것은 아니고 입 주변에 듬성듬성 돋은 정도다. 그녀는 커다란 치아를 드러내지 않고 입술을 다문 채 미소를 짓는 때가 많다. 하지만 그레이스와 마찬가지로 소리 내어 웃는 법이 없다.

스미스 부인의 손은 크고 빨래를 많이 해서 마디가 굵고 불그스름하다. 그 집에는 빨랫감이 많다. 그레이스 밑으로 치마와 블라우스와 속옷까지 물려 입는 여동생이 둘 있다. 나는 오빠의 티셔츠를 물려 입지만 속옷은 물려 입지 않는다. 그레이스네 지하층에서 학교 놀이를 할 때면 빨랫줄에 걸린 해지고 회색으로 바랜 속옷들에서 우리들 머리 위로 물이 뚝뚝 떨어진다.

밸런타인데이 전에 우리는 길쭉한 유리창에 붙이기 위해 빨간 색종이를 하트 모양으로 잘라 종이 도일리로 장식한다. 하트 모양을 잘라 내면서 나는 스미스 부인과 그녀의 나쁜 심장에 대해 생각한다. 정확히 뭐가 문제일까? 나는 아프간 모직 담요와 물결 구름처럼 보이는 앞치마 가슴판 아래 감추어진 심장이 몸속에서, 어둡고 두터운 살 속에서 움직이는 모습을 상상한다. 금기의 대상이며 지극히 내밀한 것. 그녀의 심장은 붉은색이지만, 썩은 사과나 멍 자국처럼 검붉은 부분이 있다. 그 상상은 나를 고통스럽게 한다. 예전에 오빠가 유리 조각에 손을 베이는 것을 보았을 때처럼 고통이 작고 날카로운 경련처럼 나를 관통한다. 하지만 이 나쁜 심장은 저항할 수 없는 힘을 가지고 있기도 하다. 이것은 진기한 것, 일종의 기형이다. 끔찍한 보물.

매일 나는 프랑스식 문의 유리창에 코를 바짝 갖다 대고 스미스 부인이 아직 살아 있는지 보려고 애쓴다. 나는 다음과 같은 그녀의 영상을 영원히 간직할 것이다. 긴 의자의 팔걸이에 씌운 장식 덮개에 머리를 얹고, 베개로 목을 받치고 박물관 전시품처럼 꼼짝 않고 누워 있는 모습. 그 뒤로 층계참에 놓인 고무나무가 보이고, 스미스 부인은 고개를 들어 우리를 본다. 그 어두운 공간 속에서 마치 형광 버섯처럼 이상하게 빛나던, 안경을 끼지 않은 거칠고 하얀 그 얼굴. 그녀는 지금의 나보다 열 살이 어리다. 나는 그녀를 왜 그토록 미워하는가?

그녀의 머릿속에서 무슨 생각이 오갔는지 도대체 왜 신경을
쓰는가?

12장

눈이 녹아내리자 진흙탕으로 가득 찬 커다란 구덩이가 주변에 드러난다. 흙탕물 웅덩이 위에 밤새 살얼음이 언다. 우리는 장화 굽으로 그 얼음을 깬다. 고드름이 지붕 처마에서 떨어지고, 우리는 그것을 주워 막대 아이스크림처럼 빨아 먹는다. 장갑은 소매 끝에 달랑거린다. 학교에서 집으로 돌아오는 길에 있는 잔디밭에서 우리는 울타리 밑에 있는 젖은 종잇조각, 오래된 개똥, 뭉치고 더러워진 눈을 헤치고 솟아난 크로커스 싹을 볼 수 있다. 도랑에는 갈색 흙탕물이 흐른다. 협곡에 놓인 나무다리는 미끄럽고 무르고, 썩은 냄새를 다시 풍기기 시작한다.

우리 집은 전쟁이 휩쓸고 간 것처럼 보인다. 집 주변에는 온통 돌무더기가 쌓여 황폐하다. 부모님은 뒤뜰에 뒷짐을 지고 서서 넓게 펼쳐진 진흙밭을 바라보며 정원을 구상한다. 벌써 개밀이 한 무더기 자라기 시작한다. "개밀은 어디서든 자랄 수 있지." 아버지가 말한다. 꽁무니를 뺐던 그 업자가 지금 우리 집 지하층이 들어선 곳에서 퍼낸 아주 된 진흙을 집 주변에 온통 뿌려 놓았다는 것이다. "사기꾼일 뿐만 아니라 바보야." 아버지가 말한다.

오빠는 집 옆에 있는 커다란 구덩이에 찬 물의 깊이를 가늠하고 있다. 그 구덩이를 엄폐호로 쓰려고 물이 빠지기를 기다리고 있는 것이다. 그는 나뭇가지와 낡은 판자로 구덩이에 지붕을 덮고 싶어 하지만, 그것이 불가능하다는 것을 알고 있다. 구멍이 너무 큰 데다가 부모님이 허락하지 않을 것이다. 그 대신 오빠는 그 구덩이 옆으로 터널을 파 내려간 다음 줄사다리로 오르내릴 계획을 세운다. 줄사다리는 없지만 밧줄만 있으면 만들 수 있다고 한다.

오빠는 다른 남자아이들과 함께 진흙탕 속을 뛰어다닌다. 진흙이 바닥에 달라붙어 거대해진 장화가 괴물 발자국 같은 흔적을 남긴다. 그들은 오래된 과수원에 있는 나무 뒤에 숨어 서로를 저격하며 외친다.

"넌 죽었어!"

"아니야!"

"너 죽은 거라니까!"

다른 때에는 그들은 오빠 방에 모여들어 침대나 마룻바닥에 배를 깔고 누워서 잔뜩 쌓여 있는 오빠의 만화책을 읽는다. 때때로 나도 남자아이들의 냄새로 탁한 방에서 총천연색

책장을 넘기며 만화를 읽는다. 남자아이들은 여자아이들과 다른 냄새를 풍긴다. 오래된 밧줄이나 비에 젖은 개에서 은근히 풍기는 자극적이고 가죽 같은 냄새. 어머니가 만화책을 보지 못하게 하기 때문에 문을 닫아 놓아야 한다. 이따금 짧은 말이 오가는 것을 제외하면 경건한 침묵 속에서 만화책 읽기가 진행된다.

오빠는 지금 만화책을 수집하고 있다. 그는 항상 무언가를 수집한다. 한때는 수십 가지 우유병 마개를 모았다. 마개를 한 묶음씩 고무줄로 묶어 호주머니에 넣고 다니다가, 벽에 기대 세워 놓은 병마개에 던져서 따는 놀이를 하곤 했다. 그다음에는 청량음료 마개, 그다음에는 담배에 딸려 나오는 카드, 그다음에는 캐나다와 미국의 각 주 자동차 번호판 관찰하기. 만화책을 따는 방법은 없다. 대신 좋은 책 한 권에 별로인 것 서너 권 하는 식으로 거래를 해야 한다.

우리는 학교에서 분홍색, 자주색, 푸른색 색종이로 부활절 달걀을 만들어 창문에 붙인다. 달걀 다음에는 튤립을 오려 붙이고, 그 후 얼마 지나지 않아 진짜 튤립이 피기 시작한다. 항상 진짜가 등장하기 전에 종이 장식을 만드는 것이 규칙인 듯하다.

그레이스가 긴 줄넘기 줄을 꺼낸다. 그리고 캐럴과 둘이서 어떻게 돌리는지 내게 가르쳐 준다. 줄을 돌리면서 우리는 단조로운 단조의 노래를 부른다.

살로메는 무희였다네, 그녀는 살랑살랑 움쭉움쭉했다네.

살랑살랑 움쭉움쭉했을 때 그녀는 홀라당 벗고 있었네.

그레이스는 한 손은 머리에, 다른 한 손은 골반에 대고 엉덩이를 흔든다. 아주 단정한 차림새로 그렇게 한다. 그녀는 어깨끈이 달린 주름치마를 입고 있다. 살로메는 우리 종이 인형 책에 나오는 영화배우들과 비슷한 모습이어야 할 것이다. 나는 속이 엷게 비치는 치마, 코에 별 장식이 붙은 하이힐, 과일과 깃털로 뒤덮인 모자, 연필로 그린 듯 가늘고 위로 치켜 올라간 눈썹을 상상한다. 화려함과 과다함. 하지만 어깨끈 달린 모직 주름치마를 입은 그레이스의 모습에 상상은 깨지고 만다.

우리는 공놀이도 한다. 캐럴네 집 한쪽 벽에 공을 던지며 논다. 벽에 고무공을 높이 던졌다가, 아래로 떨어지면 잡는다. 공이 떨어지기를 기다리는 동안 노래를 부르며 손뼉을 치고 빙빙 돈다.

보통처럼 있기, 움직이기, 웃기, 말하기, 한 손으로, 다른 손으로, 한 발 들기, 다른 발 들기, 앞에서 박수, 뒤에서 박수, 앞에서 뒤로 박수, 뒤에서 앞으로 박수, 휘파람 불기, 팔짱 끼기, 무릎 굽혀 인사, 경례, 그리고 돌기.

돌기에서는 던진 공이 떨어지기 전에 한 바퀴를 돌아야 한다. 이것이 가장 힘든 동작이다. 왼손으로 공을 던지고 받는 것보다 더 힘들다.

해가 점점 길어지고 황금빛 도는 붉은빛을 발하며 진다. 버드나무는 다리 위에 노란 개지를 떨어뜨린다. 단풍나무 씨앗 꼬투리들은 빙빙 돌면서 보도 위에 떨어지고, 우리는 끈끈한 씨를 쪼개서 꼬투리를 코에 붙인다. 공기는 보이지 않는 안개처럼 따뜻하고 습하다. 우리는 면 드레스와 카디건을 입고 등교했다가 하교할 때는 카디건을 벗는다. 과수원에 있는 오래된 나무들은 하얀색과 분홍색의 꽃을 피운다. 우리는 꽃 사이로 나무를 타고 올라가 손에 바르는 로션 냄새 같은 꽃향기를 맡거나, 잔디에 앉아 민들레를 길게 잇는다. 그리고 그레이스의 땋은 머리를 풀고 굽이치는 거친 갈색 머리를 등 뒤로 늘어뜨려, 길게 이은 민들레를 왕관처럼 머리에 감는다. "너는 공주님이야." 캐럴이 머리칼을 쓰다듬으며 말한다. 나는 그레이스의 사진을 찍어 내 앨범에 보관한다. 사진 속에서 그녀는 꽃송이 장식을 얹고 새침한 미소를 지으며 앉아 있다.

캐럴의 집 맞은편 벌판에는 새로운 집들이 마구 생겨나고 있다. 저녁이면 여자아이 남자아이 할 것 없이 아이들 무리가 집 안으로 기어 올라가 대패질한 나무 냄새가 진동하는 가운데 아직 존재하지 않는 벽 사이로 지나다니고 곧 계단이 될 사다리를 올라가 본다. 이것은 금지된 행위다.

겁이 많은 캐럴은 위층으로 올라가지 않는다. 그레이스도 올라가지 않지만, 겁이 나서는 아니다. 누가, 특히 남자아이들이 자기 속바지를 볼까 우려하는 것이다. 여학생들은 바지를 입고 통학할 수 없긴 하지만, 그레이스는 평소에도 절대로 바지를 입지 않는다. 그래서 둘이 1층에서 기다리는 동안 나는 천장이 얹히지 않은 대들보를 따라 올라가고, 다시 다락방까지 올라간다. 그리고 이 공기의 집의 바닥 없는 꼭대기 층에서 서까래 사이에 앉아, 붉은 황금빛 도는 석양을 즐기며 아래를 내려다본다. 추락에 대해서는 생각하지 않는다. 나는 아직 높은 곳을 두려워하지 않는다.

일단 한 아이가 학교 운동장에 구슬 한 자루를 가지고 나타나면 그다음 날에는 모든 아이들이 구슬을 갖고 온다. 남자아이들은 남학생용 운동장을 저버리고 남학생 문과 여학생 문 앞의 공용 운동장에 모여든다. 재로 덮인 남학생용 운동장은 매끄럽지 않아서 구슬치기에 적합하지 않기 때문이다.

구슬치기에는 목표가 되는 구슬을 세워 두는 술래와 구슬을 치는 쪽이 있다. 구슬을 치려면 무릎을 꿇고 조준을 한 다음, 볼링공을 굴리듯 목표를 향해 구슬을 굴려야 한다. 목표한 구슬을 치면 그 구슬과 자기 구슬을 모두 차지한다. 치지 못하면 자기 구슬을 잃는다. 술래는 시멘트 바닥에 다리를 벌리고 앉아서 구슬을 다리 사이에 세워 두어야 한다. 평범한 구슬도 되지만, 한 번 치는 데 두 개를 주겠다고 제안하지 않는 한 칠 사람들을 많이 끌어 모으지 못한다. 보통 목표가 되는 구슬은 가치가 높은 구슬이다. 투명한 유리 안에 빨강, 노랑, 초록, 파랑 꽃잎이 들어가 있는 구슬은 고양이 눈. 착색된 물이나 사파이어나 루비처럼 흠 없는 구슬은 순수. 해저 색채 섬유가 부유하는 듯한 구슬은 물아기. 다른 구슬과 똑같고 약간 크기만 한 마노는 철공. 이 이국적인 구슬들은 여러 승자들의 손을 거쳐 간다. 그런 구슬을 사는 것은 반칙이다. 그것들은 따서 소유해야 하는 것이다.

술래들은 자신이 내놓은 상품의 이름을 외친다. "순수, 순수, 철공, 철공." 이 두 음절짜리 단어들을 외치는 소리는 잃어버린 개나 아이들을 부를 때처럼 단조로운 곡조를 띠다가 점점 낮아진다. 외치는 소리는 의도하지 않았어도 구슬프게 들린다. 나 역시 다리를 벌리고 앉아 차가운 구슬들을 다리 사이에서 굴리다가 넓게 펼친 치마에 그러모으며 후회하는 듯한 목소리로 외친다. "고양이 눈, 고양이 눈." 오직 탐욕과 쾌락 섞인 공포감만을 느끼면서.

고양이 눈은 내가 가장 좋아하는 구슬이다. 그 구슬을 따게 되면 나는 혼자 남을 때까지 기다렸다가 그것을 꺼내 들고 빛에 비추어 돌려 보며 점검한다. 고양이 눈은 진짜 눈과 비슷하기는 하지만 고양이 눈 같지는 않다. 그것은 우리에게 알려지지 않은 어떤 존재의 눈처럼 생겼다. 라디오에 달린 녹색 눈처럼, 먼 행성에서 온 외계인의 눈처럼. 내가 가장 좋아하는 것은 푸른색이다. 나는 그것을 안전하게 보관하기 위해 내 빨간 플라스틱 손가방에 넣어 둔다. 다른 고양이 눈은 위험을 감수하며 목표물로 내놓지만 이것은 예외다.

나는 구슬치기에 그리 능하지 않기 때문에 구슬을 많이 모으지 못한다. 오빠는 무시무시하다. 아침에 크라운 로열 위스키의 푸른색 주머니에 평범한 구슬 다섯 개를 넣고 학교에 가서는 위스키 주머니와 호주머니까지 터질 듯 채워 온다. 오빠는 따 온 구슬을 어머니가 준 돌려 막는 마개 달린 크라운 저장 음식용 병에 담아 책상 위에 일렬로 세워 놓는다. 자기 기술에 대해서는 한마디도 하지 않는다. 그저 병들을 늘어놓을 뿐이다.

어느 토요일 오후 오빠는 자기가 모은 최상의 구슬들을, 순수, 물아기, 고양이 눈, 보물과 진귀한 것들을 병 하나에 모아 담는다. 그러고는 다리 아래, 협곡 어딘가에 갖고 가 묻어 버린다. 그런 후 정교한 보물 지도를 만들어 그 장소를 표시하고 다른 병에 넣어 마찬가지로 땅에 묻는다. 그렇게 했다고 내게 말해 주지만 왜, 어디에 묻었는지는 말해 주지 않는다.

13장

헐벗은 집과 진흙투성이 잔디밭과 그 옆에 쌓인 흙더미가 우리 뒤쪽으로 서서히 멀어진다. 나는 차 안을 가득 채운 음식 상자와 슬리핑 백과 우비 사이에 끼어 앉아서 뒤창을 통해 내다본다. 나는 오빠의 푸른 줄무늬 티셔츠와 낡은 코듀로이 바지를 입고 있다. 치마를 입고 사과나무 아래 서서 손을 흔들고 있는 그레이스와 캐럴이 점점 시야에서 멀어진다. 그들은 여전히 학교에 가야 한다. 나는 가지 않아도 된다. 그들이 부럽다. 타르 냄새와 고무 냄새가 섞인 여행의 냄새가 벌써 내 주위를 감싸 오지만 반갑지 않다. 나는 내 새로운 삶, 소녀들의 삶에서 강제로 분리된 것이다.

나는 익숙한 광경으로 돌아온다. 뒤통수, 귀, 그 앞으로 펼쳐지는 고속도로의 하얀 선. 우리는 곡식 저장탑과 느릅나무가 서 있고 베어 낸 목초 냄새가 나는 풀밭이 우거진 농지를 지나간다. 활엽수는 키가 작아지고 소나무가 점점 많아지며, 공기는 서늘해지고 하늘은 얼음같이 푸르다. 봄으로부터 벗어나고 있다. 우리는 첫 화강암 산등성이, 첫 호수에 다다른다. 그곳에는 그늘에 아직 눈이 남아 있다. 나는 팔을 앞좌석에 대고 몸을 숙인다. 귀를 쫑긋거리며 킁킁 냄새 맡는 개가 된 기분이다.

북쪽에서는 도시와 다른 냄새가 난다. 공기는 더 깨끗하고 더 희박하다. 이곳에서는 더 먼 곳까지 내다볼 수 있다. 제재소, 톱밥 언덕, 원주민의 원뿔형 천막집 모양으로 생긴 톱밥 연소기, 구리 제련소의 굴뚝, 주위에 나무가 없고 불에 그슬린 것처럼 보이는 바위들, 광물 찌꺼기 더미. 나는 겨우내 이 모든 것에 대해 잊고 있었다. 하지만 이것들은 여기 그대로 있다. 다시 보게 되자 나는 그 모든 것을 다시 기억하고, 인지하며, 마치 그것이 우리 집이라도 되는 듯 인사를 건넨다.

모퉁이와 잡화점 바깥, 작은 은행 밖, 회색 아스팔트 기와로 벽을 장식한 맥줏집 바깥에는 남자들이 방수 외투 주머니에 손을 집어넣고 서 있다. 거무스름한 인디언 같은 얼굴도 있고 그냥 햇빛에 탄 얼굴도 있다. 그들은 남쪽 사람들보다 더 천천히, 더 신중하게 걷는다. 말수가 적고, 띄엄띄엄 말한다. 아버지는 그들과 이야기를 나누며 주머니 속에 든 열쇠와 잔돈을 짤랑거린다. 그들은 수위에 대해, 숲의 건조함에 대해, 물고기가 어떻게 미끼를 무는지에 대해 이야기를 나눈다. 아버지는 그것을 노가리 까기라고 부른다. 아버지는 식료품을 갈색 종이봉투에 담아서 차로 돌아와 내 발 뒤쪽에 놓아둔다.

　오빠와 나는 길고 푸르고 험한 호수 옆의 무너질 듯한 부두에 서 있다. 때는 저녁이다. 멜론 색깔의 석양이 지고, 길게 빼며 점점 높아지는 늑대 소리 같은 논병아리 울음소리가 멀리서 들려온다. 우리는 낚시를 하는 중이다. 모기가 날아다니지만 이미 익숙해져서 때려잡을 생각도 들지 않는다. 낚시는 아무 말 없이 이루어진다. 던지기, 미끼가 풍덩 하는 소리, 낚싯줄 감아올리는 소리. 우리는 무엇이 나오는지 보려고 미끼를 주시한다. 물고기가 달려 있으면 최선을 다해 뜰채로 건지고, 튀어 오르지 않도록 지긋이 밟고, 머리 부분을 강타하고, 눈 뒤쪽에 칼을 찔러 넣는다. 나는 밟고 오빠는 때리고 칼로 찌른다. 오빠는 아무 말도 하지 않지만 자세는 침착하고 민첩하며 입가는 긴장되어 있다. 내 눈도 오빠처럼 분홍빛 박명 속에서 동물 눈처럼 그렇게 빛나고 있는지 궁금하다.

　우리는 버려진 벌목용 막사에서 살고 있다. 벌목공들이 자던 나무 침대에 공기 주입 매트리스를 깔고 슬리핑 백에서 잔다. 불과 이 년간 비어 있었지만 막사는 아주 낡은 느낌이다. 어떤 벌목공들은 글자를 새겨 놓았다. 자기들 이름, 이름의 머리글자, 교차된 하트, 짧은 비속어와 조잡한 여자 그림 같은 것이 벽의 목재에 칼로 새겨지거나 연필로 쓰여 있다. 나는 뚜껑이 녹슬어 닫혀 버린 오래된 메이플 시럽 깡통을 발견한다. 오빠와 함께 열어 보니 곰팡이 슨 시럽이 나온다. 나는 이 시럽 깡통이 무덤에서 발굴된 무엇처럼 고대의 예술품이라고 상상한다.

우리는 뼈와 발굴 흔적일 수도 있는 흙더미와 건물 토대의 윤곽을 찾아보며, 그리고 통나무와 바위 아래 무엇이 있는지 보려고 뒤집어 보며 숲을 배회한다. 잃어버린 문명을 발견하려는 것이다. 딱정벌레 한 마리와 다량의 노랗고 하얀 잔뿌리와 두꺼비 한 마리를 발견했을 뿐, 인간의 자취는 어디에도 없다.

아버지는 도시의 옷차림을 벗어던지고 원래의 모습으로 돌아온다. 낡은 외투와 헐렁한 바지와 가짜 낚시 미끼가 달린 찌그러진 펠트 모자 차림이다. 아버지는 베이컨 기름을 바르고 끈을 단단히 맨 무거운 작업용 장화를 신고 가죽 자루에 넣은 도끼를 들고 숲속을 헤치고 다니고, 우리는 그 뒤를 따른다. 과거 어떤 해와도 비교할 수 없을 정도로 천막벌레나방 애벌레가 번성하고 있다. 그 때문에 아버지는 기뻐 어쩔 줄 모르고, 땅속 요정 닮은 눈은 청회색 단추같이 빛난다. 줄무늬에 거친 털이 돋은 천막벌레나방 애벌레는 숲 도처에 있다. 그것들은 몸에서 자아낸 실을 나뭇가지에 걸고 그 끝에 매달려 휘장처럼 늘어져 있어서, 옆으로 젖히고 지나다녀야 한다. 그 벌레들은 살아 있는 융단처럼 땅을 온통 덮으며 기어다니고, 길을 건너다 벌목 트럭 타이어에 깔려 번질거리는 곤죽이 되어 버리기도 한다. 주위의 나무는 불탄 것처럼 헐벗었으며, 거미줄 같은 실이 줄기를 감고 있다.

아버지가 말한다.

"이걸 기억해라. 아주 전형적인 병충해란다. 이런 피해 현장은 한동안 보기 힘들 거야."

나는 사람들이 산불이나 전쟁에 대해 이야기할 때 이런 식으로 말하는 것을 들은 적이 있다. 재앙에 대한 두려움이 섞여 있는 경외심과 경이감.

오빠는 꼼짝 않고 서서 애벌레들이 파도와 같이 발을 넘어 반대편으로 넘어가도록 내버려 둔다. 어머니가 말한다.

"네가 아기였을 때 저 벌레들을 먹으려고 했던 적이 있단다. 벌레들을 한 주먹 잡아 마구 으깨어 놓았어. 그걸 막 입에 넣으려고 하고 있었어."

"어떤 면에서 보자면 저 벌레들 전체가 한 마리의 동물과 같단다." 아버지는 말한다. 아버지는 벌목공들이 남겨 놓은 널빤지로 만든 테이블에 앉아 튀긴 스팸과 감자를 먹고 있다. 식사 시간 내내 아버지는 애벌레에 대해 이야기한다. 그들의 수, 교묘함, 그들을 물리치는 다양한 방법. DDT나 다른 살충제를 뿌리면 안 된다. 천적인 새들만 죽이게 될 뿐, 곤충이라서 사실 인간보다도 적응력이 더 뛰어난 유충들이 살충제에 대한 저항력만 키우게 된다는 것이다. 결국 새들은 더 많이 죽게 되고, 애벌레들은 더 늘어난다. 아버지는 다른 방법을 연구하고 있다. 그들 몸의 조직을 완전히 뒤집어엎어 원래보다 더 빨리 번데기가 되도록 만드는 성장 호르몬 연구다. 조로(早老)를 촉진하는 것이다. 하지만 아버지는 도박을 하라면 곤충 편에 돈을 걸겠다고 말한다. 곤충은 인간보다 오래된 존재이며, 생존 경험도 풍부하고, 수적으로도 인간보다 우세하다. 어쨌든 원자 폭탄과 세상이 돌아가는 모양새로 미루어 보건대 우리는 이 세기가 끝나기 전에 자폭해 버리고 말 것이다. 미래는 곤충들의 것이다.

"바퀴벌레. 그런 재앙이 끝나고 나면 남는 건 그놈들, 바퀴벌레뿐일 거야."

아버지는 감자를 꼬챙이에 꿰면서 쾌활하게 말한다.

나는 가만히 앉아서 튀긴 스팸을 먹고 물에 탄 분유를 마신다. 제일 맛있는 부분은 위에 떠다니는 분유 덩어리다. 나는 가장 친한 친구들, 캐럴과 그레이스를 생각한다. 그러면서도 정작 그들이 어떻게 생겼는지 기억하지 못한다. 내가 정말로 그레이스의 침실 바닥에서 많은 장식 달린 침대 옆 양탄자에 앉아 이턴 카탈로그에서 프라이팬과 세탁기를 오려 내 스크랩북에 붙이곤 했던가? 실제 있었던 일로 느껴지지 않지만, 내가 그랬다는 것을 나는 알고 있다.

벌목용 막사 뒤에는 나무를 베어 낸 광대한 벌채지가 있다. 뿌리와 그루터기만 남아 있다. 그곳에는 모래가 많다. 불이 난 후 으레 그렇듯 이곳에도 블루베리 덤불이 자라났다. 처음에는 나비바늘꽃이, 그다음에는 블루베리가 자라는 법이다. 우리는 블루베리를 따서 양철 컵에 담는다. 어머니는 한 컵에 1센트씩 준다. 어머니는 블루베리 푸딩과 블루베리 소스를 만들고, 야외에 불을 피우고 커다란 솥에 병을 소독해서 블루베리 통조림을 만든다.

태양은 사정없이 내리쬐고 모래밭에서는 열기가 파도치듯 올라온다. 나는 면 수건을 삼각형으로 접어서 머리에 쓰고 귀

뒤에서 묶는다. 머릿수건 앞쪽이 땀으로 축축하다. 주위에서는 파리가 웅웅거리는 소리가 들린다. 그 소리 가운데서, 아니면 뒤쪽에서 곰의 소리가 들려오지 않을까 나는 귀를 기울인다. 곰이 어떤 소리를 내는지는 모른다. 하지만 곰이 블루베리를 좋아한다는 것과 곰의 행동은 예측할 수 없다는 것을 알고 있다. 곰은 달아나 버릴 수도 있고 쫓아올 수도 있다. "곰이 접근하면 땅에 누워서 죽은 척해야 해." 오빠가 말해 주었다. 그러면 가 버릴 수도 있다고 한다. 아니면 우리 내장을 파낼수도 있다. 나는 물고기 창자를 본 적이 있기 때문에 그런 광경을 상상해 볼 수 있다. 오빠는 푸르스름한 색에 얼룩덜룩하고 사람 변처럼 생긴 곰 배설물을 발견하고는 얼마나 오래된 것인지 보려고 막대기로 찔러 본다.

블루베리를 따기에 너무 더운 오후에는 낚시질을 하는 바로 그 호수에서 수영을 한다. 나는 내 키보다 깊은 곳까지 가면 안 된다. 호수는 얼어붙을 듯 차갑고 탁하다. 그 아래쪽, 모래톱이 점점 사라지고 수심이 깊어지는 곳에는 점액으로 뒤덮인 오래된 바위, 가라앉은 통나무, 가재, 거머리, 아래턱이 돌출된 커다란 곤들매기가 있다. 오빠는 물고기가 냄새를 맡을 수 있다고 가르쳐 준다. 물고기가 우리 냄새를 맡고 도망간다는 것이다.

우리는 호수의 좁은 물가에 솟아오른 바위 위에 앉아 물속에 빵 조각을 던져 넣으며 어떤 물고기가 꼬여 드는지 본다. 연준모치, 농어 몇 마리. 납작한 조약돌을 찾아 물수제비도 뜬다. 아니면 억지로 트림하기를 연습하거나 팔 안쪽을 입으로 불어 방귀 소리를 내거나, 입에 물을 머금었다가 멀리 뱉기를 한다. 이런 시합에서 나는 승리자가 아니라 구경꾼일 뿐이다. 하지만 오빠는 이겼다고 자랑하지 않는다. 그는 내가 없어도 혼자서 똑같은 장난을 하며 놀 것이다.

때로 오빠는 얕은 모래사장 언저리나 수면 위에 오줌으로 글자를 쓰기도 한다. 제대로 해내는 것이 아주 중대한 일이라도 되는 것처럼 꼼꼼하게 글자를 쓴다. 오줌은 그의 수영복 앞쪽에서 손과 여분의 손가락 사이에서 섬세한 반원을 그리며 올라와서 실제 그의 필체처럼 각진 글씨를 쓰고는 항상 마침표로 끝을 맺는다. 다른 남자아이들과 달리 자기 이름이나 욕설은 쓰지 않는다. 나는 눈 더미 위에 그런 낙서가 쓰여 있는 것을 본 적이 있다. 그 대신 오빠는 이런 것을 쓴다. "수성." 기분이 나면 좀 더 복잡한 단어를 쓰기도 한다. "목성." 여름이 끝날 즈음 오빠는 오줌으로 태양계 전체를 세 번이나 썼다.

9월 중순이다. 나무 잎사귀는 이미 짙은 붉은색과 선명한 노란색으로 물들었다. 한밤중에 옥외 화장실로 갈 때면 손전등을 비추지 않고 그냥 간다. 그래야 어둠 속을 더 잘 꿰뚫어 볼 수 있다. 어둠 속에서 별들은 날카롭고 투명하게 빛나고, 내 호흡은 앞에서 하얗게 응결된다. 유리창 건너편으로 부모님이 등유 램프 옆에 앉아 있는 것이 보인다. 멀리 있는 그림에 어둠의 액자를 두른 것처럼 보인다. 창을 통해 부모님의 모습을 보면서, 그리고 내가 보고 있다는 것을 그들이 알아차리지 못한다는 사실을 인지하면서 나는 마음이 불안해진다.

마치 내가 존재하지 않거나 그들이 존재하지 않는 듯한 느낌이다.

북쪽에서 돌아오는 것은 산에서 내려오는 것과 비슷하다. 우리는 투명함과 서늘함과 흐트러지지 않은 빛의 층들을 거쳐 내려와, 마지막 노출 화강암 광맥과 연안이 울퉁불퉁한 마지막 작은 호수를 지나서, 남쪽의 탁한 공기와 축축함과 따스한 나른함과 귀뚜라미 소리와 잡초투성이 목초지 냄새 속으로 돌아온다.

우리는 오후에 집에 도착한다. 집은 마법에 걸린 것처럼, 이상하게, 다르게 보인다. 엉겅퀴와 미역취가 집 주변의 진흙 속에서 가시투성이 울타리처럼 자라났다. 집 옆의 커다란 구덩이와 흙더미는 사라졌고, 그 장소에 새로운 집이 생겼다. 어떻게 이런 일이 일어났단 말인가? 나는 그런 변화를 전혀 예상하지 못했다.

그레이스와 캐럴은 우리와 헤어졌던 바로 그 자리, 사과나무들 가운데 서 있다. 하지만 그들은 이전과 달라 보인다. 내가 지난 넉 달 동안 머릿속에 간직하고 다녔던 영상과 전혀 다르다. 몇 개의 특징만이 남고 나머지는 계속 변화하던 그 영상. 다른 점 한 가지를 들자면, 그들은 더 커졌다. 그리고 다른 옷을 입고 있다.

그들은 나를 향해 뛰어오지 않는다. 하던 일을 멈추고 마치 우리가 새로 온 사람들인 것처럼, 우리가 여기에 살았던 적이 없는 것처럼 물끄러미 바라본다. 세 번째 여자아이가 그들과

함께 있다. 나는 별다른 예감 없이 그녀를 바라본다. 한 번도
본 적이 없는 아이다.

14장

그레이스가 손을 흔든다. 잠시 후 캐럴도 손을 흔든다. 세 번째 여자아이는 손을 흔들지 않는다. 그들은 해국과 미역취 사이에 서서 내가 다가오기를 기다린다. 사과나무에는 딱지가 앉은 빨갛고 노란 사과가 주렁주렁 달려 있다. 몇 개는 땅에 떨어져 썩어 가고 있다. 달콤한 냄새, 사과주 비슷한 냄새가 풍기고, 술 취한 말벌이 윙윙거리는 소리가 난다. 사과가 내 발 아래서 물크러진다.

그레이스와 캐럴은 약간 그을었고 덜 창백하다. 이목구비가 좀 더 커졌고, 머리색은 더 엷어졌다. 세 번째 소녀는 키가 가장 크다. 여름 치마를 입고 있는 그레이스와 캐럴과는 달리 코듀로이 옷과 풀오버 스웨터를 입고 있다. 캐럴과 그레이스는 둘 다 땅딸막한 체형인 데 반해 이 소녀는 말랐지만 약해 보이지는 않는다. 호리호리하면서 강단 있는 모습. 짙은 금발은 약간 긴 시동 스타일로 잘랐고, 앞머리가 녹색 도는 눈을 반쯤 덮고 있다. 얼굴은 길고 입은 한쪽으로 조금 처졌다. 칼로 베인 자리를 잘못 봉합한 것처럼 윗입술 어딘가가 비틀어진 느낌이다.

하지만 미소를 지을 때면 입에 균형이 잡힌다. 그녀는 어른 같이 미소를 짓는다. 마치 미소 짓는 법을 배워서 예의상 그렇게 하는 것처럼. 그녀는 손을 앞으로 내민다. "안녕, 나는 코딜리어야. 너는 아마도……."

나는 그녀를 빤히 쳐다본다. 만일 그녀가 어른이라면 나는 그 손을 잡고 악수를 나눌 것이다. 무슨 말을 해야 할지 알 것이다. 하지만 아이들은 이런 식으로 악수하지 않는다.

"일레인이야."

그레이스가 말한다.

나는 코딜리어 앞에서 수치심을 느낀다. 나는 이틀 내내 달리는 차 뒷좌석에 앉아 있었고, 텐트에서 잠을 잤다. 나는 내가 지저분하다는 것을, 내 머리가 단정하지 못하다는 사실을 의식하고 있다. 코딜리어는 내게서 눈을 돌려 부모님이 차에서 짐 내리는 것을 바라본다. 그녀의 눈은 뭔가를 재면서 즐거워하고 있다. 나는 뒤돌아보지 않아도 아버지의 낡은 펠트 모자와 장화와 억센 수염을, 오빠의 깎지 않은 머리와 보풀 일어난 스웨터와 튀어나온 무릎을, 어머니의 회색 바지와 남자옷 같은 체크무늬 셔츠와 화장기 없는 얼굴을 볼 수 있다.

"네 신발에 개똥이 묻었어."

코딜리어가 말한다.

나는 내려다본다.

"썩은 사과야."

"그래도 색깔은 같잖니. 안 그래? 딱딱한 똥 말고, 땅콩버터처럼 무르고 흐물흐물한 거 말이야."

이번에 그녀의 목소리는 마치 오직 그녀와 나만이 알고 있고 동의하는 사적인 어떤 것에 대해 말하는 것처럼 신뢰로 가득 차 있다. 그녀는 두 사람만의 동아리를 만들고, 그 안에 나를 포함시킨다.

코딜리어는 우리 집보다 훨씬 더 동쪽으로 떨어진 곳, 우리 집보다 더 최근에 지어진 집들이 서 있고 우리 집처럼 진흙탕으로 둘러싸인 지역에 산다. 하지만 그녀의 집은 단층집이 아니라 이층집이다. 그 집에는 커튼으로 분리해 놓은 식사실이 있는데, 커튼을 젖히면 식사실과 응접실을 합쳐서 너른 공간으로 만들 수 있다. 1층에는 욕조가 없는 욕실이 있는데 화장방이라고 불린다.

코딜리어네 집 색깔은 다른 집처럼 어둡지 않다. 그 집은 밝은 회색과 밝은 녹색과 흰색으로 단장되어 있다. 예를 들자면 소파는 푸른 사과색이다. 꽃무늬나 적갈색, 벨벳으로 된 것은 아무것도 없다. 회색 액자 속에 코딜리어의 두 언니 그림이 있다. 그들이 어릴 때 모습을 파스텔로 그린 것으로, 둘 다 스목 드레스를 입었고, 머리칼은 깃털 같고 눈은 안개 같다. 스웨덴제 유리로 만든 육중하고 미끈한 꽃병에는 생화가 풍성하게 꽂혀 있다. 그 유리가 스웨덴제라고 말해 준 것은 코딜리어다. "스웨덴제가 최고야." 그녀가 말한다.

코딜리어의 어머니는 원예용 장갑을 끼고 직접 꽃꽂이를 한다. 우리 어머니는 꽃꽂이를 하지 않는다. 때로는 꽃 몇 송이를 병에 꽂아서 저녁 식탁에 올려놓기도 하지만, 그 꽃들은 어머니가 헐렁한 바지를 입고 운동 삼아 산책을 하다가 길가나 협곡에서 꺾어 온 것들이다. 사실 그것은 꽃이라기보다는 잡초다. 어머니는 돈을 주고 꽃을 산다는 것은 상상도 해 보지 않았을 것이다. 처음으로 우리가 부자가 아니라는 생각이 들기 시작한다.

코딜리어의 어머니는 청소 여사님을 두고 있다. 우리 친구 어머니들 중에 청소 여사님이 있는 유일한 사람이다. 하지만 코딜리어는 청소하는 아주머니를 청소 여사님이라고 부르지 않는다. 아줌마라고 부른다. 아줌마가 오는 날에는 일을 방해하지 말아야 한다.

코딜리어는 낮고 분개한 목소리로 우리에게 이야기해 준다. "전에 일하던 아줌마는 감자를 훔치다가 들켰어. 가방을 내려놓으니까 감자가 사방으로 굴러 나왔어. 정말 당혹스러운 일이었어." 코딜리어 말은 아줌마가 아닌 자기들이 당혹스러웠다는 것이다. "당연히 해고했지."

코딜리어네 가족은 삶은 달걀을 사발에 으깨 먹지 않고 달걀 컵에 세워 놓고 먹는다. 달걀 컵에는 가족들의 머리글자가 각각 새겨져 있다. 그 집에는 냅킨 고리도 있고, 그 역시 머리글자가 새겨져 있다. 나는 달걀 컵이라는 것에 대해 한 번도 들어 본 적이 없고, 그레이스 역시 침묵을 지키는 모양새로 보건대 들어 본 적 없는 것이 분명하다. 캐럴은 자기 집에는 있을 거라고 자신 없게 말한다.

코딜리어가 말한다.

"달걀을 먹은 다음에는 달걀 껍질 아래쪽에 구멍을 내야 해."

"왜?"

우리가 묻는다.

"마녀들이 바다로 출범하지 못하도록 말이야."

코딜리어는 마치 바보들이나 그런 질문을 한다는 듯이, 가볍지만 경멸하는 투로 말한다. 하지만 농담이거나 장난일 수도 있다. 그녀의 언니 둘도 마찬가지다. 그들 말을 진지하게 받아들여야 할지 종잡을 수 없다. 그들은 과장되고 조롱하는 투로 말한다. 꼭 뭘 흉내 내는 것 같기는 한데, 뭔지는 확실히 알 수 없다.

그들은 "나는 거의 죽을 뻔했어."라고 하거나 "신의 진노 같은 꼴이야."라고 한다. 때로는 "나는 진짜 꼬부랑 할망구 같아."나 "나는 해기스 맥배기스처럼 보여." 같은 말도 한다. 해기스 맥배기스는 그들이 상상으로 만든 추악한 노파인 듯하다. 자신들이 정말 거의 죽을 뻔했다거나 추악하게 보인다고 생각하는 것은 아니다. 그들은 모두 아름답다. 한 사람은 짙은 피부에 인상이 강렬하고, 다른 사람은 금발에 눈매가 선하고 감정이 풍부해 보인다. 코딜리어는 그들처럼 아름답지 않다.

코딜리어 언니들의 이름은 퍼디타와 미란다. 하지만 아무도 그렇게 부르지 않고 퍼디와 미리라고 부른다. 퍼디는 피부가 검다. 퍼디는 발레 수업을 받고 미리는 비올라를 연주한다. 비올라는 코트용 벽장에 보관되어 있다. 코딜리어는 벨벳 안감을 댄 케이스에 신비롭고 소중하게 보관된 비올라를 꺼내 우리에게 보여 준다. 퍼디와 미리는 느리고 점잖은 말투로 이런 과외 활동을 하는 것에 대해 자기 자신과 상대방을 조롱한다. 하지만 코딜리어는 언니들 재능이 출중하다고 말한다. 재능이라는 말은 강제로 맞아 자국이 남는 예방 주사 같은 것처럼 들린다. 나는 코딜리어도 뛰어난 재능이 있는지 물어본다. 그러나 코딜리어는 다른 일에 정신이 팔린 것처럼 입 한쪽으로 혀를 삐죽 내밀고 돌아서 버린다.

코딜리어는 코디라고 불리는 것이 당연하겠지만, 그렇지 않다. 그녀는 항상 자기 이름을 코딜리어라고 제대로 불러야 한다고 주장한다. 이 세 자매의 이름은 모두 특이하다. 우리 학교에는 그런 이름이 없다. 코딜리어는 자기들 이름이 셰익스피어 작품에 나오는 것이라고 말한다.[18] 그 사실을 자랑스럽게 여기는 것 같다. 마치 우리 모두가 알아차려야 한다는 듯이. "엄마가 생각한 거야." 그녀가 말한다.

세 자매는 모두 어머니를 엄마라고 부르고, 마치 엄마가 똑똑하지만 고집이 세서 비위를 맞춰 줘야 하는 아이라도 되는 양 애정과 관대함을 가지고 이야기한다. 그들의 엄마는 작고

---

18) 코딜리어는 『리어왕』에 나오는 인물로 리어왕의 셋째 딸이다. 퍼디타와 미란다는 각각 『겨울 이야기』와 『폭풍우』의 등장인물이다.

약하며 건망증이 심하다. 그녀는 은제 안경줄이 달린 안경을 쓰며 회화 강좌에 다닌다. 그녀가 그린 그림 몇 점이 위층 복도에 걸려 있다. 녹색이 주조인 꽃, 잔디밭, 병과 항아리 그림들.

세 자매는 엄마를 두고 음모의 그물망을 꾸몄다. 어떤 특정한 일들은 엄마에게 이야기하지 않기로 합의한 것이다. "엄마가 알면 안 돼." 하고 그들은 서로에게 주의시킨다. 하지만 엄마를 실망시키는 것은 원치 않는다. 퍼디와 미리는 엄마를 실망시키지 않는 한도 내에서 하고 싶은 일을 다 하려고 노력한다. 코딜리어는 이런 면에서 영리하지 못하다. 하고 싶은 일은 제대로 못 하면서 실망만 더 안겨 주는 것이다. 엄마가 화났을 때 항상 하는 말이 있다. "너한테 실망했어." 정말 많이 실망했을 때는 코딜리어의 아버지가 개입하게 되며, 그것은 사태가 심각해지는 것을 의미한다. 아버지에 대해 이야기할 때면 자매는 농담을 하거나 말투를 느리게 빼지 않는다. 그는 몸집이 크고 우락부락하고 매력적인 사람이지만, 위층에서 그가 고함치는 소리가 들려오기도 한다.

우리는 아줌마의 걸레질을 방해하지 않도록 주의하면서 부엌에 앉아서, 코딜리어가 내려와 우리와 함께 놀기를 기다린다. 그녀는 또 실망스러운 행동을 해서 방 청소를 해야 한다. 퍼디가 낙타털 코트를 한쪽 어깨에 우아한 모습으로 느슨하게 걸치고, 교과서는 한쪽 골반 옆에 균형 있게 매달고 천천히 걸어 들어온다. "코딜리어가 크면 뭐가 되고 싶다고 했는지 너희 알고 있니?" 그녀는 허스키한 목소리로 짐짓 진지하게 말한다. "말이 되고 싶대!" 우리는 그 말이 사실인지 아닌지 구별할 수 없다.

코딜리어는 분장용 의상이 가득한 벽장이 있다. 엄마의 오래된 드레스, 오래된 숄, 마음대로 잘라서 걸쳐 볼 수 있는 오래된 옷감. 원래는 퍼디와 미리의 것이었지만 이제는 그들에게 작아졌다. 코딜리어는 식사방과 그 커튼을 무대로 해서 연극을 상연하자고 제안한다. 우리가 공연을 하고 입장료를 받을 수 있으리라는 것이 그녀의 생각이다. 그녀는 불을 끄고 손전등을 턱 밑에서 비추면서 으스스하게 웃는다. 연극은 이런 식으로 해야 하는 것이다. 코딜리어는 연극을 본 적이 있고, 발레 공연까지 한 번 봤다. "지젤이었어." 그녀는 우리도 알고 있는 것이라는 듯 스스럼없이 말한다. 하지만 어쩐 일인지 연극은 그녀가 원하는 모양새가 나지 않는다. 캐럴은 킥킥거리면서 대사를 잊어버린다. 무엇을 해야 할지 지시받기 싫어하는 그레이스는 머리가 아프다고 한다. 토스터, 다리미판, 영화배우 의상처럼 실제 물건들이 많이 나오지 않으면 그레이스는 지어낸 이야기에 흥미를 느끼지 않는다. 코딜리어의 멜로드라마는 그녀의 관심 밖인 것이다.

"이제 너는 자살해야 해." 코딜리어가 말한다.

"왜?" 그레이스가 묻는다.

"버림받았으니까." 코딜리어는 대답한다.

"자살하기 싫어." 그레이스의 대답에 하녀 역할을 맡은 캐럴이 킥킥 웃는다.

그래서 우리는 다음 동작이 무엇인지 모르는 채로 그냥 옷을 차려입고 숄 자락을 질질 끌며 계단을 내려와 잔디가 새로 깔린 앞마당을 가로질러 걷는다. 괜찮은 남자 옷이 없기 때문에 아무도 남자 역을 맡고 싶어 하지 않는다. 때때로 각본을 완성하려는 마지막 몸부림으로 코딜리어가 퍼디의 눈썹용 연필로 콧수염을 그리고 낡은 벨벳 커튼으로 몸을 감싸고 남자 역을 맡는다.

이제 우리는 셋이 아니라 넷이 함께 학교에서 집으로 돌아온다. 돌아오는 길 중간쯤에는 구멍가게들이 있다. 우리는 용돈으로 뽑기 기계 풍선껌, 붉은 감초 끈, 오렌지 맛 막대 아이스크림을 사서 전부 똑같이 나눠 먹는다. 도랑에는 물에 젖어 반들거리는 마로니에 열매가 떨어져 있다. 우리는 무엇에 쓸지 계획도 없이 그냥 마로니에 열매를 주워 카디건 호주머니에 가득 채운다. 우리 학교 남학생들과 '영원한 도움을 주시는 우리 성모님' 학교의 가톨릭계 남학생들은 서로 마로니에 열매를 던져 대지만, 우리는 그런 짓은 하지 않을 것이다. 잘못 맞으면 눈이 튀어나올 수도 있다.

나무 인도교로 이어지는 더러운 오솔길은 바싹 말라 먼지투성이다. 그 위에 드리워진 나무 잎사귀들은 흐릿한 녹색이고, 여름의 열기에 바랜 모습이다. 길 가장자리를 따라 잡초 덤불이 있다. 미역취, 돼지풀, 해국, 우엉, 그리고 벨라도나. 밸런타인데이 사탕처럼 붉은 그 열매. 코딜리어는 누구를 독살하고 싶으면 이것을 써먹으면 좋을 거라고 말한다. 벨라도나에서는 흙냄새, 축축한 냄새, 양토(壤土) 냄새, 톡 쏘는 냄새, 고양이 오줌 냄새가 난다. 고양이들이 매일 그 주위를 기웃거린다. 고양이들은 웅크리고 앉아 흙을 긁어 모으면서 마치 우리가 사냥감이라도 되는 양 노란 눈으로 노려본다.

이 덤불에는 버려진 빈 술병과 휴지 조각이 뒹군다. 어느 날 우리는 '안전 장치'를 발견한다. 코딜리어는 어렸을 때 이것을 풍선으로 착각한 적이 있는데, 퍼디가 가르쳐 주어서 그 이름을 알고 있다. 그녀는 이것을 남자들, 우리가 조심해야 하는 남자들이 사용한다는 것도 알고 있다. 하지만 왜 안전 장치라고 불리는지 알지 못한다. 우리는 이것을 막대기 끝으로 집어 올려 자세히 관찰한다. 물고기 내장처럼 허옇고 축 늘어지고 질기다. 캐럴은 "우웩!" 하는 소리를 낸다. 우리는 이것을 몰래 언덕 위로 들고 가서 포장도로의 하수구 덮개 속에 밀어 넣는다. 그것은 창백하고 익사한 듯한 모습으로 어두운 수면 위를 떠내려간다. 그런 것을 발견하는 것조차 불결한 일이다. 아니, 감추는 것조차도 그렇다.

나무다리는 더 비스듬해졌고 내 기억보다 더 많이 썩었다. 나무판자가 떨어져 나간 곳이 더 많아졌다. 언제나 그렇듯 우리는 다리 한가운데를 걷는다. 그러나 오늘은 코딜리어가 오른쪽 난간까지 가더니, 그곳에 기대어 아래를 내려다본다. 우리도 한 사람씩 조심스럽게 따라 한다. 다리 아래를 흐르는 시내는 연중 이 시기가 되면 수위가 낮아진다. 사람들이 버린 쓰레기, 닳은 타이어, 깨진 병과 녹슨 금속 조각이 보인다.

코딜리어는 이 시내가 공동묘지에서 바로 흘러나오기 때문에 여기 흐르는 물은 분해된 시체에서 나온 것이라고 말한다.

이 시냇물을 마시거나 발을 담그면, 아니 가까이 다가가기만 해도, 온통 안개에 둘러싸인 죽은 사람들이 시내에서 나타나 우리를 끌고 들어갈 것이라고 말한다. 그런 일이 일어나지 않은 이유는 단 하나, 우리가 다리 위에 있기 때문이고 다리가 나무로 만들어졌기 때문이라고 코딜리어는 설명한다. 죽은 자들의 시내에서도 그 위를 지나가는 다리는 안전하다는 것이다.

캐럴은 겁을 낸다. 아니, 겁이 난 척한다. 그레이스는 코딜리어가 바보 같은 소리를 한다고 말한다.

코딜리어가 말한다.

"그럼 한번 해 봐. 저기로 내려가 봐. 하고 싶으면 해 보라고."

하지만 우리는 하지 않는다.

나는 이것이 놀이에 불과하다는 것을 알고 있다. 나의 어머니는 그 아래쪽으로 산책을 다니고, 오빠도 다른 남자아이들과 그곳에 놀러 간다. 남자아이들은 고무장화를 신고 지하 배수로에서 흙탕물을 튀기며 뛰어다니고, 나무나 다리의 낮은 들보에 매달려 앞뒤로 몸을 흔들기도 한다. 우리가 협곡에 가면 안 되는 이유는 죽은 사람들 때문이 아니라 남자들 때문이다. 그렇지만 나는 죽은 사람들이 어떻게 생겼는지 궁금하기도 하다. 나는 그들의 존재를 믿지만 동시에 믿지 않는다.

우리는 희고 푸른 잡초 꽃과 벨라도나 열매 몇 개를 따서 오솔길가의 우엉 잎 위에 가지런히 꽂아 두고 그 각각에 마로니에 열매를 하나씩 올려놓는다. 누구를 위해 차렸는지 모를 가짜 식사. 반은 화환이고 반은 점심 식사인 꽃꽂이를 뒤에 남겨 놓고 우리는 언덕을 올라간다. 코딜리어는 벨라도나 열매를 만졌기 때문에 손을 정말 깨끗이 씻어야 한다고 말한다. 유독한 즙을 씻어 내야 하는 것이다. 그 즙 한 방울만으로도 우리 모두 유령으로 변해 버릴 수 있다고 코딜리어는 말한다.

다음 날 집으로 오는 길에 보니 우리가 차렸던 꽃 식사는 이미 사라졌다. 아마도 남자아이들이 없애 버렸을 것이다. 남자아이들은 그런 것들을 망가뜨려 버린다. 아니면 몰래 어슬렁거리는 남자들이 그랬을지도 모른다. 하지만 코딜리어는 눈을 크게 뜨고 목소리를 낮추며 고개를 두리번거려 주위를 살핀다.

그녀가 말한다.

"죽은 사람들의 소행이야. 아니면 누가 이런 짓을 했겠어?"

15장

종이 울리면 우리는 두 사람씩 손을 잡고 여학생 문 앞에 줄을 선다. 캐럴과 나. 그레이스와 코딜리어는 우리보다 한 학년 위이기 때문에 우리 뒤에 선다. 오빠는 저 건너편 남학생 문 앞에 서 있다. 그는 휴식 시간이면 재투성이 운동장으로 사라진다. 오빠는 지난주에 거기서 축구를 하다가 입술을 걷어차여 찢어지는 바람에 꿰매야 했다. 나는 그 꿰맨 부분을, 부풀어 오른 자주색 피부 속의 까만 실을 아주 가까이서 관찰했다. 나는 그것을 숭배한다. 상처에 어떤 지위가 부여되는지 알고 있기 때문이다.

이제 바지에서 다시 치마 차림으로 돌아왔기 때문에 나는 행동거지를 조심해야 한다. 비웃음을 받지 않으려면 다리를 벌리고 앉아서도, 너무 높이 뛰어올라서도, 거꾸로 매달려서도 안 된다. 나는 속옷의 중요성에 대해 다시 배웠다. 심지어 속옷에 대한 기도문도 따로 있다.

　　나는 영국을 볼 수 있고, 프랑스를 볼 수 있어,
　　나는 네 속바지를 볼 수 있어.

이런 것도 있다.

　　나는 몰라요, 나는 상관도 안 해요,
　　나는 안 입어요, 나는 속옷을 안 입어요.

　남자아이들은 원숭이 얼굴을 흉내 내면서 이런 노래를 부른다.

　속옷에 대해, 특히 교사들의 속옷에 대해 많은 고찰이 이루어진다. 대상은 항상 여자 교사들의 속옷에 한정된다. 남자 속옷은 중요하지 않다. 어차피 남자 교사가 많지도 않고, 그나마 몇 안 되는 사람들은 모두 나이가 지긋하다. 전쟁이 젊은 남자들을 모두 집어삼켜 버렸기 때문에 젊은 남자들이 없는 것이다. 교사들은 모두 일정한 나이를 넘어선 여자들, 결혼하지 않은 여자들이다. 우리 어머니들을 봐서 알 수 있듯이 결혼한 여자는 직업을 갖지 않는다. 나이 많고 결혼하지 않은 여성에게는 뭔가 이상하고 비웃을 점이 있는 법이다.
　휴식 시간이 되면 코딜리어는 각 선생들에게 상상 속옷을 입힌다. 뚱뚱하고 지나치게 다정한 피전 선생은 라벤더색 주름 장식이 달린 것, 스튜어트 선생은 손수건과 어울리도록 레이스 달린 체크무늬, 예순 살이 넘고 석류석 브로치를 달고 다니는 햇체트 선생은 붉은 공단으로 된 긴 속옷. 이런 속옷이 정말 있을 것 같지는 않지만 그런 상상은 고약한 쾌락을 가져다준다.

나의 담임은 럼리 선생이다. 그녀는 매일 아침 종이 울리기 전에 교실 뒤쪽으로 가서, 날씨가 더워지기 시작하는 늦봄에도 한결같이 입고 다니는 블루머[19]를 벗는다고 한다. 소문에 따르면 그 블루머는 무거운 짙푸른색 모직으로 만들어졌고, 방충제 냄새와 그 외 알 수 없는 여러 가지 냄새가 난다고 한다. 이런 소문은 속옷에 대한 고찰이나 속옷 상상하기가 아닌 사실로 회자된다. 여러 여학생들이 방과 후에 학교에 남아 있어야 했을 때 럼리 선생이 블루머를 다시 입는 것을 본 적이 있다고 주장하고 있으며, 어떤 여학생들은 그것이 외투 보관실에 걸려 있는 것을 보았다고 주장한다. 럼리 선생의 진하고 신비하고 혐오스러운 블루머가 불러일으키는 기운은 그녀를 따라다니면서 주위를 물들인다. 그것 때문에 럼리 선생은 더 무서운 선생으로 여겨진다. 그것과 상관없이 어쨌든 그녀는 무서운 선생이다.

작년 담임은 친절하지만 너무나 존재감이 없어서, 코딜리어는 속옷 놀이를 할 때 그 선생의 이름을 언급조차 하지 않

---

19) 구식 여자 속옷. 허벅지 통이 넓고 무릎에 주름이 잡힌 속바지를 말한다.

는다. 그녀는 작고 동그란 빵처럼 생긴 얼굴에, 피부는 블랑망쥬[20] 색깔이고, 감언이설로 학급을 이끌어 나갔다. 럼리 선생은 공포로 학생들을 다스린다. 그녀는 키가 작고 체형이 전체적으로 타원형이라서 입고 다니는 회색 카디건이 허리 곡선에서 들어가는 일이 없이 어깨에서 엉덩이까지 직선으로 이어진다. 럼리 선생은 늘 이 카디건을 입고 다니고 그 밑에는 검은 치마 몇 개를 돌려 가며 입는다. 설마 매일 똑같은 치마를 입지는 않을 것이다. 금속 테 안경을 쓰는데, 안경알 뒤의 눈은 거의 보이지 않는다. 그녀는 까만 쿠바 스타일 신발[21]을 신고 다니고, 입을 앙다문 것처럼 희미한 미소를 짓는다. 체벌할 일이 생기면 교장실로 보내지 않고 학생들이 보는 앞에서 직접 채찍질을 한다. 때릴 때는 손을 쭉 뻗어 검은 고무 채찍을 날카롭고 빠르고 효과적으로 내려친다. 그녀의 창백한 얼굴은 분노로 전율하고, 겁에 질려 바라보는 우리들은 자기도 모르게 눈물을 흘린다. 럼리 선생이 체벌을 할 때 어떤 여학생들은 자기가 맞기라도 하는 것처럼 다 들리게 훌쩍인다. 하지만 그것은 현명한 짓이 아니다. 훌쩍이는 것을 싫어하는 럼리 선생은 십중팔구 이렇게 말할 것이다. "내가 마음껏 울게 해 주지." 우리는 고무 채찍이 움츠린 육체를 강타하는 소리를 듣는 동안에도 똑바로 앉아 무표정한 얼굴로 정면을 바라보고 두 발은 바닥에 붙이고 있도록 교육받는다.

---

20) 옥수수 녹말, 우유, 설탕 따위를 섞어 끓인 다음 식혀서 굳힌 하얀색의 크림 같은 음식이다.
21) 비교적 뭉툭하고 중간 높이 굽이 달린 신발을 말한다.

체벌을 받는 것은 대부분 남학생들이다. 일반적으로 그들이 체벌을 더 많이 받아야 한다고 생각한다. 남학생들은 들썩일 때가 많고, 특히 바느질할 때는 더 심하다. 우리는 어머니에게 드릴 냄비 손잡이를 바느질해야 한다. 남학생들은 제대로 할 줄 모르는 것 같다. 바늘땀이 너무 크고 삐뚤삐뚤하다. 그리고 그들은 바늘로 서로를 찌르며 장난친다. 럼리 선생은 분단 사이를 걸어 다니며 그들의 손마디를 자로 때린다.

학교 교실은 천장이 높고 황갈색이다. 앞쪽과 한쪽 측면에는 칠판이 있고, 다른 측면에는 라디에이터 위쪽에 긴 격자창이 있다. 외투 보관소로 향하는 문 위에는 왕과 왕비[22]의 커다란 사진이 붙어 있어서 뒤쪽에서 누가 쳐다보는 듯한 느낌이 든다. 왕은 메달을 걸고 있고, 여왕은 하얀 무도회 드레스를 입고 다이아몬드 왕관을 쓰고 있다. 윗면이 경사지고 잉크병을 꽂는 구멍이 뚫려 있는 높은 이인용 나무 책상이 배열되어 있다. 모든 면에서 이 교실은 퀸 메리 학교의 다른 교실과 다를 바가 없지만, 장식이 별로 없어서 그런지 좀 더 어두워 보인다. 옛 담임은 학생들을 회유하려는 노력의 일환으로 종이 도일리를 학교에 갖다 놓았고, 창문에는 항상 종이를 오려 만든 식물들을 풍성하게 붙여 놓았다. 비록 럼리 선생 역시 이런 식으로 계절의 변화를 표시하지만, 빛나는 금속 테를 두른 그녀의 시선 아래에서 우리가 만들어 내는 식물 장식들은

---

22) 엘리자베스 2세 여왕의 부모인 조지 6세와 엘리자베스 왕비를 가리킨다.

왜소하고 위축되어 보여서 벽과 창문의 벌거벗은 공간을 채우기에는 불충분하다. 게다가 럼리 선생은 우리가 만든 가을 낙엽이나 호박이 대칭형이 아니면 교실에 붙이지 않는다. 그녀만의 기준이 있다.

작년에 비해 모든 것이 더욱 영국적이다. 우리는 자를 대고 영국 국기 유니언 잭을 그리는 방법을 배우고, 잉글랜드의 성 조지 십자가, 아일랜드의 성 패트릭 십자가, 스코틀랜드의 성 앤드루 십자가, 웨일스의 성 데이비드 십자가 같은 다양한 십자가를 암기한다. 우리 국기는 붉은색이고 한쪽에 유니언 잭이 그려져 있다.[23]

하지만 캐나다의 수호 성인은 존재하지 않는다. 우리는 지도에 분홍색으로 표시된 부분의 이름을 배운다.[24]

"대영 제국에서는 태양이 결코 지지 않는다."

럼리 선생은 펼쳐 놓은 두루마리 지도를 긴 나무 막대기로 치면서 말한다. 대영 제국의 일부가 아닌 나라에서는 아이들의 혀를, 특히 소년들의 혀를 자른다고 한다. 대영 제국이 등장하기 전에는 인도에는 철도도 없었고 우편 제도도 없었다. 아프리카에서는 창을 든 부족들의 전투가 계속되었고 변변한

---

23) 1870년대부터 1957년까지 비공식적 캐나다 국기였던 붉은 기(Red Ensign, Civil Ensign)를 가리킨다. 공식적 국기는 유니언 잭이었다. 왼쪽 상단에 유니언 잭이, 중심에 역사상 조금씩 변화되어 온 캐나다 문장이 있다. 단풍잎이 중앙에 있는 현재 캐나다 국기는 1965년에 확정되었다.
24) 과거 영국의 식민지였거나 영국의 위탁 통치를 받았던 '영연방 국가'를 표시한 지도를 말한다.

옷도 없었다. 캐나다의 인디언들은 바퀴나 전화도 없었고, 적의 심장을 먹으면 용맹스러워진다는 야만적 믿음을 가지고 있었다. 대영 제국은 이 모든 것을 바꾸어 놓았다. 대영 제국은 전깃불을 가져다주었다.

매일 아침 럼리 선생이 조율 피리를 가늘고 날카롭게 불면 우리는 일어나 「신이여, 왕을 구하소서」[25]를 부른다. 때로는 이런 노래도 부른다.

브리타니아여, 통치하라, 브리타니아여, 바다를 지배하라.
영국인은 결코, 결코, 결코, 노예가 되지 않으리.

우리는 영국인이기 때문에 결코 노예가 되지 않을 것이다. 하지만 우리는 진짜 영국인은 아니다. 캐나다 사람이기도 하기 때문이다. 캐나다 사람이라는 것은 영국인만큼 좋은 것은 아니다. 그래도 캐나다만의 노래도 있다.

옛날 옛적 영국의 해안으로부터
불굴의 영웅 울프[26]가 건너와서
브리타니아의 깃발을
캐나다의 아름다운 영토에 굳게 꽂았네.
그 깃발이 우리의 자랑, 우리의 자부심으로 펄럭이길.

---

25) 영국 국가. 여왕이 왕위에 있을 때는 「신이여 여왕을 구하소서」로 바뀐다.
26) 캐나다에서 벌어진 영국과 프랑스 사이의 전쟁을 종식시킨 영국의 제임스 울프 장군을 말한다.

그리고 사랑으로

함께 얽혀 있는 엉겅퀴와, 토끼풀과 장미를

단풍잎과 영원히 결합시키길.[27]

우리가 이 노래를 부를 때면 럼리 선생의 턱이 무섭게 떨린
다. 울프라는 이름은 개에게나 어울리지만 어쨌든 그는 프랑스
인들을 무찌른 영웅이다. 이것은 참 혼란스럽기 짝이 없는 일
이다. 왜냐하면 나는 프랑스 사람을 본 적이 있으며, 저 북쪽
에는 프랑스 사람들이 많이 살고 있기 때문이다. 그러니까 울
프라는 영웅이 프랑스 사람들을 다 무찌른 것은 아닌 것이다.
단풍잎은 우리의 붉은 국기에서 가장 그리기 힘든 부분이다.
아무도 제대로 그리지 못한다.

럼리 선생은 영국 왕가에 대한 신문 기사를 오려 와서 측
면의 칠판에 붙여 놓는다. 일부는 상당히 오래된 것으로, 엘
리자베스 공주와 마거릿 로즈 공주[28]가 독일군의 영국 대공
습 기간에 걸스카우트 유니폼을 입고 라디오와 다른 여러 매
체에서 연설하는 사진이 실려 있다. 럼리 선생은 이것이 바로
우리가 갖추어야 할 모습이라고 암시하고 있는 것이다. 단호하
고, 충성스럽고, 용맹하고, 영웅적인 모습.

더러운 옷을 걸치고 폐허 앞에 서 있는 비쩍 마른 아이들

---

27) 엉겅퀴는 스코틀랜드의 국화, 토끼풀은 아일랜드의 국화, 장미는 잉글
랜드의 국화다.
28) 2차 세계 대전 당시 십 대 소녀였던 엘리자베스 2세 여왕과 동생 마거
릿 공주.

의 사진들도 있다. 유럽에는 굶주리는 전쟁고아들이 많으며, 우리는 그 사실을 기억하고 빵 부스러기와 감자 껍질을 포함해 접시에 담겨 있는 것은 전부 먹어야 한다는 것을 상기시켜 주기 위한 것이다. 낭비는 죄악이기 때문이다. 또한 우리는 불평을 해서도 안 된다. 정말로 우리는 불평할 권리가 없다. 우리는 행운아들이다. 잉글랜드 아이들의 집은 폭격을 맞았지만 우리는 그런 일을 당하지 않았다. 우리는 집에서 헌옷을 가져오고, 럼리 선생은 그것을 갈색 종이로 포장해서 잉글랜드로 보낸다. 어머니는 낡은 옷을 찢어서 걸레로 쓰기 때문에 나는 가져올 옷이 별로 없다. 한때 오빠가 입었다가 그다음에는 내가 입었고 이제는 너무 작아진 코듀로이 바지와, 잘못 빨아서 줄어든 아버지의 비엘라[29] 셔츠 하나를 겨우 확보한다. 잉글랜드에 있는 어떤 사람이 내 옷을 입고 걸어 다닐 것을 생각하니 피부가 스멀거리는 듯 이상한 느낌이 든다. 이제 내게 작아진 것이라도 내 옷은 나의 일부인 것 같다.

국기, 조율 피리 소리로 시작되는 노래, 대영 제국과 공주, 전쟁고아, 채찍질까지, 이 모든 것들은 럼리 선생의 불길한 짙푸른색의 보이지 않는 블루머라는 배경 위에 겹쳐진다. 나는 유니언 잭을 그리거나 「신이여, 왕을 구하소서」를 부를 때마다 그 블루머를 생각하지 않을 수 없다. 그 블루머는 실재하는 것일까, 아닐까? 혹시 내가 교실에 있을 때 럼리 선생이 그것을 입거나, 혹은 상상하기 힘들지만, 벗는 경우가 생기는 것

---

29) 면과 모를 능직으로 짠 천. 상표 이름이다.

은 아닐까?

　나는 뱀이나 벌레는 두렵지 않지만 그 블루머는 두렵다. 혹시라도 실제로 보게 되면 더 끔찍할 것이다. 그 블루머는 신성불가침의 무엇이며, 거룩하면서 동시에 지독히 수치스러운 것이다. 그 블루머의 문제점이 무엇이든 그것은 내 문제이기도 하다. 왜냐하면 어느 누구도 럼리 선생을 여학생이라고 생각하지 않겠지만 그렇다고 그녀가 남학생도 아니기 때문이다. 황동 종이 울리고 여학생 문 밖에 줄을 설 때, 우리가 속한 범주에 럼리 선생 역시 속하는 것이다.

4부

벨라도나

16장

나는 퀸 스트리트를 따라 걸으며 헌 만화책을 파는 책방과 타원형 수정 구슬과 조개껍질이 가득한 진열창과 음침한 검은 옷이 많은 상점 앞을 지나간다. 지금 밴쿠버에 있었으면 좋겠다. 커다란 민달팽이가 뒤뜰의 푸른 잎을 먹어 치우는 그곳에서 벤과 함께 벽난로 앞에 앉아서 항구를 내려다볼 수 있었으면. 벽난로, 뒤뜰. 옛날에 여행 가방 도매점 위층에 살던 존을 만나러 이곳에 오던 때는 그런 것에 대해 생각하지 않았다. 길모퉁이에는 '메이플 리프 타번' 술집이 있다. 내가 나신의 여자 그림을 그리고 상심을 경험했던 미술 학교에서 정지 신호등을 두 개 거쳐야 하는 거리에 있는 이곳에서 나는 구석 자리에 앉아 생맥주를 마시곤 했다. 전차 때문에 가게 전면 창이 덜컹거린다. 지금도 전차는 여전히 다닌다.

내가 벤에게 말했다. "가고 싶지 않아요."

벤이 대답했다. "가고 싶지 않으면 가지 않아도 되잖아요. 취소해 버리고 나와 함께 멕시코로 내려갑시다."

내가 말했다. "그 사람들은 온갖 노력을 기울였어요. 이봐요, 어디에서든 여자가 회고전을 하기가 얼마나 힘든지 알아요?"

그가 물었다. "그게 왜 그렇게 중요하죠? 어찌 되었건 간에 당신 그림은 팔릴 텐데."

내가 말했다. "나는 가야 해요. 가지 않는 건 옳은 일이 아니에요." 나는 공손하게 "부탁합니다." "죄송합니다."라고 말하도록 교육받아 왔다.

그는 말했다. "좋아요. 당신은 자기 일을 잘 처리하는 사람이니까." 그리고 나를 안아 주었다.

그의 말이 사실이라면 얼마나 좋겠는가.

이 서브버전스 화랑은 식당 식재료 가게와 문신 가게 사이에 있다. 양옆의 가게는 이윽고 사라질 것이다. 서브버전스 같은 곳이 들어서는 것은 재앙의 전조다.

나는 화랑 문을 열고, 화랑에 있을 때면 항상 찾아드는 가라앉는 듯한 느낌을 안고 걸어 들어간다. 바닥에 깔려 있는 카펫, 조용함, 엄숙한 분위기, 이 모든 것이 그런 느낌을 주는 것이다. 화랑은 교회와 너무나 비슷하다. 숭배가 과다하고, 무릎을 꿇어야만 할 것 같은 압박감을 준다. 또한 그림들이 안착하게 되는 곳이 결국 이곳이라는 사실, 트랙 조명이 달린 밋밋

한 색 벽에 걸려 살균되고 안전하고 무던한 모습이 된다는 사실이 나는 마음에 들지 않는다. 마치 냄새를 없애기 위해 그림에 탈취 스프레이를 뿌린 듯한 느낌이다. 벽에 묻은 피 냄새.

이 화랑은 그런 식으로 완전히 살균되어 버린 곳은 아니고, 전위적 특성이 곳곳에 보인다. 난방 파이프가 드러나 있고 한쪽 벽은 까맣다. 나는 벽에 걸려 있는 것에는 눈길도 주지 않는다. 나는 저런 신표현주의적인 더러운 초록색과 역겨운 주황색을, 후기 이런 주의, 후기 저런 주의 같은 것을 싫어한다. 요즘은 모든 것이 '후기 무엇'이다. 마치 우리는 자신만의 이름을 가질 만큼 실재적이었던 과거의 무엇에 대한 주석에 불과하다는 듯이.

내 그림 여러 점이 운송 상자에서 꺼내져 벽에 기대어 있다. 그 그림들은 추적과 요청을 거쳐 소장자들에게서 모아들인 것이다. 이제는 이전보다 더 높은 가격으로 작품들을 팔 수 있는 입장인데, 불행히도 나는 내 그림을 전혀 소장하고 있지 않다. 소장자들의 이름은 내 이름과 함께 작고 하얀 카드에 쓰여 그림 옆에 전시될 것이다. 마치 그림을 소유하는 것이 창작하는 것과 동등하기라도 한 것처럼. 소장자들은 그렇게 생각한다.

귀를 자르면 시장 가치가 올라갈까? 더 좋은 방법은 머리를 오븐 속에 집어넣고 권총으로 뇌를 날려 버리는 것이다. 부유한 예술품 수집가들이 사고자 하는 것은 다른 무엇보다도 대리적으로 맛보는 약간의 광기인 것이다.

정면이 보이도록 세워 둔 작품은 이십 년 전에 그린 것이다.

회색 머리핀으로 고정한 왕관 모양의 머리를 하고 감자 같은 얼굴에 안경을 쓰고 젖가슴을 거대한 하나의 덩어리처럼 보이게 만드는 가슴판 달린 꽃무늬 앞치마만 입은 스미스 부인의 모습을 템페라 화법으로 아름답게 그린 그림이다. 그녀는 적갈색 벨벳 소파에 기대 누워 고무나무로 가득 찬 천국으로 승천하고 있으며, 냅킨같이 생긴 달이 하늘을 부유하고 있다. 「고무나무, 승천」이 이 작품의 제목이다. 그녀의 주위를 떠도는 천사들은 1940년대 크리스마스 스티커로서, 하얀 옷을 입고 굽슬굽슬하게 머리를 만 깨끗한 소녀들이다. 그림 윗부분에는 어린이 학습용 스텐실 도구로 쓴 '천국'이라는 단어가 있다. 이 그림을 그릴 당시에는 상당히 재치 있는 일이라고 생각했다.

내 기억에 따르면 그 작품은 혹평을 받았다. 스텐실 때문은 아니었다.

나는 이 작품을, 아니 어떤 작품도, 너무 오래 응시하지 않는다. 오래 바라보고 있으면 작품에서 잘못된 점을 발견하기 시작할 것이다. 이그잭토 칼[30]로 작품을 찢어 버리고, 불에 태워 버리고, 결국 벽 전체를 깨끗하게 치워 버리고 싶어질 것이다. 다시 시작하는 것.

금발 고슴도치처럼 보이는 머리를 하고 자주색 점프수트에

---

30) 1930년대에 발명된 미술 작업용 칼. 연필 같은 알루미늄 본체 끝에 갈아 끼울 수 있는 날카로운 칼날이 부착되어 있으며, 정교한 작업에 주로 사용된다.

초록색 가죽 부츠 차림을 한 여자가 뒤쪽에서 나를 향해 걸어온다. 그 순간 이런 연푸른색 조깅복을 입지 말았어야 했음을 깨닫는다. 연푸른색은 가벼운 색깔이다. 제대로 된 여성 화가들처럼 수녀복같이 까만 옷, 드라큘라같이 까만 옷을 입었어야 했다. 소심하게 이런 분홍색을 칠하고 나오는 대신 목을 물어뜯은 뱀파이어 같은 립스틱을 발랐어야 했다. 하지만 그런 색을 바르면 정말 해기스 맥배기스처럼 보일 것이다. 이 나이에는 그렇게 강렬한 붉은색을 감당하기 어렵다. 허연 얼굴에 주름만 눈에 띌 것이다.

하지만 이 조깅 복장에 대해서는 꿋꿋이 버티면서 일부러 이렇게 입고 나온 척할 것이다. 관습 타파적 행동으로 보일 수도 있으니까. 남들이야 어떻게 알겠는가? 연푸른색 조깅복에는 허세가 없다. 유행에서 벗어나서 좋은 점은 한 번도 유행을 탄 적이 없다는 사실이며, 그렇기 때문에 무슨 일이 있어도 한물간 모델로 전락하는 일이 없다는 점이다. 이것은 내 작품에 대한 나의 변명이기도 하다. 아니 수년간 계속해 온 변명이다.

그 여자가 말을 건다.

"안녕하세요, 일레인 씨 맞죠! 사진이랑 많이 다르게 생기셨네요."

무슨 의미일까? 더 괜찮아 보인다는 뜻일까, 더 못생겼다는 뜻일까? "우리 전화 통화 많이 했죠. 제 이름은 차나예요." 토론토에 차나 같은 이름은 존재하지 않았다. 무거운 은반지를 무기처럼 열 개쯤 끼고 있는 이 여자의 손 안에서 내 손이 으스러지는 것 같다. "순서를 어떻게 할까 생각하는 중이었어요." 이곳에는 두 명의 여자가 더 있다. 모두 나보다 다섯 배는 더 예술가답게 보인다. 그들은 추상 예술 작품 같은 귀고리를 하고 멋진 머리를 하고 있다. 스스로가 초라하게 느껴진다.

그들은 미식가나 먹는 무순 아보카도 샌드위치와 거품 낸 우유를 넣은 커피를 사 왔고, 우리는 그것을 먹고 마시며 그림 배치에 대해 이야기를 나눈다. 나는 연대기적 접근을 선호한다고 말하지만 차나는 생각이 다르다. 그녀는 색조가 비슷한 작품끼리 분류함으로써, 작품들이 반향하고 서로를 극대화해 주는 진술을 창조해 내는 효과를 노리는 것이다. 나는 점점 더 불안해진다. 이런 토론을 하고 있으면 경련이 일어나는 것 같다. 나는 침묵하려고 애쓰면서, 두통이 있으니 집에 가고 싶다고 말하려는 충동을 참는다. 사실 나는 이들에게 고마워해야 한다. 이들은 내 편이고, 나를 위해 이 모든 일을 계획했으며, 나를 존중해 주고, 내 작품을 좋아하는 것이다. 하지만 마치 이들이 나와는 다른 종족의 무리인 것처럼 수적으로 밀리는 듯한 느낌이 든다.

존은 로스앤젤레스에서 전기톱 살인 공포 영화 일을 끝내고 내일 돌아온다. 나는 좀이 쑤셔서 기다릴 수가 없다. 우리는 엉큼한 짓을 하는 기분으로 그의 아내 몰래 함께 점심을 먹으러 나갈 것이다. 하지만 전남편과 친구 같은 기분으로 점심을 함께하는 것은 세련된 일일 뿐이다. 박살 난 도자기와 신체적 상해에 멋진 종지부를 찍는 것. 우리는 호랑이 담배 먹던 시절부터 알고 지냈다. 내 나이, 우리 나이에는 그런 사실이 점점 더 중요해진다. 그리고 이곳에서는 그의 존재가 위안으로 느껴진다.

다른 사람, 또 다른 여자가 들어온다. "안드리아!" 차나가 그녀를 향해 걸어가며 부른다. "당신 늦었어!" 차나는 안드리아의 뺨에 키스를 하고 그녀의 팔을 잡고 내게로 데려온다. 그녀가 말한다. "안드리아가 당신에 대해 기사를 하나 쓰고 싶어 해요. 개막전을 위해서요."

"그 일에 대해서는 들은 바가 없는데요."

내가 말한다. 기습을 당한 것이다.

차나가 말한다. "마지막 순간에야 아이디어가 떠올랐거든요. 우리가 운이 좋은 셈이죠. 두 분을 뒤쪽에 있는 방으로 모셔다 드릴게요. 괜찮죠? 커피를 갖다 드리죠. 말을 이끌어 내는 일이라고들 부르죠." 차나는 억지웃음을 지으며 나를 향해 덧붙인다. 나는 그들이 나를 복도 아래쪽으로 몰고 가도록 내버려 둔다. 나는 여전히 차나 같은 여자에게 휘둘린다.

"좀 다른 모습일 거라고 생각했어요." 자리에 앉으면서 안드리아가 말한다.

"어떤 모습을 생각했죠?" 내가 묻는다.

"몸집이 더 클 줄 알았어요." 그녀가 말한다.

나는 그녀에게 미소를 짓는다. "나는 더 커요."

안드리아는 내 연푸른색 조깅복을 살펴본다. 그녀는 검은색 옷을, 내 것처럼 1960년대 초기의 유물이 아니라 최신 유행의 반드르르한 검은색 옷을 입고 있다. 스프레이를 뿌려 머리를 붉게 물들였고, 까놓고 얘기해서 머리 자른 모양이 도토리 뚜껑같이 보인다. 그녀는 기분 나쁠 정도로 젊다. 분명 이십 대겠지만 내게는 십 대 소녀로밖에 보이지 않는다. 아마도 그녀는 나를 고등학교 시절 선생처럼 괴상하고 심술궂은 중년 여자로 생각하고 있을 것이다. 아마도 그녀는 나를 골탕 먹이려고 왔을 것이다. 그리고 아마 성공할 것이다.

우리는 차나의 책상을 가운데 두고 마주 앉는다. 안드리아는 카메라를 내려놓고 녹음기를 만지작거린다. 안드리아는 신문에 기사 쓰는 일을 한다. "이건 삶과 살림란에 나갈 기사예요." 그녀는 말한다. 나는 그것이 무슨 뜻인지 알고 있다. 예전에는 '여성란'이라고 했다. 그걸 삶과 살림란이라고 부르는 것은 웃기는 짓이다. 마치 여자들만이 살아 있고 다른 것들, 스포츠 같은 것은 죽은 자들이 하는 것이라는 듯이.

나는 말한다. "삶과 살림란이라는 거죠. 나는 두 아이의 엄마예요. 쿠키도 굽죠." 모두 사실이다. 안드리아는 나를 노려보며 "딱" 소리가 나도록 녹음기 버튼을 누른다.

"유명세를 어떻게 감당하시죠?" 그녀가 묻는다.

나는 말한다. "이건 유명세가 아니에요. 유명세란 엘리자베스 테일러의 가슴골 같은 거죠. 나 정도는 그냥 언론의 여드름 같은 거예요."

안드리아는 그 말에 함박 미소를 짓는다. "당신 세대의 예술가들, 당신 세대의 여성 예술가들에 대해, 그리고 그들의 열망과 목표에 대해 말씀해 주실 수 있지 않을까요?"

내가 말한다. "화가들을 말씀하시는 거겠죠. 어떤 세대 말씀이죠?"

그녀가 말한다. "한 1970년대 정도가 아닐까 생각되는데요. 그때쯤이 여성들의……, 당신이 주목을 받기 시작한 때지요."

"1970년대는 내 세대가 아니에요." 내가 말한다.

안드리아가 미소 짓는다. "그렇다면 언제가 당신 세대죠?"

"1940년대."

"1940년대라고요?" 그녀의 입장에서는 고고학적인 연대일 것이다.

"하지만 그때 당신은……."

"내 유년 시절이었죠." 내가 말한다.

"아, 알겠어요. 모든 것이 형성, 발전되던 시기였다는 거죠. 그 시기가 당신의 작품에 어떻게 반영되었는지 말씀해 주시겠어요?" 그녀가 묻는다.

"색깔요. 내가 쓰는 색깔은 다수가 1940년대 색깔이죠." 나는 좀 부드럽게 태도를 바꾼다. 적어도 그녀는 "같아요."라든가 "그거 있죠." 같은 말을 말끝마다 붙이지는 않는다. "전쟁. 전쟁을 기억하는 사람도 있고, 그렇지 않은 사람도 있지요. 그것이 바로 단절과 차이를 만들어 내는 거예요."

"베트남 전쟁을 말씀하시는 건가요?" 안드리아가 말한다.

나는 차갑게 말한다. "아니요. 2차 세계 대전요." 그녀는 마치 내가 죽은 자 가운데서 방금 다시 살아난 것처럼, 그것도 불완전하게 살아난 것처럼 약간 두려운 표정이 된다. 내가 그 정도로 늙은 줄 몰랐던 것이다. "그러면 차이점이 뭔가요?" 그녀가 묻는다.

"우리는 보다 인내심 있게 집중할 수 있죠. 접시에 담긴 음식을 남기지 않고, 끈을 모아 두죠. 우리는 주어진 형편대로 꾸려 가며 살아요." 내가 말한다.

안드리아는 혼란스러운 표정을 짓는다. 내가 1940년대에 대해 말하고 싶은 것은 그것이 전부다. 식은땀이 나기 시작한다. 치과에서 모르는 사람이 전등과 거울을 가지고 내 목구멍 속에서 나는 볼 수 없는 무언가를 들여다보는 기분이다.

안드리아는 영리하고 교묘하게 전쟁 이야기에서 벗어나 원래 의도했던 여성 문제로 다시 방향을 바꾼다. 여성이 더 어려움을 겪는가, 차별이나 과소평가를 받았는가? 아이를 가지는 것은 어떠했는가? 나는 별 도움이 되지 않는 답변을 한다. 모든 예술가들은 자신이 과소평가받는다고 여긴다. 아이들이 학교에 간 사이에 작업을 할 수 있다. 내 남편은 정말 좋은 사람이고, 재정적인 지원을 비롯한 많은 지원을 해 준다. 어느 남편인지는 말하지 않는다.

"그러면 남성의 도움을 받는 것을 굴욕적으로 느끼지 않는다는 건가요?" 안드리아가 묻는다.

"여성은 항상 남성을 도와주었지요. 역할을 조금 바꾸는 것이 뭐가 잘못이죠?" 나는 반문한다.

내가 하고자 하는 말은 그녀가 듣고 싶어 하는 것과 전혀 다르다. 그녀는 분노에 대한 이야기를 선호할 것이다. 하지만 그런 이야기를 자신과 연관 지어 하지 않을 것이다. 그녀는 너무 젊다. 여전히 내 연배의 사람들에게 분노에 찬 이야기가 있을 것이라 짐작하는 것이다. 아니면 적어도 모욕이나 낙담에 대한 이야기. 엉덩이를 살짝 꼬집으면서 나를 "아가"라고 부르며 왜 위대한 여자 예술가는 없냐는 질문 따위를 하는 남자 미술 선생님 같은 이야기들. 그녀는 내가 성나고 기묘한 사람이기를 바란다.

"여자 멘토가 있었나요?"

"여자 뭐라고요?"

"뭐, 선생님, 아니면 당신이 존경했던 여자 예술가 말이에요."

"그럼 멘토의 여성형인 멘트레스라고 해야 하는 거 아닌가요?" 나는 짓궂게 말한다.

"그런 사람은 아무도 없었어요. 내 선생님은 남자였어요."

"그게 누구였죠?" 안드리아가 묻는다.

"조제프 흐르비크. 나에게 무척 친절하게 대해 줬어요." 나는 재빨리 덧붙인다. 그는 그녀의 취향에 딱 맞는 인물이었을 것이다. 하지만 그런 얘기는 하지 않을 것이다. "그는 나에게 여자 나신을 그리는 것을 가르쳐 줬어요."

그 말에 안드리아는 놀란다. "그럼, 저, 페미니즘은 어떻게 되는 거죠? 많은 사람들이 당신을 페미니스트 화가라고 부르는데." 그녀는 말한다.

"그러게 정말, 어떻게 되는 건가요? 나는 정책이니 강령이니 하는 거, 고립된 집단 같은 건 싫어해요. 어쨌든 나는 페미니즘을 만들어 냈다고 하기에는 너무 늙었고, 당신은 그걸 이해하기에는 너무 젊어요. 그러니 그런 논의가 무슨 의미가 있겠어요?" 내가 말한다.

"그러니까 페미니스트로 분류되는 것은 당신에게 의미가 없다는 건가요?" 그녀가 묻는다.

"나는 여자들이 내 작품을 좋아한다는 게 좋아요. 내가 좋아하지 않을 이유가 없죠."

"남자들은 당신의 작품을 좋아하나요?" 안드리아는 간교하게 묻는다. 그녀는 내 뒷조사를 했고, 마녀와 악령을 주제로 한 작품들도 보았던 것이다.

나는 반문한다. "어떤 남자들이요? 모든 사람들이 내 작품을 좋아하지는 않아요. 그건 내가 여자이기 때문은 아니에요. 만일 사람들이 어떤 남자의 작품을 좋아하지 않는다 해도, 그가 남자이기 때문은 아니죠. 그냥 좋아하지 않는 것뿐이에요."

나는 지금 입지가 모호하며, 그 사실에 분노하고 있다. 목소리는 침착하지만 아까 마신 커피가 안에서 끓어오른다.

안드리아는 인상을 찌푸리고 녹음기를 만지작거린다. "그러면 그 모든 여자 그림들은 왜 그린 거죠?"

"그럼 내가 뭘 그려야 하나요? 남자들? 나는 화가예요. 화가들은 여자를 그려요. 루벤스도 여자를 그렸고, 르누아르도 여자를 그렸고, 피카소도 여자를 그렸어요. 모든 사람이 여자를 그렸단 말이에요. 여자 그리는 게 뭐 잘못된 거라도 있단 말인가요?"

"하지만 그런 식으로 그린 건 아니잖아요." 안드리아는 말한다.

"어떤 식으로? 그건 그렇고, 내 그림이 왜 다른 사람들 그림과 같아야 하는 거죠?" 나는 말한다.

내가 손가락을 뜯고 있다는 사실을 알아차리고 나는 동작을 멈춘다. 곧 나는 구석에 몰린 쥐처럼 이를 덜덜 떨기 시작할 것이다. 안드리아의 목소리는 점점 아득해져서 거의 들리지 않는다. 하지만 그녀의 모습은 아주 선명하게 보인다. 스웨터 목 부분의 짜임새, 뺨의 잔털, 빛나는 단추. 지금 내게 들리는 것은 그녀의 목소리가 아니다. '네 옷 정말 꼴사납군. 너는 형편없어. 똑바로 앉고, 말대답하지 마.'

"그림을 그리는 이유가 뭔가요?" 안드리아가 묻는다. 이제야 그녀의 목소리가 선명하게 들린다. 나는 그녀의 분노를 듣는다. 나와 나의 거절에 대한 그녀의 분노를.

"사람들이 뭔가를 하는 이유가 뭐죠?" 내가 반문한다.

17장

이제 빛이 더 일찍 으슴푸레해진다. 우리는 타는 낙엽에서 흘러나오는 연기를 헤치며 집으로 돌아온다. 비가 오기 때문에 집 안에서 놀아야 한다. 우리는 그레이스의 방 바닥에 앉아서, 스미스 부인의 나쁜 심장을 고려해 조용조용히 밀대와 프라이팬을 오려서 우리 종이 숙녀들 주변에 붙인다.

하지만 코딜리어는 이 놀이를 얼른 해치운다. 그녀는 왜 그레이스네 집에 이턴 카탈로그가 이렇게 많은지 알아차린다. 스미스 씨네 가족이 그걸로 옷을 사기 때문이다. 즉 이턴 카탈로그를 보고 주문하는 것이다. 여아 의류 페이지에는 체크무늬 드레스, 어깨끈 달린 치마, 그레이스와 자매들이 입고 다니는 후드 달린 둔중하고 실용적인 세 가지 색 모직 코트 사진이 있다. 누런 초록색, 진보라색, 적갈색 코트. 코딜리어는 이턴 카탈로그에서 주문한 코트 같은 것은 절대 입지 않겠다는 뜻을 넌지시 비춘다. 하지만 크게 소리 내서 말하지는 않는다. 우리들과 마찬가지로 그녀도 그레이스와 사이좋게 지내고 싶어 한다.

코딜리어는 조리 기구 페이지를 건너뛰고 카탈로그를 계속 넘긴다. 그녀는 브래지어와 레이스와 보강 천이 정교하게 달린 코르셋(이것은 파운데이션 의류라고 불린다.)이 나온 페이지를 펼쳐서 베이지색으로 회칠한 것 같은 모델들의 얼굴에 콧수염을 그린다. 겨드랑이와 가슴골에도 털을 그려 넣는다. 코딜리어는 웃음을 참느라 코로 숨을 내뿜으며 제품 설명을 읽는다. "우아한 레이스로 멋있게 장식된 제품, 풍만한 몸을 위한 특별한 지지 효과. 이건 큰 가슴이라는 말이야. 이것 봐, 컵 사이즈! 찻잔처럼 말이지!"

코딜리어는 유방이라는 것에 매혹을 느끼는 동시에 경멸한다. 이제 그녀의 언니들은 다 젖가슴이 생겼다. 퍼디와 미리는 트윈 베드와 나뭇가지 무늬 모슬린 천 주름 장식이 있는 자기들 방에 앉아서 손톱을 다듬고 낮은 소리로 웃곤 한다. 또는 부엌에서 작은 냄비에 갈색 왁스를 녹여서 위층으로 가져와 다리에 바른다. 그들은 거울을 들여다보며 슬픈 표정을 짓는다 "나는 해기스 맥배기스처럼 생겼어! 그건 저주 때문이야!" 그들의 휴지통에서는 썩어 가는 꽃 냄새가 난다.

그들은 코딜리어가 너무 어려서 이해하지 못할 거라고 해 놓고 그런 이야기를 다 해 준다. 코딜리어는 목소리를 낮추고 눈을 크게 뜨고 우리에게 진실을 전수해 준다. 저주란 다리 사이로 피가 흘러나오는 것이라고 한다. 우리는 그 말을 믿지 않는다. 코딜리어는 증거를 제시한다. 퍼디의 휴지통에서 훔쳐 낸 위생 패드. 말라 버린 고기 소스처럼 보이는 갈색 딱지가 묻어 있다. "그건 피가 아니야." 그레이스가 역겹다는 듯 말한다. 그레이스의 말이 옳다. 손을 베였을 때 나오는 피와는 전혀 다르다. 코딜리어는 화를 낸다. 하지만 아무것도 증명해 보일 수는 없다.

나는 이제까지 성인 여자들의 몸에 대해 별로 생각해 보지 않았다. 그런데 이제 이 몸들이 진실되고도 혼돈스러운 빛 아래 드러나고 있다. 낯설고, 기묘하고, 털투성이고, 물컹물컹한 감촉의 기괴한 몸. 우리는 퍼디와 미리가 고통에 찬 외마디 비명을 지르며 다리에서 왁스를 벗겨 내는 것을 방 밖에 서서 키득거리며 열쇠 구멍으로 들여다본다. 왜 그런지 이유는 알 수 없지만 그들을 보며 우리는 당혹감을 느낀다. 퍼디와 미리는 놀림거리가 되고 있다는 것을 알아차리고 문에 와서 우리를 내쫓는다. "코딜리어, 친구들이랑 같이 꺼져 버려!" 그들은 우리에게 무슨 일이 일어날지 이미 알고 있다는 듯 살짝 불길하게 미소를 짓는다. "조금만 기다려 봐." 그들은 말한다.

우리는 공포감에 사로잡힌다. 퍼디와 미리의 몸을 둥글고 부드럽게 만들고, 보이지 않는 목끈이 걸린 것처럼 뛰지 않고 걷게 만들고, 행동을 제어하는 그것. 그 무엇인가가 우리에게도 닥칠 수 있다. 우리는 거리에 걸어 다니는 여자들과 선생들의 가슴을 몰래 훔쳐본다. 하지만 어머니들의 가슴은 쳐다보지 않는다. 불편할 정도로 가까이 있기 때문이다. 우리는 다리와 겨드랑이에 털이 나는지, 가슴이 부풀어 오르는지 살펴본다. 하지만 아무 일도 일어나지 않는다. 아직까지는 안전하다.

코딜리어는 목발과 탈장대와 보철 장치의 흑백 사진이 있는 카탈로그 뒷부분을 펼친다. 그녀가 말한다. "가슴 펌프야. 이거 보이지? 찌찌가 더 크게 보이게 바람을 넣는 거야. 자전거 펌프처럼 말이지." 우리는 무엇을 믿어야 할지 갈피를 잡지 못한다.

어머니에게 그런 것을 물어볼 수는 없다. 옷을 걸치지 않은 어머니의 모습을 상상하는 것, 아니 어머니의 옷 아래에 감추어진 몸이 있다고 생각하는 것 자체가 어려운 일이다. 어머니들이 말해 주지 않는 많은 것들이 있다. 그들과 우리 사이에는 점점 깊어지기만 하는 큰 간극, 심연이 존재한다. 그 심연은 말 없음으로 채워져 있다. 어머니들은 쓰레기를 신문지로 여러 겹 싸고 끈으로 꽁꽁 묶지만 그래도 왁스를 새로 칠한 마룻바닥 위로 쓰레기에서 물이 뚝뚝 떨어진다. 빨랫줄에는 속바지, 잠옷, 양말, 더럽혀진 은밀한 부분이 널려 있다. 어머니들이 탁하고 걸쭉한 물에 손을 담가서 세탁하고 헹군 것이다. 그들은 변기 청소용 솔에 대해, 변기 시트에 대해, 병균에 대해 알고 있다. 어머니들이 아무리 깨끗이 청소해도 세상은 여전히 지저분하고, 그들은 우리의 더럽고 시시한 질문을 달가워하지 않을 것이다. 그래서 그 대신 긴 귓속말이 한 아이에서 다음 아이로 전해져 우리 사이에 떠돌고, 공포감이 증폭되는 것이다.

남자들 다리 사이에는 당근이 있다고 코딜리어가 말한다.

사실 그것은 당근이 아니라 더 끔찍한 무엇이다. 그것은 털로 뒤덮여 있다. 그 끝에서 씨가 나와서 여자 배 속에 들어가 아기로 자라난다. 그것은 우리가 원하든 원하지 않든 상관없이 일어난다. 어떤 남자들은 마치 귀고리처럼 당근에 구멍을 뚫어서 고리를 끼워 놓는다고 한다.

코딜리어는 씨가 어떻게 나오는지, 어떻게 생겼는지는 확실히 알지 못한다. 그녀는 그것이 눈에 보이지 않는 것이라고 말한다. 그러나 나는 그럴 리가 없다고 생각한다. 씨라는 것이 정말 있다면 새 모이나 길고 잔잔한 당근 씨처럼 생겼을 것이다. 코딜리어는 당근이 어떻게 씨를 뿌리러 들어가는지도 말하지 못한다. 배꼽이 가능성이 높기는 하지만, 그러려면 그곳에 뚫린 자리나 찢긴 부분이 있어야 한다. 그 이야기는 모두 매우 미심쩍으며, 우리들이 그런 행위를 통해 태어났다는 것은 격분할 만한 일이다. 나는 이 모든 일이 일어난다고 하는 침대에 대해 생각한다. 캐럴네 집에 있는 항상 깔끔한 트윈 베드, 우아한 장식 차양이 달린 코딜리어네 침대, 코바늘로 뜬 침대 덮개와 모직 담요가 여러 겹 깔려 있어 육중하고 훌륭해 보이는 그레이스네 집의 어두운 마호가니색 침대. 그러한 침대들은 그 자체가 부정과 거부의 형상이다. 나는 입술이 뒤틀린 캐럴의 어머니와 반백의 머리를 땋아 만든 왕관을 머리핀으로 고정한 스미스 부인을 생각한다. 그들은 입을 꽉 다물고, 위엄 있는 태도로 등을 곧게 편다. 그들은 그런 것을 절대 허용하지 않을 것이다.

그레이스는 더 이상 토론할 것이 없다는 것을 암시하는 그녀 특유의 끝맺는 듯한 자세로 "하나님이 애기를 만드시는 거야."라고 말한다. 그녀는 비밀스럽고 경멸하는 미소를 짓고, 우리는 안도감을 느낀다. 우리가 직접 하는 것보다 하나님에게 맡기는 것이 더 나은 법이다.

하지만 여전히 의심스러운 점이 남는다. 예를 들면 나는 그 주제에 대해 상당히 많이 알고 있다. '당근'이 올바른 용어가 아니라는 것을 알고 있다. 나는 잠자리와 딱정벌레가 다른 놈 등에 업혀 함께 날아다니는 것을 본 적이 있다. 그것이 '교미'라고 불린다는 것을 알고 있다. 잎사귀에, 애벌레 위에, 수면 위에 알을 낳기 위해 산란관이라는 것이 있다는 것을 알고 있다. 그것은 아버지가 집에 가져와서 교정하는 곤충 그림에 확실하게 표시돼 있다. 나는 여왕개미에 대해, 수컷을 먹는 암컷 사마귀에 대해 알고 있다. 이 모든 것은 그다지 큰 도움이 되지 않는다. 나는 스미스 씨와 그 부인의 모습을, 그들이 옷을 다 벗고 스미스 씨가 부인의 등에 붙어 있는 모습을 상상해 본다. 날아다니는 모습을 덧붙이지 않는다 하더라도 그런 상상은 불미스럽다.

오빠에게 물어볼 수도 있다. 하지만 비록 상처 딱지와 발톱 때를 현미경으로 함께 관찰하고 황소 눈알 표본이나 창자 뺀 물고기나 죽은 통나무 아래에서 발견되는 모든 것에 대해 전혀 개의치 않았지만, 오빠에게 이런 질문을 하는 것은 부적절하고 어쩌면 상처를 주는 행동일 수도 있다. 나는 그가 모래 위에 솜씨 좋은 여분의 손가락으로 갈겨쓴 각진 글씨체의 '목성'이라는 글자를 생각한다. 코딜리어의 말에 따르면 그 손가락은 결국 털에 뒤덮이게 될 것이다. 아마 오빠는 그 사실을 모르고 있을 것이다.

남자아이들은 키스할 때 상대방 입속에 혀를 밀어 넣는다고 코딜리어가 말한다. 물론 우리가 아는 남자아이들이 아니라 좀 더 나이가 많은 남학생들에게 해당되는 이야기다. 이런 것에 대해 이야기할 때 코딜리어는 오빠가 캐럴이 듣는 데서 '민달팽이 주스'나 '콧물' 같은 말을 할 때와 똑같은 투로 말한다. 그리고 캐럴 역시 똑같은 반응을 보인다. 똑같은 콧등 주름, 똑같은 몸부림. 그레이스는 코딜리어가 역겹다고 말한다.

나는 시내의 길거리에서 가끔씩 보게 되는 가래침이나 정육점에 있는 소의 혀를 생각한다. 왜 자기 혀를 다른 사람의 입속에 집어넣는 그런 짓을 하고 싶은 것일까? 당연히 혐오감을 불러일으키기 위해서, 상대방이 어떻게 반응하는지 보기 위해서일 것이다.

18장

나는 검은 고무 디딤판 코가 못으로 박혀 있는 지하층 계단을 올라간다. 스미스 부인은 가슴판 달린 앞치마를 두르고 부엌 개수대에 서 있다. 낮잠을 자고 일어나 이제 꼿꼿하게 서서 저녁 식사 준비를 한다. 스미스 부인은 감자 껍질을 벗긴다. 그녀는 껍질 벗기는 일을 자주 한다. 껍질은 그녀의 크고 마디진 손에서 길고 창백한 나선을 그리며 떨어진다. 과도는 너무 닳아서 칼날이 초승달 조각처럼 얄팍하다. 부엌에는 김이 자욱하고, 골수 기름과 사골 냄새가 흘러나온다.

스미스 부인은 한 손에는 껍질 벗긴 감자를, 다른 손에는 칼을 들고 몸을 돌려 나를 바라본다. 그리고 미소를 짓는다. "그레이스가 너희 가족은 교회에 가지 않는다고 하더구나. 어쩌면 우리와 함께 가고 싶을지도 모르겠네. 우리 교회에 말이야."

그녀가 말한다.

"그래."

내 뒤를 따라 계단을 올라온 그레이스가 말한다. 좋은 생각인 것 같다. 캐럴이나 코딜리어 없이 혼자서 일요일 아침을 그레이스와 보낼 수 있는 것이다. 그레이스는 여전히 우리 모두가 원하는 호감 가는 친구다.

이 계획을 말하자 부모님은 걱정을 내비친다. "정말 교회에 가고 싶은 거니?" 어머니가 묻는다. 어릴 적에 원하든 원하지 않든 간에 교회에 갔어야 했다고 어머니는 말한다. 할아버지는 매우 엄격했다. 일요일에는 휘파람을 부는 것도 허용되지 않았다고 한다. "정말 가고 싶어?"

아이들을 세뇌하는 것은 옳지 않다고 아버지는 말한다. 어른이 되면 종교에 대해 주체적으로 결정을 내릴 수 있다. 아버지의 의견에 따르면 종교는 많은 전쟁과 학살을 초래해 왔을 뿐 아니라 편협함과 불관용을 불러일으킨다. "교육을 받은 사람이라면 성경에 대해 알아야 하지. 하지만 너는 겨우 여덟 살이잖니." 아버지가 말한다.

"곧 아홉 살이 돼요." 내가 대꾸한다.

"글쎄. 네가 듣는 이야기를 모두 믿지는 마라." 아버지가 말한다.

일요일에 나는 어머니와 함께 고른 짙푸른색과 초록색 체크무늬 모직 드레스를 입고, 뻣뻣한 흰색 면직 허리판에 가터로 연결하도록 되어 있는 골 진 흰색 스타킹을 신는다. 예전보

다는 드레스가 많아졌지만, 캐럴처럼 어머니와 쇼핑을 같이
가서 물건을 고를 때 도움을 받거나 하지는 않는다. 어머니는
쇼핑을 싫어하고 바느질도 하지 않는다. 내 여아용 옷은 더 큰
딸을 둔 어머니의 먼 친구가 준 중고품이다. 이 드레스들 모두
내게 잘 안 맞는다. 밑단이 터졌거나 소매가 팔 아래에서 한데
뭉친다. 나는 드레스는 모두 이런 법이라고 생각한다. 하지만
하얀 스타킹은 새것이고, 학교에 신고 가는 갈색 스타킹보다
더 껄끄럽다.

나는 빨간 플라스틱 손가방에서 푸른 고양이 눈 구슬을 꺼
내 책상 서랍에 넣어 둔다. 대신 헌금 접시에 넣으라고 어머니
가 준 10센트짜리 동전을 손가방에 넣는다. 나는 신발을 신
고, 바퀴자국 난 길을 따라 그레이스네 집으로 향한다. 아직
까지는 장화가 필요 없다. 벨을 누르자 그레이스가 현관문을
열어 준다. 나를 기다리고 있었던 것이다. 그녀도 드레스와 하
얀 스타킹 차림을 하고, 땋은 머리 끝에 짙푸른색 리본을 달
고 있다. 그레이스는 나를 유심히 바라본다. "얘는 모자가 없
어요." 그녀가 말한다.

복도에 서 있는 스미스 부인은 마치 내가 그 집 문 앞에 버
려진 고아라도 되는 듯한 눈초리로 나를 바라본다. 그녀는 그
레이스를 2층으로 올려 보내 모자를 찾아 보도록 시킨다. 그
레이스는 턱 밑에 거는 고무줄이 달린 낡은 짙푸른색 벨벳 모
자를 가지고 내려온다. 내게 너무 작지만 스미스 부인은 지금
은 이거면 될 것이라고 말한다. "우리는 머리를 가리지 않고는
우리 교회에 가지 않는단다." 그녀가 말한다. 그녀는 우리라는

말을 강조한다. 마치 다른, 열등한, 모자를 쓰지 않는 교회들이 있다는 듯이.

스미스 부인의 언니도 우리와 함께 교회에 간다. 그녀는 밀드레드 이모라고 불린다. 그녀는 나이가 더 많고, 한때 중국 선교사였다. 스미스 부인과 똑같이 마디진 붉은 손에 금속 테 안경을 쓰고, 머리칼로 왕관을 틀어 얹었다. 다른 점이 있다면 그녀의 머리칼과 얼굴의 털은 완전히 희게 셌으며 얼굴에 털이 더 많다는 것뿐이다. 두 사람은 아무렇게나 묶어 놓은 펠트 천 다발처럼 보이고 가장자리가 여기저기 튀어나온 모자를 쓰고 있다. 나는 몇 년 전의 이턴 카탈로그에서 그렇게 생긴 모자를 본 적이 있다. 올백 머리에 높은 광대뼈와 짙고 붉게 칠한 광택 있는 입술을 가진 모델이 그것을 쓰고 있었다. 스미스 부인과 그 언니가 쓴 그 모자는 상당히 다른 효과를 자아낸다.

스미스 씨네 가족이 모두 코트와 모자를 차려입은 다음 우리는 차에 올라탄다. 스미스 부인과 밀드레드 이모는 앞좌석에, 나와 그레이스와 여동생 둘은 뒷좌석에 탄다. 나는 여전히 그레이스를 숭배하지만 이 숭배는 육체적인 것과는 거리가 멀다. 그리고 차 뒷좌석에 꼭 끼어서 그녀와 그토록 가까이 앉아 있으려니 거북한 느낌이 든다. 내 바로 앞에서는 스미스 씨가 운전을 하고 있다. 그는 키가 작고 대머리이며 좀처럼 눈에 띄지 않는다. 캐럴의 아버지나 코딜리어의 아버지도 마찬가지다. 집의 일상생활에서 아버지들은 대부분 보이지 않는 존재들이다.

우리는 서쪽으로 향하는 전차 궤도를 따라 텅 비다시피 한 일요일 거리를 지나간다. 차 안에는 스미스 가족의 오래된 숨결과 말라 버린 침 같은 퀴퀴한 냄새가 가득하다. 교회는 큰 벽돌 건물이다. 지붕에는 십자가 대신 양파같이 생긴 것이 달려서 빙빙 돌아간다. 나는 이 양파가 무슨 종교적인 의미가 있는지 물어본다. 그러나 그레이스는 환풍기라고 대답한다.

　　스미스 씨는 차를 주차하고 우리는 차에서 나와 교회 안으로 들어간다. 우리는 윤기 나는 짙은색 긴 나무 벤치에 한 줄로 앉는다. 그레이스는 이것이 신도석이라고 말한다. 내가 교회 안에 들어와 본 것은 이번이 처음이다. 높은 천장에 나팔꽃같이 생긴 전등이 사슬에 매달려 있고, 앞쪽에는 장식 없는 금 십자가와 하얀 꽃이 꽂힌 화병이 있다. 그 뒤쪽에는 스테인드글라스 창이 세 개 있다. 가장 큰 가운데 창에는 흰옷을 입은 예수가 손을 옆으로 펼치고 있고, 하얀 새가 그의 머리 위를 날아다닌다. 그 아래에는 성경에 나오는 굵고 검은 글자체로 단어 사이에 점이 찍힌 구절이 다음과 같이 쓰여 있다. "하나님의·왕국은·너희·안에." 왼쪽 창에는 예수가 분홍빛 도는 붉은 옷을 입고 옆으로 비스듬히 앉아 있고, 두 어린이가 그의 무릎에 기대고 있다. 그 아래에는 이렇게 쓰여 있다. "어린·아이들을·오게·하라." 예수의 형상에는 모두 후광이 있다. 다른 창에는 푸른 옷을 입은 여자의 모습이 있다. 그녀는 후광이 없으며 흰 수건으로 얼굴을 일부 가리고 있다. 그녀는 바구니를 들고 한쪽 손을 아래로 뻗치고 있다. 그녀의 발치에는 머리에 붕대 같은 것을 두른 남자가 누워 있다. 그곳에는 이렇게 쓰여 있다. "그중에·제일은·사랑이라." 창 테두리에는 모두 포도 덩굴과 포도송이와 여러 가지 꽃 문양 장식이 있다. 창 뒤쪽에는 조명이 있어서 문양을 더욱 빛내 준다. 나는 그것에서 눈을 뗄 수 없다.

이내 오르간 연주 소리가 들려오고, 모든 사람이 일어선다. 나는 어리둥절해한다. 나는 그레이스가 하는 것을 보고 그녀가 일어서면 따라 일어서고, 앉으면 따라 앉는다. 노래를 부르는 동안 그레이스는 찬송가를 펼쳐 들고 어디를 부르는지 알려 주지만 나는 음을 하나도 모른다. 잠시 후 주일 학교에 갈 시간이 되고, 우리는 다른 아이들과 함께 줄을 서서 교회 지하로 내려간다.

주일 학교 입구에는 칠판이 있고, 누군가가 색분필로 이렇게 써 놓았다. "킬로이 여기 다녀가다." 그 옆에는 담 너머로 엿보는 남자의 눈과 코가 그려져 있다.

주일 학교는 일반 학교처럼 학급이 있다. 그렇지만 선생들은 더 젊다. 우리 담임은 연푸른색 모자와 베일을 쓴 십 대 후반의 소녀다. 우리 반에는 여자아이들만 있다. 선생은 우리에게 요셉과 그의 여러 가지 색깔 외투에 대한 성경 이야기를 읽어 준다.[31] 그다음에는 아이들이 외워 와야 하는 구절들을

---

31) 성경의 「창세기」 37장 1절부터 48장 22절까지 나오는 이야기. 자식들 중 요셉을 유난히 사랑한 아버지 야곱이 요셉에게 여러 가지 색깔로 화려하게 장식된 옷을 만들어 주자 요셉을 시기한 형들은 그를 상인에게 팔아 버리고, 그의 화려한 옷에 염소 피를 묻혀 요셉이 동물에게 죽임을 당했다고 아버지에게 거짓말을 한다.

암송하는 것을 듣는다. 나는 다리를 대롱거리며 의자에 앉아 있다. 나는 아무것도 외우지 않았다. 선생은 미소를 지으며 내가 매주 오기 바란다고 말한다.

이것이 끝나면 전 학급은 학교에서 점심을 먹는 벤치와 비슷하게 생긴 회색의 긴 나무 의자가 줄지어 있는 커다란 방으로 들어간다. 긴 의자에 앉자 불이 꺼지고 컬러 슬라이드가 방 끝의 빈 벽에 투영된다. 슬라이드는 사진이 아니라 그림이고, 구식이다. 첫 번째 그림은 숲속에서 말을 타고 가는 기사의 모습이다. 기사는 한줄기 빛이 나무 사이로 비쳐 들어오는 위쪽을 응시하고 있다. 기사의 피부는 매우 하얗고, 눈은 소녀처럼 크고, 손은 차 범퍼처럼 보이는 갑옷 아래 심장이 있을 법한 곳에 올리고 있다. 그의 크고 빛나는 얼굴 아래로 전등 스위치와 징두리판벽과 삐죽 튀어나온 작은 피아노의 가장자리가 보인다.

다음 그림에는 기사가 더 작게 그려져 있고, 그 아래에 노래 가사가 적혀 있다. 우리는 보이지 않는 피아노의 쿵쿵거리는 연주에 맞추어 노래를 부른다.

> 나는 진실되겠네, 나를 신뢰하는 자들이 있으므로,
> 나는 순수하겠네, 돌보는 자들이 있으므로,
> 나는 강하겠네, 견뎌 내야 할 일이 많으므로,
> 나는 용감하겠네, 맞서야 할 일이 많으므로.

어둠 속에서 내 옆에 있는 그레이스의 목소리가 새소리처럼 점점 더 가늘고 날카롭게 올라가는 것이 들린다. 그레이스는 가사를 전부 안다. 암송할 성경 구절도 모두 알고 있었다. 기도하기 위해 머리를 숙일 때, 선한 감정이 내 안에서 퍼져 나간다. 나는 포용되고 받아들여졌다고 느낀다. 하나님이 어떤 존재이든 간에 그는 나를 사랑하는 것이다.

주일 학교가 끝난 후 우리는 마지막 절차를 위해 전체 예배로 돌아간다. 그리고 나는 헌금 접시에 5센트를 놓는다. 송영(頌榮)이라는 것이 이어진다. 우리는 교회에서 나와 스미스 씨의 차에 올라탄다. 그레이스가 조심스럽게 묻는다. "아빠, 우리 기차 보러 가도 돼요?" 그녀의 동생들도 열정적으로 "그래요, 그래요."라고 말한다.

스미스 씨가 묻는다. "너희들, 착하게 행동했니?" 아이들이 다시 대답한다. "그래요, 그래요."

스미스 부인은 애매한 소리를 낸다. "그럼 좋다." 스미스 씨가 아이들에게 말한다. 그는 텅 빈 거리를 따라 차를 남쪽으로 몰아간다. 전차 궤도를 따라가다 미끄러지는 섬처럼 보이는 전차를 추월해서 마침내 우리는 멀리 평평한 회색 호수가 보이는 곳에 도착한다. 아래쪽에는 일종의 낮은 절벽의 언저리 너머로 철도로 뒤덮인 평평한 회색 평원이 펼쳐져 있다. 금속으로 뒤덮인 이 평원에서 여러 기차들이 천천히 앞뒤로 오가며 철로를 바꾸고 있다. 오늘이 일요일이기 때문에, 그리고 이곳을 방문하는 것이 스미스 가족이 예배 후 으레 갖는 일종의 행사인 듯하기 때문에, 나는 저 철도와 느리고 무거운 기차들이 하나님과 무슨 관계가 있는 것이 분명하다고 생각한다. 기차를 정말로 보고 싶어 하는 사람은 그레이스도, 그 동생들도 아니고 바로 스미스 씨라는 것도 알아차린다.

스미스 부인이 이러다 일요일 정찬을 다 망치겠다고 할 때까지 주차한 차 속에 앉아 기차를 바라보다가 우리는 그레이스네 집으로 돌아온다.

나는 일요일 정찬에 초대받는다. 식사 시간까지 그레이스네 집에 머무른 것은 이번이 처음이다. 식사 전에 그레이스는 손을 씻게 나를 위층으로 데려간다. 그리고 나는 그 집에 대해 새로운 사실을 알게 된다. 그 집에서는 화장지를 네 칸만 쓸 수 있다. 목욕탕에 있는 비누는 검고 거칠다. 그레이스는 이것이 타르 비누라고 한다.

식사는 구운 햄과 구운 콩과 구운 감자와 으깬 호박이다. 스미스 씨가 햄을 자르고 스미스 부인이 채소를 담아서 각자에게 접시를 돌린다. 내가 먹기 시작하자 그레이스의 여동생들이 안경 너머로 나를 바라본다.

"이 집에서는 식전에 감사 기도를 한단다." 밀드레드 이모가 딱딱한 미소를 지으며 말한다. 나는 그녀의 말을 이해하지 못하고 그레이스를 바라본다. 왜 그녀의 이름을 부르고 싶어 하는 것일까?[32] 그러나 그들은 모두 고개를 숙이고 손을 모은다. 그리고 그레이스가 말한다. "우리가 이제 먹으려고 하는 모든 것에 대해 주님께서 우리로 하여금 진정으로 감사할 수 있

---

32) '식전 기도를 하다'는 표현은 영어로 'say grace'다. 이 표현에 익숙하지 않은 일레인은 왜 그레이스의 이름을 부르고 싶어 하는지 의아해하는 것이다.

도록 해 주시길, 아멘." 그리고 스미스 씨는 "좋은 음식, 좋은 음료, 좋은 하나님, 이제 먹자."라고 말하고 내게 눈을 찡긋해 보인다. 스미스 부인은 "로이드." 하고 그를 부르고, 스미스 씨는 음모가 담긴 작은 웃음을 던진다.

식사가 끝난 후 그레이스와 나는 스미스 부인이 낮잠을 자는 응접실의 긴 벨벳 의자에 앉는다. 이 의자에 앉아 본 적이 한 번도 없기 때문에, 왕좌나 관처럼 다른 사람을 위해 지정된 것 위에 앉아 있는 느낌이 든다. 우리는 주일 학교 신문을 읽는다. 거기에는 요셉의 이야기와 헌금 접시에서 돈을 훔쳤다가 회개하고 그에 대한 배상을 하기 위해 폐지와 오래된 병을 모으는 소년에 대한 현대의 이야기가 실려 있다. 삽화는 펜과 잉크로 그린 흑백 그림이지만 앞면에는 총천연색 예수 그림이 있다. 파스텔색의 긴 옷을 입은 그는 아이들에 둘러싸여 있다. 온갖 피부색의 아이들, 갈색, 노란색, 흰색의 청결하고 예쁜 아이들. 어떤 아이들은 예수의 손을 잡고 있고, 다른 아이들은 커다란 눈에 존경심을 가득 담고 그를 올려다본다. 이 예수 그림에는 후광이 없다.

스미스 씨는 넘실거리는 둥근 배가 부풀어오르는 가운데 적갈색 안락의자에 앉아 졸고 있다. 부엌에서는 은식기가 달그락거리는 소리가 들려온다. 스미스 부인과 밀드레드 이모가 설거지를 하고 있는 것이다.

나는 빨간색 플라스틱 손가방과 주일 학교 신문을 들고 오후 늦게야 집에 도착한다. "교회가 마음에 들던?" 어머니는 여전히 걱정스러운 목소리로 묻는다.

"뭐라도 좀 배웠니?" 아버지도 묻는다.

"「시편」을 외워야 해요."

나는 으스대며 말한다. 「시편」이라는 이름은 암호처럼 들린다. 나는 약간 분한 마음이 든다. 이제까지 부모님이 내게 숨겨 온 것들, 내가 알아야 하는 것들이 있는 것이다. 예를 들면 모자 같은 것 말이다. 어떻게 어머니는 모자에 대해 잊어버릴 수 있단 말인가? 신이라는 것은 내게 전적으로 새로운 개념은 아니다. 학교의 아침 기도 시간에는 항상 신이 언급되며 심지어 「신이여, 왕을 구하소서」에도 나온다. 그러나 신이라는 존재를 진정으로 만족시키기 위해서는 그 밖에 무엇인가를 더 해야 하는 것 같다. 더 많은 것을 암기하고 더 많은 노래를 부르고 더 많은 헌금을 바쳐야 하는 것이다. 하지만 천국이라는 것은 다소 염려스럽다. 내가 그곳에 갈 때쯤이면 몇 살일까? 내가 늙어서 죽으면 어떻게 되는 걸까? 천국에서도 지금 나이였으면 좋겠다.

나는 그레이스의 두 번째로 좋은 성경책을 빌려 왔다. 내 방으로 가서 암기하기 시작한다.

"하늘이 하나님의 영광을 선포하고 궁창이 그 손으로 하신 일을 나타내는도다. 날은 날에게 말하고 밤은 밤에게 지식을 전하니."[33]

내 방에는 아직도 커튼이 없다. 나는 창밖으로 하늘을 올려다본다. 그곳에는 천국이, 그리고 별들이 있다. 그것들은 더

---

33) 「시편」 19장 1절부터 2절이다.

이상 알코올이나 에나멜 쟁반처럼 차갑고 희고 아득해 보이지 않는다. 이제 그것들이 나를 주의 깊게 살펴보는 것처럼 느껴진다.

19장

여학생들은 운동장이나 언덕 위에 작게 무리 지어 서서 계속 귓속말을 주고받으며 실패 뜨개질을 하고 있다. 이제는 한쪽에 못이 네 개 박힌 실패와 실 뭉치를 갖고 다니는 게 유행이다. 털실을 못에 차례대로 두 번씩 감은 다음, 다섯 번째 못을 이용해 바닥의 털실 고리를 위쪽의 털실 고리 위로 걸어 넘긴다. 실패 반대편 끝에서 굵은 원통형 털실 매듭이 대롱거리게 되면, 그걸 납작한 달팽이 껍질처럼 감아 매트에 꿰매서 찻주전자 받침을 만든다. 내게도 그런 실패가 있고, 그레이와 캐럴도 마찬가지다. 심지어 비록 털실이 제멋대로 엉클어지기는 했지만 코딜리어까지도 하나 가지고 있다.

여학생들이 이렇게 실패와 색색 가지 털실 매듭을 손에 들고 귓속말을 하며 무리 지어 있는 것은 남학생들과 관련 있다.

여학생들의 그런 행동은 남학생과 여학생이 분리되어 있다는 사실을 드러내는 것이다. 무리를 지음으로써 그들은 무리 밖의 여학생들과 남학생 전체를 소외시킨다. 남학생들 또한 우리를 소외시킨다. 하지만 남학생들은 매우 능동적으로 우리를 소외시키며, 그 점을 강조한다. 우리는 그렇게 할 필요가 없다.

지금도 나는 때때로 오빠 방에 들어가 바닥에 누워서 만화책을 읽는다. 그러나 다른 여자아이들이 있을 때는 절대 그러지 않는다. 내가 혼자 있을 때는 나의 존재가 관용되지만, 여자아이들 집단의 일원일 때는 받아들여지지 않는다. 이런 원칙은 불문율처럼 지켜진다.

한때 나는 남자아이들을 예사롭게 여겼고 그들에게 익숙했다. 그러나 지금은 보다 주의를 기울인다. 그들은 여자아이들과 같지 않기 때문이다. 일례로, 그들은 잘 씻지 않는다. 그들에게서는 더러운 체취와 머리 냄새가 날 뿐 아니라, 바지 무릎에 기워 붙인 가죽 냄새와 겨우 무릎 아래까지 내려오고 끝을 미식축구 바지처럼 졸라맨 바지 자체에서 나는 모직 냄새가 풍긴다. 다리 끝부분에 신은 두꺼운 털실 양말은 대부분 축축하고 늘어져 있다. 야외에서는 턱 아래에서 끈을 매게 되어 있는 가죽 헬멧을 쓴다. 그들의 옷 색깔은 카키색, 짙은 파란색, 회색, 진초록색처럼 때가 타도 잘 보이지 않는 색들이다. 이 모든 색깔들은 군사적인 느낌이 난다. 남자아이들은 우중충한 옷차림과 늘어진 양말과 더럽고 잉크 묻은 피부를 자랑스럽게 여긴다. 그들에게 더러움이란 부상만큼이나 가치 있는 것이다. 그들은 남자아이들답게 행동하는 데 열중한다. 그들은 서로 이름 대신 성을 부르고, 지독하게 지저분한 것들에 주의를 환기시킨다. "어이, 로버트슨! 콧물 닦아!", "방귀 뀐 놈이 누구야?" 그들은 서로 팔을 치며 말한다. "넌 죽었어!", "이건 복수야!" 그들이 방 안에 있을 때면 실제보다 더 많은 인원이 있는 것처럼 느껴진다.

오빠 역시 다른 남자아이들과 마찬가지로 친구들의 팔을 치고 역겨운 냄새에 대한 말을 하지만, 자기 혼자만의 비밀을 간직하고 있다. 그는 다른 소년들에게 절대 그것을 발설하지 않을 것이다. 그들이 비웃으리라는 것을 알고 있는 것이다.

그 비밀이란 오빠에게 여자 친구가 있다는 사실이다. 여자 친구는 너무나 은밀한 것이라 여자 친구 자신마저 그 사실을 모른다. 나는 오빠가 비밀을 털어놓은 유일한 사람이며, 아무에게도 말하지 않겠다고 이중으로 맹세를 했다. 심지어 우리 둘만 있을 때에도 그녀의 이름을 말해서는 안 되고 항상 머리 글자인 B. W.로 지칭해야 한다. 때때로 오빠는 다른 사람들, 가령 부모님이 주위에 있을 때에도 이 머리글자를 중얼거리곤 한다. 그는 이 머리글자를 중얼거릴 때마다 내가 그것을 듣고 이해했다는 의미로 고개를 끄덕이거나 다른 신호를 주기를 기다리면서 나를 빤히 바라본다. 때로는 암호로 쪽지를 써서 내가 찾을 만한 곳, 그러니까 내 베개 아래나 내 책상 첫 번째 서랍에 쑤셔 넣어 둔다. 암호를 해석해 보면 그 내용은 정말 오빠답지 않은 것들이다. 너무나 창의성 없고 사실 너무나 바보 같아서 믿기 힘들 정도다. "B. W.에게 말 걸었음." "오늘 그녀를 보았음." 오빠는 이런 쪽지를 각각 다른 색연필로, 느낌표를 붙여 가며 쓴다. 어느 날 밤, 변덕스러운 이른 눈이 내린다. 다음 날 아침 나는 잠에서 깨어나 침실 창밖을 내다본다. 눈이 하얗게 덮인 땅 위에는 감정을 불어넣어 오줌으로 쓴 머리글자가 벌써 조금씩 녹아내리고 있다.

나는 이 여자 친구라는 존재가 오빠에게 흥분뿐만 아니라 괴로움을 가져다준다는 사실을 알고 있다. 하지만 왜 그런지는 이해할 수 없다. 나는 그녀가 누구인지 안다. 그녀의 진짜 이름은 버사 왓슨이다. 그녀는 고학년 여학생들과 언덕 위의 작은 전나무 아래에서 어울려 논다. 갈색 직모에 앞머리를 내렸고, 체격은 보통이다. 내가 보기에 그녀에게는 마술적인 무엇, 비정상적인 어떤 것이 없다. 나는 그녀가 어떻게 이런 일을 야기했는지, 오빠를 더 바보스럽고 더 성마른 존재로 변화시킨 그 요술이 무엇인지 알고 싶다.

이 비밀을 알고 있다는 것, 그것을 알 유일한 사람으로 선택되었다는 것은 어떤 면에서는 내가 중요한 사람이라는 느낌을 준다. 그러나 이것은 부정적인 중요성, 텅 빈 백지와 같은 중요성이다. 나는 중요하지 않은 존재이기 때문에 이 비밀을 전수받은 것이다. 나는 선발되었다는 자부심과 동시에 상실감을 느낀다. 또한 오빠를 보호하고 싶은 마음이 든다. 내 삶에서 처음으로 그에 대한 책임감을 느낀 것이다. 오빠는 위험에 처해 있으며, 나는 그에 대한 지배력을 가지고 있다. 나는 비밀을 누설해서 그를 조롱거리로 만들 수도 있다. 나에게는 그런 선택권이 있다. 그의 운명은 내 손에 달려 있으며, 그것은 내가 원하는 바가 아니다. 나는 오빠가 예전 모습으로, 이전처럼 정복할 수 없는 그 모습으로 돌아가기 바란다.

여자 친구는 오래가지 못한다. 얼마 후, 그녀에 대한 이야기는 더 이상 들려오지 않는다. 오빠는 다시 나를 놀리거나 무시하기 시작한다. 다시 주도권을 쥔 것이다. 오빠는 화학 실험 기구를 사서 지하실에서 실험을 한다. 나는 집착 대상으로 여자 친구보다 화학 실험 기구가 더 낫다고 생각한다. 부글부글 끓어오르는 것들, 끔찍한 냄새, 유황의 소규모 폭발, 놀라운 환영들. 촛불을 쬐면 나타나는 보이지 않는 글자들도 있다. 삶은 달걀을 고무처럼 탄력 있게 만들어서 우유병에 집어넣을 수도 있다. 끄집어내기는 더 힘들다. "물을 피로 바꿔 보세요. 그리고 친구들을 놀래 주세요." 설명서에는 이렇게 쓰여 있다.

오빠는 여전히 만화책을 교환하지만, 애쓰지 않고 무심하게 한다. 별 신경을 쓰지 않기 때문에 오히려 더 유리한 거래를 할 수 있다. 침대 밑에 만화책이 산더미처럼 쌓여 있지만, 다른 남자아이들과 있을 때가 아니면 오빠는 거의 거들떠보지 않는다.

오빠는 화학 실험 기구를 다 써 버린다. 이제 그는 침실 벽에 별 지도를 핀으로 꽂아 둔다. 밤이 되면 불을 끄고 어두워진 열린 창문 옆에 앉아, 잠옷 위에 적갈색 스웨터를 걸쳐 입고 추위 속에서 하늘을 바라본다. 그는 아버지의 쌍안경을 가지고 있는데, 떨어뜨리지 않도록 목에 줄을 걸고 있다면 사용해도 좋다는 허락를 받았다. 오빠가 이제 정말 갖고 싶어 하는 것은 망원경이다.

　나를 끼워 줄 때도 있다. 말할 기분이 날 때면 오빠는 내게 새로운 별 이름을 가르쳐 주고, 기준이 될 만한 지점들을 표시한다. 오리온자리, 큰곰자리, 용자리, 백조자리. 그것들은 별자리 이름들이다. 각각이 엄청나게 많은 별들로 이루어져 있고, 우리 태양보다 수백 배 크고 뜨겁다. "이 별들은 몇 광년이나 떨어진 곳에 있어." 오빠가 말한다. 사실 우리는 그 별들을 정말 보고 있는 것이 아니라 수년, 수백 년, 수천 년 전에 그 별들이 발했던 빛을 보고 있는 것이다. 별들은 메아리와 같다. 나는 플란넬 잠옷을 입고 그곳에 앉아 떨면서, 뒤로 젖힌 목의 통증을 참아 가며, 차갑고 무한히 멀어져 가는 어두움 속을, 이글거리는 별들이 타고 또 타오르는 검은 가마솥 안을 눈을 가늘게 뜨고 바라본다. 오빠가 보여 주는 별들은 성경에 나오는 별들과 다르다. 이 별들은 말이 없다. 이 별들은 모든 것을 집어삼키는 침묵 속에서 불타오른다. 내 몸이 녹아 들어가는 듯한 느낌, 점점 엷어지는 안개처럼 나 자신이 광대한 빈 공간 속으로 끌려 들어가는 듯한 느낌이다.

　"아르크투루스."[34] 오빠가 말한다. 내가 모르는 외국 말이다. 하지만 그 말의 어조는 알아차릴 수 있다. 인식, 완성, 세트에 첨가되는 그 무엇. 나는 봄에 보았던 구슬이 가득 든 오빠의 병들을, 구슬을 하나하나 세면서 그 안에 떨어뜨리던 오빠의 모습을 생각한다. 오빠는 다시 수집을 하고 있다. 별을 수

---

34) Arcturus. 대각성이라고도 불리며, 목동자리의 주성이다.

집하고 있는 것이다.

20장

학교의 창문이 검은 고양이와 종이 호박으로 장식된다. 핼러윈에 그레이스는 평범한 숙녀 드레스를, 캐럴은 요정 옷을, 코딜리어는 광대 옷을 입는다. 나는 그저 집에 있는 천 조각을 걸친다. 우리는 여러 집을 다니며 설탕을 입힌 사과, 팝콘 볼, 땅콩 넣은 사탕 과자로 식료품점의 갈색 종이봉투를 채운다. 문 앞에서 우리는 외친다. "나와라! 나와라! 마녀들이 나왔다!" 앞쪽 창과 외부 현관에는 커다란 주황색 호박 머리가 몸도 없이 빛을 내며 떠다닌다. 다음 날 우리는 호박을 들고 나무다리로 가서 난간 아래로 던져 그것이 땅에 부딪쳐 산산이 으깨지는 모습을 본다. 이제 11월이다.

코딜리어는 뒤뜰의 잔디가 깔리지 않은 땅에 구덩이를 판다. 이전에도 구멍을 판 적이 여러 번 있었지만 땅속에 있는 바위 때문에 성공하지 못했다. 이번에는 가능성이 높아 보인다. 그녀는 끝이 뾰족한 삽으로 땅을 판다. 우리도 가끔 돕는다. 작은 구멍이 아니라 큰 사각형 구덩이다. 흙더미가 높이 쌓일수록 구덩이는 점점 더 깊어진다. 이 구덩이를 놀이집으로 쓸 수 있고 이 안에 의자를 갖다 놓고 앉을 수도 있다고 코딜리어는 말한다. 충분히 깊이 판 다음 코딜리어는 지붕같이 나무판자로 구덩이를 덮고 싶어 한다. 그녀는 이미 근처에서 새로 건축되고 있는 집 두 채에서 폐기된 나무판자를 모아 두었다. 코딜리어는 이 구덩이에 너무나 몰두한 나머지 여간해서는 다른 놀이를 하지 않으려고 한다.

어스름이 깔리는 거리마다 현충일을 알리는 양비귀가 피어난다.[35] 보송보송한 천으로 만든 양귀비는 밸런타인데이의 하트처럼 붉은색이며, 가운데에는 검은 점이 있고 핀이 꽂혀 있다. 우리는 그 꽃을 코트에 달고 그 꽃에 대한 시를 암송한다.

플랜더스 평원에 양귀비가 피네,
우리의 자리를 표시하는
열 지어 서 있는 십자가들 사이에.[36]

---

35) 1차 세계 대전 종전 기념일인 11월 11일이다. 이후 1, 2차 세계 대전의 전사자를 기리는 날이 되었다.
36) 1차 세계 대전에 참전한 캐나다인 존 맥크레이의 시 「플랜더스 평원에서」의 첫 연. 유난히 잔인한 전투가 많았던 북부 프랑스 지역(플랜더스, 피

11시가 되면 우리는 책상 옆에 서서 창백한 11월의 먼지 긴 햇살을 받으며 삼 분간 묵념의 시간을 가진다. 럼리 선생은 교실 앞에 엄숙하게 서 있고, 우리는 고개를 숙이고 눈을 감고서 정적과 우리의 몸이 부시럭거리는 소리와 먼 곳에서 들려오는 포성을 듣는다. "우리는 죽은 자들이다." 나는 눈을 감고, 우리를 위해 죽은 군인들에 대해, 얼굴을 상상도 할 수 없는 그들에 대해 경건함과 애석함을 느끼려고 노력한다. 나는 죽은 자는 아무도 알지 못한다.

코딜리어와 그레이스와 캐럴은 코딜리어네 집 뒤뜰에 있는 깊은 구덩이로 나를 데려간다. 나는 분장용 복장이 걸린 벽장에서 가져온 검은 드레스와 망토를 입고 있다. 이미 교수형에 처해져 머리가 없는 스코틀랜드의 메리 여왕[37] 역할이다. 그들은 겨드랑이와 발을 잡고 나를 구덩이 속에 눕힌 다음 구덩이 위에 판자를 덮어 놓는다. 낮의 공기는 사라지고, 한 삽 한삽, 흙이 판자 위에 떨어지는 소리가 들려온다. 구덩이 속은

카르디)에서 피와 살육으로 물든 그 지역에 피어난 붉은 양귀비에 영감을 받아 이 시를 지었다. "우리는 죽은 자들이다."는 2연의 첫 행. 그리고 이 시에 등장한 붉은 양귀비는 전사한 군인들의 상징으로 여겨져 추모의 의미로 11월 1일부터 현충일까지 붉은 양귀비를 가슴에 달고 다닌다.
37) 1542~1589. 당시 대립하고 있던 스코틀랜드의 가톨릭 세력과 개신교 세력을 화해시키려 노력했으나, 쌍방에게 다 인정받지 못하고, 5촌 관계인 엘리자베스 1세가 통치하던 잉글랜드로 망명했다. 엘리자베스 1세의 왕권에 위협이 된다는 이유로 거의 십구 년 동안 감금 상태에서 지내다가 엘리자베스 1세 암살 음모에 연루된 혐의로 참수형을 당했다.

어둡고 차갑고 축축하며 두꺼비 굴 같은 냄새가 난다.

구덩이 위, 바깥쪽에서 그들의 목소리가 들려온다. 이내 그 소리를 들을 수 없다. 나는 언제 나가게 될지 궁금해하며 그곳에 누워 있는다. 아무 일도 일어나지 않는다. 구덩이에 묻힐 때까지는 이것이 놀이라고 생각했다. 이제는 단순한 놀이가 아님을 깨닫는다. 나는 슬픔을, 일종의 배반감을 느낀다. 곧 나를 짓누르는 어둠을, 이윽고 공포를 느낀다.

나중에 그 구덩이 속에 있었던 때를 생각해 보면 그 안에서 내게 무슨 일이 일어났는지 전혀 기억할 수 없다. 내가 정말 무엇을 느꼈는지 기억할 수 없다. 어쩌면 아무 일도 일어나지 않았을 수도, 어쩌면 내가 기억하는 이 감정들은 그때 느꼈던 그 감정들이 아닐 수도 있다. 어느 정도 시간이 흐른 후 친구들이 와서 나를 꺼내 주었다는 것, 그리고 이 놀이나 아니면 다른 놀이가 계속되었음을 나는 알고 있다. 나는 구덩이 속에 누워 있는 자신의 모습을 그려 볼 수 없다. 오직 무로 채워진 검은 정방형의 공간, 문같이 보이는 정방형만 떠오를 뿐이다. 아마도 그 정방형은 텅 비었을 것이다. 아마도 그것은 단순한 표식, 그 이전의 시간과 이후의 시간이 갈라지는 것을 알리는 시간의 표식일 것이다. 내가 힘을 잃었던 시점. 그들이 구덩이에서 꺼내 주었을 때 나는 울었던가? 아마도 그랬을 것이다. 한편으로는 그랬을 리가 없다는 생각이 든다. 그러나 나는 기억할 수 없다.

이 사건이 일어난 지 얼마 되지 않아 나는 아홉 살이 되었다. 나는 다른 해의 생일들, 그 이전과 그 이후의 생일들은 기억할 수 있지만 이 생일은 기억하지 못한다. 분명 생일 파티가, 내 생애 처음으로 진짜 파티가 벌어졌을 것이다. 다른 해의 생일에 누가 왔겠는가? 촛불과 소원 빌기와 먹다가 발견하도록 기름종이로 싼 25센트와 10센트짜리 동전들을 심어 놓은 케이크와 선물이 있었을 것이다. 코딜리어, 그레이스, 캐럴도 그곳에 있었을 것이다. 이 모든 일이 실제로 일어났을 것이다. 하지만 그 모든 것이 내게 남긴 자취는 생일 파티 자체, 다른 사람들의 생일도 아닌 내 생일 파티에 대한 막연한 공포뿐이다. 나는 파스텔 색조의 케이크 장식과 창백한 11월 오후의 빛 속에서 타던 분홍색 초를 생각한다. 그리고 그 기억에는 수치심과 실패감이 동반된다.

나는 눈을 감고 머릿속에 영상이 떠오르기를 기다린다. 이 시간의 검은 정방형을 채워야 하고, 그 안에 무엇이 있는지 돌아가 보아야 한다. 마치 내가 바로 그 순간에 사라졌다가 달라진 모습으로, 하지만 왜 변화했는지는 알지 못한 채, 다시 나타난 것 같다. 판자 아래만이라도 볼 수 있다면 도움이 될 것이다. 나는 눈을 감고 머릿속에 영상이 떠오르기를 기다린다.

처음에는 아무것도 떠오르지 않는다. 그저 터널처럼 멀어져 가는 어두움뿐. 그러나 잠시 후 무엇인가가 형상을 갖추기 시작한다. 진초록색 잎과 자주색 꽃. 짙은 자주색, 슬프도록 강렬한 그 색깔. 그리고 물처럼 반투명한 붉은 열매 송이로 이루어진 덤불. 덩굴은 서로 감아 오르며 자라나고, 다른 식물들 위로 너무나 많이 얽혀 있어 울타리처럼 보인다. 비옥한 흙

냄새와 또 다른, 찌르는 듯한 냄새가 잎사귀 사이에서 올라온다. 오래된 것들, 무성하고 무거우며 잊힌 것들의 냄새가. 바람은 불지 않지만, 보이지 않는 고양이가 움직이는 것처럼 잔잔한 파문으로, 저 혼자서 움직이는 것처럼, 이파리들이 흔들린다.

'벨라도나.' 나는 생각한다. 어두운 느낌을 주는 이름이다.[38] 11월에는 벨라도나가 나지 않는다. 그것은 흔한 잡초다. 보통 그것을 정원에서 뽑아서 버린다. 벨라도나 식물은 감자와 같은 부류에 속한다. 그래서 꽃의 형태가 비슷하다. 감자역시 녹색이 될 때까지 태양 아래 놓아두면 유독한 식물이 될수 있다. 그런 일을 알아내는 것이 내 취미다.

나는 이 기억이 틀린 것임을 알고 있다. 그러나 강렬하고 몽환적이며 황폐하고 슬픔으로 가득 찬 꽃들, 그 냄새, 이파리의 흔들림은 내게 계속 남아 있다.

---

38) 이 식물의 영어 이름은 deadly nightshade로, '치명적인 밤의 그림자'라는 뜻이다.

5부

탈수기

21장

나는 화랑을 떠나 동쪽을 향해 걷는다. 쇼핑을 해야 한다. 제대로 된 음식을 사고, 계획성 있게 행동해야 한다. 혼자 있을 때면 나는 먹는 것을 잊어버리고, 밤새도록 일하고, 한동안 생각한 후에야 배고픔이라고 알아차릴 수 있는 기묘한 느낌이 들 때까지 버티던 시절의 습관으로 되돌아간다. 그런 다음 나는 냉장고를 열고 그 안에 있는 것을 청소기로 빨아들이듯 다 먹어 치운다. 남은 음식.

오늘 아침에는 계란이 좀 있었지만 이제는 그나마도 없다. 빵도 우유도 더 이상 없다. 계란과 빵, 우유는 왜 있었던 것일까? 아마도 존의 비상식량이었을 것이다. 그는 때때로 거기서 식사를 하는 것일 게다. 아니면 나를 위해 사 둔 것일까? 그건 믿기 힘들다.

나는 오렌지를 사고 잼이 들지 않은 요구르트를 살 것이다. 긍정적인 태도를 갖고, 자신을 돌보며, 효소와 몸에 좋은 유산균을 먹을 것이다. 도심에 도착할 때까지 이런 긍정적인 생각들을 계속한다.

이 길모퉁이에 노란색의 견고한 이턴 백화점이 있었다. 이제는 그 대신 쇼핑 콤플렉스라는 거대한 건물이 서 있다. 마치 쇼핑이 정신병이라도 되는 듯이. 이것은 유리처럼 매끄럽고, 외벽이 타일로 마감되었으며, 빙산처럼 푸르다.

길 맞은편의 장소는 이미 친숙한 곳이다. 심슨스 백화점. 그 안 어딘가에 식품 매장이 있다. 판유리 진열창 안에는 목욕 타월, 속을 탄탄하게 채운 소파와 의자, 현대적 문양의 침대보가 잔뜩 나열되어 있다. 나는 이 모든 천 제품들이 결국 어떻게 될지 궁금하다. 사람들은 이것을 가져가 자기들 집을 채운다. 둥지를 꾸리려는 본능. 둥지를 아주 가까이에서 본 적이 있다면 그 생각에 큰 매력을 느끼지 못할 것이다. 집 한 채에 천을 쑤셔 넣는 데는 한계가 있기 마련이다. 물론 이 모든 것은 그냥 버려 버릴 수도 있는 물건들이다. 한때는 품질이 좋은 것, 오랫동안 쓸 수 있는 물건을 샀다. 옷을 자신의 일부가 될 때까지 계속해서 입었고, 밑단과 단추가 꿰매진 모습을 살펴보았고, 옷감을 손가락 사이로 비벼 보았다.

다음 진열창에는 언짢은 표정의 마네킹들이 진열되어 있다. 골반뼈는 앞으로 내밀고 어깨는 이런저런 모양으로 젖히고 있어서 마치 곱사등이 도끼 살인마처럼 보인다. 요즘은 저런 것이 잘나가는 외모인 것 같다. 쌀쌀한 공격성. 보도에는 성별이 모호한 차림새의 사람들이 넘쳐 난다. 검은 가죽 재킷과 거친 남성용 부츠를 신고 짧은 머리와 덕테일[39] 머리를 한 소녀들, 패션 잡지 커버에 나오는 여자들처럼 시무룩하고 뿌루퉁한 표정을 하고 머리는 새 꼬리처럼 헤어젤을 발라 세운 소년들. 멀리서는 성별을 구별할 수 없다. 자기들은 구별할 수 있겠지만 말이다. 그들을 보며 내가 유행에 뒤떨어졌음을 느낀다.

그들이 의도하는 바는 무엇일까? 각자가 서로를 모방하는 것인가? 아니면 그들이 놀랄 만큼 젊기 때문에 나에게만 그렇게 보이는 것인가? 무심한 자세인데도 그들은 마치 오징어의 빨판처럼 갈망을 겉에 드러나게 걸치고 있다. 그들은 모든 것을 원한다.

그러나 아마 과거의 코딜리어와 나도 나이 든 사람들에게는 그렇게 보였을 것이다. 바로 이곳에서, 옷깃을 세우고, 눈썹은 회의적 표정으로 만들어 주는 반원 모양으로 다듬고, 고무장화를 신고, 거드름을 피우며 태연해 보이려고 애쓰면서, 길을 건너 기차가 들어오는 유니언역[40]까지 가서 사진 기계에 25센트 동전을 집어넣고 증명사진 크기 네 장짜리 흑백 사진을 찍던 우리들. 담배를 한쪽 입가에 물고, 눈을 반쯤 감고, 관능적으로 보이기 위해 애쓰던 코딜리어. 극도로 세련된 모습.

---

39) 옆머리를 길게 길러 뒤로 돌려 합친 머리 모양이다.
40) 토론토의 중앙 역이다.

나는 회전문을 지나 심슨스 백화점 안으로 들어간다. 들어가자마자 나는 길을 잃는다. 모든 것이 바뀌었다. 예전에는 수수한 나무 테두리 유리 판매대에 표준적인 디자인의 장갑, 적절한 손목시계, 꽃무늬가 프린트된 작은 스카프가 있었다. 진지하고 고상한 취향. 이제 이곳은 화장품 판이 되었다. 은색 장식, 금색 기둥, 차양 조명, 인간 머리만 한 브랜드 이름 글자들. 공기는 서로 전쟁을 벌이고 있는 향수 냄새로 가득 차 있다. 비디오 화면에서는 잡티 하나 없는 얼굴들이 이리저리 돌고, 우쭐대고, 벌린 입술 사이로 한숨을 쉬고, 애무를 받는다. 다른 화면에서는 근접 촬영한 땀구멍, 사용 전후, 전신의 부위, 손, 목, 허벅지에 대한 자세한 관리법이 나오고 있다. 팔꿈치, 특히 팔꿈치 관리법. 노화는 팔꿈치에서 시작되어 다른 부위로 옮겨 간다.

　　이것은 하나의 종교다. 주술과 마법. 나는 이 모든 것들, 크림과 젊어지게 만드는 로션과 풀처럼 문질러 바르는 작은 유리병에 든 투명한 연고를 믿고 싶다. 벤이 언젠가 말했다. "저런 쓰레기가 뭘로 만들어졌는지 몰라요? 닭 벼슬을 갈아서 만든 거예요." 그러나 나는 그런 말에 단념하지 않는다. 효과만 있으면 무엇이든 사용하겠다. 민달팽이 주스, 두꺼비 침, 소형 도롱뇽의 눈, 미라처럼 내 모습을 그대로 유지시켜 줄 수 있고, 똑똑똑 흘러내리는 시간을 멈추게 할 수 있고, 현재 상태를 보존해 줄 수 있는 모든 것을.

　　그러나 나는 이미 이런 화장품을 고등학교 졸업반 여자 친구들을 전부 방부 처리해 줄 수 있을 만큼 잔뜩 가지고 있다. 이제 그 여학생들도 나만큼 간절히 이런 화장품을 원할 것이다. 내가 그곳에서 잠시 서 있자 역겨운 새 향수를 공짜로 뿌려 주는 점원이 내게도 칙 뿌려 준다. 치명적 여성(femme fatale)이 다시 유행하기 시작한 것이다. 베로니카 레이크가 다시 간들거리며 걷기 시작한다. 이 향수에서는 포도맛 쿨에이드 냄새가 난다. 이것으로는 초파리밖에 유혹하지 못할 것 같다.

"이 향수를 좋아하세요?"

나는 점원에게 묻는다. 높은 구두를 신고 이곳에 서서 지나가는 낯선 이에게 향수를 뿌리다 보면 그들도 외로움을 느낄 것 같다.

"아주 인기가 많아요."

점원은 모호하게 대답한다. 아주 잠시, 나는 그녀의 눈을 통해 자신의 모습을 본다. 시들어 가는 장미, 나이 지긋한 중년 부인의 경계선에서 서성이며 최상품을 찾는 여자. 나는 최고의 판매 대상이다.

나는 그녀에게 식품 매장이 어디인지 물어보고, 그녀는 내게 말해 준다. 그것은 아래층에 있다. 나는 에스컬레이터에 올라서고, 어느새 위층으로 향하고 있다. 이렇게 방향을 혼동하다니, 좋지 않은 일이다. 아니면 내가 시간을 뛰어넘은 것인가? 아래층에 이미 다녀왔던가? 나는 에스컬레이터에서 내려서 줄줄이 진열된 어린이용 파티 드레스 사이를 가까스로 헤쳐 나간다. 그 드레스들에는 내가 기억하는 것과 똑같은 레이스 칼라와 부풀어 오른 소매, 장식 띠가 달려 있다. 체크무늬 드레스가 많다. 칙칙한 진짜 피로 물들인 듯한 색깔들. 붉은색, 짙푸른색, 검은색 줄무늬가 있는 진초록색. 블랙 워치.[41] 이 사람들은 역사를 잊어버렸는가? 스코틀랜드 사람들에 대해 아무것도 모른단 말인가? 어린 소녀들에게 이 절망과 학살과 배반과 살인의 색깔을 입히는 수준밖에 안 되는가? "내 삶의 경로는", 다음 행, "시들고 누런 이파리 속으로 떨어졌다."[42]

한때 우리는 여러 가지를 암기해야 했다. 하긴, 체크무늬는 내가 어릴 때도 유행이었다. 하얀 양말, 메리 제인 구두, 얇은 종이로 싼 '언제나 부적절한' 생일 선물, 상대를 품평하는 날카로운 눈과 교활하고 허위에 가득 찬 미소를 띠고 맥베스 부인처럼 체크무늬 모직을 몸에 두른 소녀들.

코딜리어가 내게 그렇게 위세를 부리던, 그 영원히 지속될 것 같던 시기, 나는 발의 살갗을 벗겨 내곤 했다. 주로 자야 할 밤에 그런 짓을 했다. 내 발은 버섯 껍질처럼 차갑고 약간 축축하고 부드러웠다. 나는 엄지발가락부터 시작했다. 발을 위로 젖히고 가장 두꺼운 바닥 쪽 가장자리를 이로 물어뜯어 작은 상처를 냈다. 그런 다음, 물어뜯어 봐야 통증이 없어서 절대 물어뜯지 않는 손톱으로 길쭉하게 살갗을 벗겨 냈다. 나는 반대쪽 엄지발가락도 똑같이 벗겨 낸 후 발바닥 앞쪽의 둥근 부분과 발꿈치를 벗겨 냈다. 피가 나올 때까지 계속했다. 나 말고는 내 발을 볼 사람이 없기 때문에 내가 이런 짓을 한

---

41) 검정, 짙은 파랑, 초록을 엮은 스코틀랜드 전통의 타탄체크. 스코틀랜드 고지 연대의 이름이기도 하다.
42) 『맥베스』 5막 3장에 나오는 맥베스의 대사다.

다는 것을 아무도 몰랐다. 아침이면 피부가 벗겨진 발에 양말을 신었다. 걷는 것이 고통스럽기는 했지만 불가능하지는 않았다. 고통은 내게 생각할 확실한 무엇, 즉각적인 무엇을 가져다주었다. 그것은 내가 매달릴 수 있는 무엇이기도 했다.

나는 머리카락 끝을 질겅질겅 씹었기 때문에 끝이 뾰족하고 젖은 머리칼 한 타래가 항상 있었다. 손톱 옆의 각피도 깎아먹었다. 그러면 껍질이 벗겨지고 피가 흐르는 피부가 드러났다가 이내 표피로 굳어져 떨어졌다. 욕조나 개숫물에 넣으면 내 손가락은 쥐가 물어뜯은 것처럼 보였다. 나는 아무 생각 없이 이런 행동을 계속해서 했다. 하지만 발의 살갗을 벗기는 짓은 고의적이었다.

내 딸들이, 첫째와 뒤이어 둘째가 태어났을 때, 딸보다 아들이 나왔을 것이라고 생각했던 것을 기억한다. 나는 딸들을 감당할 수 있을 것 같지 않았고, 그들이 어떻게 행동할지 알지 못했다. 그들을 미워하게 될까 두려웠던 것 같다. 아들들에게는 무엇을 해 줘야 할지 알았을 것이다. 개구리 잡기, 낚시, 전쟁 책략 짜기, 진흙탕 속 뛰어다니기. 그들에게 자기 자신을 어떻게, 무엇으로부터 방어해야 하는지 가르쳐 줄 수 있었을 것이다. 그러나 아들들의 세계는 변했다. 요즘의 아들들이란 태양 아래에서 눈이 멀어 버린 밤의 거주자같이 당혹스러운 표정을 한 남자아이들이다. "남자답게 당당히 주장해." 나는 그렇게 말했을 것이다. 나는 계속 변화하는 입지에 처했을 것이다.

딸들은, 적어도 내 딸들은 일종의 보호막을, 내가 결여했던

면역성을 가지고 태어난 것 같다. 그들은 침착하고 꼼꼼하게 상대방의 눈을 바라본다. 그들이 부엌 식탁에 앉아 있으면 주변의 공기는 그들이 발하는 빛으로 환해진다. 그들은 분별력을 지녔다. 적어도 나는 그렇게 생각하고 싶다. 내 결점을 보충해 주는 미덕들.

딸들은 나를 경탄케 한다. 언제나 그래 왔다. 그들이 어릴 때 나는 내가 지닌 어떤 것들로부터, 공포, 결혼의 혼란스러운 부분, 무의 나날로부터 그들을 지켜야 한다고 생각했다. 딸들에게 이 어떤 것도, 그들에게 유익하지 않은 나의 어떤 부분도 물려주고 싶지 않았다. 그럴 때면 나는 어둠 속에서 커튼을 치고 문을 닫은 채로 바닥에 누워 있곤 했다. 나는 "엄마 머리 아파.", "엄마 일하는 중이야." 하고 말하곤 했다. 하지만 그들은 그런 보호가 필요한 것 같지 않았고, 모든 것을 이해하고, 그것을 똑바로 바라보고, 모든 것을 수용하는 것 같았다. "엄마는 마루에 누워 있어. 내일이면 괜찮아질 거야." 열 살 난 세라가 네 살 된 앤에게 그렇게 말하는 것을 들은 적이 있다. 그리고 그렇게 나는 괜찮아졌다. 그런 믿음, 해가 뜨고 달이 기울리라는 믿음과도 같은 믿음이 나를 지탱해 왔다. 신이 지속되는 것은 아마 이런 유의 일들 때문일 것이다.

그들이 나중에 나에 대해 어떻게 생각할지 누가 알겠는가? 그들이 이미 나에 대해 형성한 상이 어떤 것인지 누가 알겠는가? 나는 그들이 행복한 결말이 되기를, 내 이야기의 행복한 결말이 되기를 바란다. 하지만 물론 그들이 자신들 이야기의 결말은 되지 않을 것이다.

누군가가 뒤쪽에서 다가오고, 엷은 공기 속에서 갑작스러운 목소리가 들려온다. 나는 깜짝 놀란다. "도와 드릴까요?" 판매원이다. 이번에는 나이가 더 든 여자다. '중년, 내 나이.' 나는 생각하고 낙담한다. 나와 코딜리어의 나이.

나는 체크무늬 드레스 사이에 서서 소매를 만지작거리고 있다. 얼마나 오랫동안 그렇게 하고 있었는지 알 수 없는 일이다. 큰 소리로 혼잣말을 했던가? 목이 깔깔하고 발이 저리다. 앞으로 내게 어떤 일이 벌어질지 알 수 없지만, 어쨌든 심슨스 여아복 판매대 한가운데서 정신 나간 짓을 하고 싶지 않다.

"식료품 파는 곳이요." 내가 말한다.

판매원은 부드럽게 미소 짓는다. 나는 피곤한 그녀에게 실망만 안겨 주었다. 나는 체크무늬 드레스가 필요 없다. "아, 바로 아래층으로 내려가시면 돼요. 지하층이에요." 친절하게도 그녀는 나에게 길을 가르쳐 준다.

22장

검은 문이 열린다. 건물에서 풍기는 쥐똥과 포름알데히드 냄새 속에서, 나는 창턱에 앉아 라디에이터에서 다리를 타고 올라오는 열기를 느끼며, 아래쪽에서 요정과 땅속 요정과 눈덩이가 금관 악단이 연주하는 징글벨 소리에 맞추어 가랑비 속을 무겁게 걷는 것을 내려다본다. 요정들은 축소되고, 손상되어 보이고, 창유리에 붙은 먼지와 흘러내리는 비 때문에 줄무늬가 그려진 것같이 보인다. 내 숨결은 뿌연 동그라미를 만들어 낸다. 오빠는 여기 없다. 이런 것을 즐길 나이가 지났다. 자기 입으로 그렇게 말했다. 나는 창턱을 혼자 차지하고 앉아 있다.

그 옆의 창턱에는 코딜리어와 그레이스, 캐럴이 비좁게 앉아 귓속말을 하고 킥킥거리고 있다. 내가 창턱에 혼자 앉아 있는 것은 그들이 말을 걸어 주지 않기 때문이다. 내가 어떤 말실수를 저질렀기 때문인데, 그들이 말해 주지 않기 때문에 무슨 실수였는지 나는 알지 못한다. 코딜리어는 오늘 내가 한 말을 전부 되짚어 보면서 잘못된 것을 찾아내는 게 내게 더 유익할 거라고 말한다. 그렇게 함으로써 다시는 그런 말을 하지 않게 될 것이라고 한다. 내가 답을 찾아내면 다시 말을 걸어줄 것이다. 이것은 나 자신을 위한 일이다. 그들은 내 가장 친한 친구들이고, 내가 개선되도록 돕고 싶어 하는 것이다. 그래서 비에 젖은 털모자를 쓴 관악단과 젖은 맨다리와 붉은 미소와 물이 뚝뚝 떨어지는 머리를 한 여성 드럼 악단이 지나가는 동안, 나는 내 실수에 대해 되짚어 본다. 내가 무슨 말실수를 했던가? 평상시와 다른 말을 한 기억은 없다.

아버지가 하얀 연구복을 입고 방으로 들어온다. 아버지는 건물의 다른 곳에서 일하다가 우리가 어떻게 하고 있는지 보러 온 것이다.

"얘들아, 시가행진 재미있니?" 아버지가 묻는다.

"아, 그럼요, 고맙습니다." 캐럴이 말하고 킥킥거린다. "네, 고맙습니다." 그레이스가 말한다. 나는 아무 말도 하지 않는다. 코딜리어는 창턱에서 내려와 내 자리로 슬그머니 올라와서 가까이에 앉는다.

"정말 재미있게 보고 있어요. 너무나 감사합니다."

코딜리어는 어른들에게 하는 목소리로 말한다. 우리 부모님은 그녀가 훌륭한 예의범절을 갖추고 있다고 생각한다. 그녀는 내 어깨에 팔을 두르고 공모의 신호, 지시의 신호로 은근히 손에 힘을 준다. 내가 가만히 앉아서 아무 말도 하지 않고 아무것도 드러내지 않으면 모든 것이 다 괜찮을 것이다. 그러면 나는 이 상황을 벗어나게 되고 다시 그들에게 받아들여질 것이다. 나는 안도감과 감사함에 전율하며 미소 짓는다.

그러나 아버지가 방을 나가자마자 코딜리어는 몸을 돌려 나를 정면으로 바라본다. 화가 났다기보다는 슬퍼 보이는 표정이다. 코딜리어는 머리를 젓는다. "어떻게 그럴 수가 있니? 너는 아버지에게 대답조차 하지 않았어. 이게 뭘 의미하는지 알고 있겠지? 아무래도 너는 벌을 받아야 할 것 같아. 무슨 변명할 말이라도 있니?" 나는 할 말이 없다.

나는 문이 닫힌 코딜리어의 방 앞에 서 있다. 코딜리어, 그레이스, 캐럴은 방 안에 있다. 그들은 회의 중이다. 나에 대한 회의. 그들은 기회를 다 주었지만 나는 기준에 도달하지 못했다. 나는 더 잘해야 한다. 그러나 무엇을 더 잘해야 하는 것인가?

퍼디와 미리가 연장자라는 갑옷을 두르고 복도를 지나 계단을 올라온다. 나도 그들만큼 나이가 들었으면 좋겠다. 내가 보기에는 그들이야말로 코딜리어에게 영향력을 행사할 수 있는 유일한 사람들이다. 나는 그들이 내 편이라고 생각한다. 아니, 사정을 알기만 하면 내 편이 될 것이라고 생각한다. 무엇을 안다는 말인가? 나 자신에게조차 나는 할 말이 없다.

"안녕, 일레인." 그들이 말한다. 이제 또 말한다. "오늘은 무슨 놀이니? 숨바꼭질?"

"말할 수 없어요." 내가 대답한다. 그들은 얕보는 듯한, 그러나 친절한 미소를 짓는다. 그리고 발톱을 다듬고 나이 든 사람들만의 이야기를 나누기 위해 자기들 방으로 향한다.

나는 벽에 기댄다. 문 안쪽에서는 희미하게 수근거리는 목소리와 배타적이고 화려한 웃음소리가 들려온다. 코딜리어의 엄마가 혼자 흥얼거리며 지나간다. 그녀는 그림을 그릴 때 입는 겉옷을 입고 있다. 뺨에는 엷은 황록색 물감이 묻어 있다. 그녀는 나를 향해 미소 짓는다. 자상하지만 아득한 천사의 미소. "애야, 안녕. 주석함에 너희가 먹을 쿠키가 있다고 코딜리어에게 말하렴." 그녀가 말한다.

"이제 들어와도 돼." 코딜리어의 목소리가 방 안에서 들려온다. 나는 닫힌 문을, 문 손잡이를, 그걸 향해 위로 올리는 내 손을 더 이상 내 일부가 아닌 양 바라본다.

사태는 이런 식으로 진행된다. 이것은 그 또래의 소녀들이 서로에게 가하는 짓이다. 아니 적어도 그 당시에는 그렇게 했다. 내 딸들이 이 나이, 아홉 살이라는 나이에 이르렀을 때 나는 그들을 조바심을 내며 바라보았다. 그들의 손가락에 물어뜯은 자국이 있는지, 그들의 발을, 머리칼 끝을 꼼꼼히 관찰했다. 나는 그들에게 유도 질문을 했다. "다 괜찮니? 친구들은 다 좋고?" 그러면 딸들은 내가 무슨 말을 하는지 모르겠다는 듯이, 내가 왜 그렇게 염려하는지 모르겠다는 표정으로 나를 쳐다보았다. 나는 딸들이 어떤 식으로든 실제 모습을 드러내리라고 생각했다. 악몽, 의기소침한 표정. 그러나 그 어떤 것도 볼 수 없었다. 어쩌면 그것은 그들이 나만큼이나 가장에 능숙하다는 의미일 수도 있었다. 딸의 친구들이 집에 놀러 오면 나는 위선의 흔적을 찾아내기 위해 그들의 얼굴을 자세히 살펴보았다. 부엌에 서서 다른 방에서 들려오는 그들의 목소리에 귀를 기울였다. 식별할 수 있을 것이라고 나는 믿었다. 아니면 더 끔찍한 상황이었는지도 모른다. 어쩌면 내 딸들이 다른 누군가에게 이런 짓을 하고 있었는지도. 그래서 그들은 그렇게 온화했고, 손가락을 깨물 필요가 없었고, 평온한 푸른 눈길을 유지할 수 있었는지도 모른다.

어머니들은 딸들이 사춘기에 도달하면 걱정하기 시작한다. 그러나 나는 그 반대였다. 긴장을 풀고 안도의 한숨을 내쉬었다. 어린 여자아이들은 어른들에게나 작고 귀엽게 보이는 것이다. 그들 자신은 서로를 귀엽다고 여기지 않는다. 그저 자신과 크기가 비슷한 존재들일 뿐이다.

날씨가 점점 더 추워진다. 나는 무릎을 최대한 몸에 가깝게 밀착시키고 누워 있다. 발에서 살갗을 벗겨 내고 있는 것이다. 보지 않고 감촉만으로도 할 수 있다. 내가 오늘 무슨 말을 했는지, 표정은 어땠는지, 어떻게 걸었는지, 무슨 옷을 입었는지 걱정한다. 이 모두가 개선이 필요한 것이기 때문이다. 나는 정상이 아니며 다른 아이들과 다르다. 코딜리어가 그렇게 말했다. 하지만 그녀는 나를 도와줄 것이다. 그레이스와 캐럴 또한 나를 도와줄 것이다. 그것은 많은 노력과 긴 시간을 요하는 일이다.

아침이면 나는 침대에서 일어나 옷을 입는다. 가터가 달린 뻣뻣한 면직 허리판, 골 진 스타킹, 두툼하고 큰 문양을 짜 넣은 털 스웨터, 체크무늬 치마. 나는 이 옷들이 차가웠던 것으로 기억한다. 아마 차가웠을 것이다.

나는 살갗이 벗겨진 발에 스타킹을 신고 그 위에 신발을 신는다.

나는 어머니가 아침 식사를 준비하고 있는 부엌으로 간다. 부엌에는 레드 리버 상표 시리얼[43]이나 오트밀이나 크림 오브 위트 상표 밀로 만든 죽이 담긴 냄비와 유리 커피 여과기가 있다. 나는 하얀 스토브 끄트머리에 팔을 기대고, 죽이 서서히 끓어오르며 점점 걸쭉해지고, 늘어진 거품이 한 번에 하나씩 올라오다가 작은 증기를 훅 발산하는 것을 바라본다. 죽은 끓어오르는 진흙 같다. 죽을 먹는 것은 힘든 일이다. 내 위장은 긴장되고, 손은 차가워지고, 삼키기가 힘들어질 것이다. 무언가 단단한 것이 내 흉골 아래 놓여 있다. 하지만 어떻게 해서든 죽을 삼킬 것이다. 그렇게 해야만 하는 것이다.

또는 커피 여과기를 바라본다. 미세한 거품들이 뒤집힌 우산처럼 생긴 유리컵 아래로 모인 다음 잠시 그대로 있다가 물줄기가 되어 관을 타고 위로 솟구쳐 작은 금속 바구니에 담긴 커피 위로 떨어지고, 커피 방울이 맑은 물 위로 똑똑 떨어지며 갈색으로 물들이는 과정을 다 볼 수 있기 때문에 나는 커피 여과기를 보는 것을 더 좋아한다.

아니면 나는 토스터가 놓인 식탁에 앉아 토스트를 만든다.

---

43) 찐 곡물을 말려 만들어 죽을 쑤어 먹는 시리얼이다.

식구들의 숟가락에는 작은 미식축구 공처럼 생긴 짙은 노란색 넙치 간유 캡슐이 담겨 있다. 식탁에는 하얗게 빛나는 접시와 주스가 든 유리잔이 놓여 있다. 토스터는 은색 열받침대 위에 있다. 토스터에는 손잡이가 아래쪽에 있는 문이 두 개 있고, 중간에는 벌겋게 타오르는 석쇠가 있다. 빵 한쪽 면이 구워지면 나는 손잡이를 돌려 문을 연다. 그러면 빵이 저절로 아래로 미끄러져 뒤집어진다. 나는 토스터 안에, 벌겋게 타오르는 석쇠에 손가락을 대 볼까 생각한다.

내가 이런 일들을 하는 것은 시간을 지연시키고 그 흐름을 늦추어 부엌에 오래 머물러 있기 위해서다. 그러나 아무 소용 없이, 내 의사와는 상관없이, 나는 방한 바지를 끌어올려 입고 치마를 다리 사이에 뭉쳐 넣고 두꺼운 양모 양말을 신발 위로 잡아당겨 신고 발을 장화 속에 밀어 넣는다. 코트, 머플러, 장갑, 손뜨개 모자, 이제 나는 완전무장 상태다. 키스를 받고, 문이 열렸다가, 이내 등 뒤에서 닫히고, 얼어붙은 공기가 콧속으로 밀려 들어온다. 나는 방한 바지 자락을 서로 부비면서 잎이 다 떨어진 사과나무 과수원을 어기적거리며 가로질러 버스 정류장까지 온다.

그레이스와 캐럴, 특히 코딜리어가 어김없이 정류장에 서서 나를 기다린다. 일단 집을 나서면 그들을 벗어날 길이 없다. 그들은 통학 버스를 탄다. 버스 안에서 코딜리어는 내 옆에 바짝 붙어 서서 귀에 대고 소곤거린다. "똑바로 서! 사람들이 쳐다보잖아!" 캐럴은 나와 같은 반이고, 내가 하루 종일 어떤 일을 하고 무슨 말을 했는지 코딜리어에게 보고하는 것이 그녀의 임무다. 쉬는 시간에 그들과 마주치게 되고, 점심시간에는 지하실에서 보게 된다. 그들은 내가 도시락을 뭘 싸 왔는지, 내가 샌드위치를 어떻게 집어 드는지, 어떻게 씹는지에 대해 한마디씩 한다. 학교에서 집으로 돌아오는 길에 나는 그들의 앞이나 뒤에서 걸어야 한다. 앞에서 걷는 것이 더 끔찍하다. 내가 어떻게 걷는지, 뒤에서 어떻게 보이는지에 대해 그들이 말하기 때문이다. "어깨 움츠리지 마. 팔을 그렇게 움직이지 말라고." 코딜리어가 말한다.

그들은 다른 사람들 앞에서, 심지어는 다른 아이들 앞에서도 이런 이야기를 절대 하지 않는다. 우리 사이에 어떤 일이 일어나건 그것은 우리 네 사람만의 비밀이다. 비밀 유지가 중요하다는 것을 나는 알고 있다. 그것을 어기는 것은 가장 크고 돌이킬 수 없는 죄가 될 것이다. 비밀을 누설한다면 나는 영원히 배척될 것이다.

하지만 코딜리어가 내게 이런 짓을 하는 것이나 위세를 휘두르는 것은 그녀가 내 적이라서가 아니다. 오히려 그 반대다. 나는 적이라는 존재에 대해 알고 있다. 학교 운동장에서 적들을 볼 수 있다. 그들은 서로 고함을 쳐 대고, 남자아이들의 경우에는 맞붙어 싸운다. 전쟁 중에는 적이 있었다. 우리 학교 남자아이들과 '영원한 도움을 주시는 우리 성모님' 학교의 남자아이들은 서로 적이다. 우리는 적에게 눈덩이를 던지고, 적을 맞추면 기뻐한다. 적에 대해 우리는 증오와 분노를 느낀다. 그러나 코딜리어는 내 친구다. 그녀는 나를 좋아하고 나를 돕고 싶어 하며, 다른 친구들도 마찬가지다. 그들은 내 친구들,

여자 친구들이며, 내 가장 친한 친구들이다. 나는 여자 친구가 있었던 적이 한 번도 없었기 때문에 그들을 잃게 될까 무척 두렵다. 그들의 마음에 들게 행동하고 싶다.

증오라면 오히려 다루기 쉬웠을 것이다. 증오가 있었더라면 나는 무엇을 해야 할지 알았을 것이다. 증오는 분명하고 금속처럼 차가우며 편향적이고 동요하지 않는다. 사랑과는 달리.

23장

이 모든 것이 가혹하게 몰아치는 것은 아니다.

어떤 날에는 이번에는 캐럴이 개선될 차례라고 코딜리어가 결정한다. 학교에서 집으로 돌아올 때 나는 그레이스와 코딜리어와 함께 앞에서 걷도록 끼워 주고, 캐럴은 뒤에서 따라오며 자기가 무슨 잘못을 저질렀는지 생각한다. "캐럴은 잘난 척 척 박사라지." 코딜리어가 말한다. 이때 나는 캐럴을 동정하지 않는다. 그녀는 이런 일을 당해 마땅하다. 그동안 그녀도 내게 똑같은 일을 저질렀다. 이번에는 내가 아니라 그녀 차례인 것이 기쁘다.

그러나 이 기간은 오래 지속되지 않는다. 캐럴은 너무 쉽게, 그리고 너무 시끄럽게 운다. 그녀는 자기 감정에 휩쓸려 버린다. 다른 사람의 이목을 끌고, 비밀을 지키리라는 신뢰를 주지 못한다. 그녀에게는 무모한 구석이 있으며, 어느 한도까지만 압력을 가할 수 있을 뿐이다. 지조가 부족하고, 그저 정보 조달자로나 적합하다. 이런 점이 나에게조차 빤히 들여다보인다면 코딜리어에게는 더 분명히 보일 것이다.

어떤 날은 평범하게 흘러가는 것처럼 보인다. 코딜리어는 누구를 개선하겠다는 계획을 잊어버린 듯하고, 나는 그녀가 계획을 전부 포기했다고 생각한다. 나는 아무 일도 일어나지 않은 것처럼 행동해야 한다. 그렇지만 항상 감시를 당하고 있다고 느끼기 때문에 그렇게 하기 매우 힘들다. 언제라도 거기 있는 줄도 몰랐던 어떤 선을 넘어설 수 있는 것이다.

작년에는 방과 후나 주말에 집에 혼자 있었던 적이 거의 없었다. 이제는 혼자 있고 싶다. 나가 놀지 않기 위해 나는 여러 가지 구실을 만들어 낸다. 나는 아직도 그것을 '노는 것'이라고 부른다.

"어머니를 도와 드려야 해." 내가 말한다. 어느 정도는 사실이다. 여자아이들은 때때로 어머니를 도와야 한다. 특히 그레이스는 정말로 어머니를 도와야 한다. 하지만 내 변명은 내가 바라는 만큼 진실되지는 못하다. 우리 어머니는 집안일에 시간을 많이 할애하지 않는다. 그보다는 밖에 나가서 가을에는 낙엽을 긁어모으고, 겨울에는 눈을 치우고, 봄에는 잡초 뽑는 것을 더 좋아한다. 내가 도우면 오히려 일이 더뎌진다. 하지만 나는 부엌을 맴돌면서 묻는다. "도와 드릴까요?" 결국 어머니는 총채를 건네주며 소용돌이 모양 식탁 다리나 책장 모서리의 먼지를 털라고 시킨다. 아니면 나는 대추야자 열매를 썰고

견과류를 잘게 자르고 크리스코 상표 쇼트닝의 속 포장지에서 뜯어낸 기름종이 조각으로 머핀 틀에 기름칠을 한다. 빨래를 헹구기도 한다.

나는 빨래 헹구는 것을 좋아한다. 세탁실은 지하층에 있는 작고 아늑하고 비밀스러운 장소다. 선반에는 괴상하고 강력한 물질들이 가득하다. 새똥같이 뒤틀린 모양의 하얀 세탁용 녹말, 하얀 옷을 더 하얗게 표백하는 청분(靑粉), 선라이트 상표 고형 비누, 해골 표시가 된 자벡스 상표 표백제, 위생과 죽음의 지독한 악취.

세탁기는 하얀 에나멜 원통으로 된 거대한 물건이며 가냘픈 다리가 넷 달려 있다. 세탁기는 철럭철럭 소리를 내며 바닥을 가로질러 가면서 천천히 춤추고, 옷가지와 비눗물은 천으로 된 죽처럼 느리게 끓어오른다. 나는 빨래통 언저리에 손을 올려놓고 턱을 괴고 몸을 늘어뜨리고서 아무 생각 없이 그것을 바라본다. 물이 탁하게 변하고 모든 더러움이 빠져나오는 것을 보면 나 자신이 고결해진 듯한 느낌이 든다. 그저 바라보는 것만으로도 이 모든 것을 내가 한 것처럼 느껴진다.

내가 할 일은 세탁된 옷을 탈수기에 돌려 깨끗한 물이 가득 찬 세탁 개수대 안으로 들어가게 만들고, 그다음 두 번째 헹굼을 위해 탈수기를 통과해 두 번째로 세탁 개수대 안에 들어가도록 하는 것이다. 그런 다음, 삐걱거리는 세탁 바구니 안으로 들어가게 해야 한다. 그다음에는 어머니가 옷을 밖으로 들고 나가 빨랫줄에 나무 빨래집게로 집어 넣어 둔다. 나도 옷을 널 때가 있다. 추울 때는 옷이 합판처럼 딱딱하게 얼어 버린다. 어느 날 이웃집의 작은 소년이 우유 수레를 끄는 말의 똥을 주워서, 빨랫줄 두 개에 널어 놓은 막 세탁한 하얀 침대보의 아래쪽 겹쳐진 부분에 조로록 늘어놓는다. 침대보는 모두 하얗고, 우유는 모두 말이 배달해 준다.

탈수기는 창백한 피부색의 고무 두 개로 된 롤러다. 이 롤러 두 개가 계속 돌면서 그 사이에 들어온 옷에서 물기를 짜내면 물과 비누 거품이 주스처럼 흘러나온다. 나는 소매를 걷어붙이고 까치발을 하고 서서 빨래통을 뒤져 흠뻑 젖은 속바지와 속치마와 잠옷을 끄집어낸다. 그 젖은 옷들의 촉감은 뭐가 뭔지 미처 모르고 만진 익사자의 시체 같다. 탈수기에 옷 끝자락을 쑤셔 넣으면 나머지가 딸려 들어가 롤러 사이를 통과하게 된다. 공기가 들어가 불룩하게 부풀어 오른 셔츠 소매, 손목에서 흘러내리는 비누 거품. 이 작업을 할 때는 매우 조심해야 한다는 주의를 들었다. 여자들은 이런 탈수기를 사용하다가 손이나 다른 신체 부위, 예를 들면 머리카락이 롤러에 끼어 다칠 수 있다. 내 손이 끼게 되면 무슨 일이 일어날까 상상해 본다. 피와 살이 돌출되어 팔 쪽으로 밀려 올라올 것이고, 손은 장갑처럼 평평하고 종이처럼 하얗게 되어 기계 반대편으로 나올 것이다. 처음에는 아주 많이 아플 것이다. 그러나 그런 생각에는 저항하기 힘든 매력이 있다. 사람의 몸 전체가 탈수기를 통과해서 평평하고 말쑥하고 온전한 모습으로 나올 수 있는 것이다. 마치 책갈피에 끼워 놓은 꽃처럼.

"놀러 나올 거니?" 학교에서 집으로 돌아오는 길에 코딜리어가 묻는다.

"어머니를 도와 드려야 해." 내가 말한다.

"또? 걔는 왜 그렇게 자주 그러지? 전에는 절대 그러지 않았는데." 그레이스가 말한다. 코딜리어가 옆에 있을 때면 그레이스는 어른들이 대화할 때 하듯이 나를 삼인칭으로 부른다.

어머니가 아프다고 둘러댈까 생각해 본다. 하지만 어머니는 너무나 건강하고, 그런 변명이 통하지 않으리라는 것을 나는 알고 있다.

"저 애는 자기가 우리보다 훨씬 잘났다고 생각하는 거야." 코딜리어가 말한다. 그다음 나에게 말한다. "너는 네가 우리보다 훨씬 잘났다고 생각하니?"

"아니." 내가 대답한다. 자기가 남보다 더 잘났다고 생각하는 것은 나쁜 일이다.

"네가 놀러 갈 수 있는지 우리가 가서 너희 어머니에게 여쭤 볼게." 코딜리어는 걱정하는 듯한 친근한 목소리로 바꾸어 말한다. "너희 어머니는 네가 늘 일만 하도록 시키시지는 않을 거야. 그건 정당하지 못하지."

어머니는 내가 그렇게 인기가 많다는 것이 기쁘다는 듯이 미소를 지으며 "그럼."이라고 대답한다. 그리고 나는 머핀 틀과 탈수기로부터 억지로 떨어져 바깥 공기 속에 내동댕이쳐진다.

일요일마다 나는 스미스 씨, 스미스 부인, 밀드레드 이모, 겨울이면 항상 누리끼리한 녹색 콧물로 코가 막혀 있는 그레이스의 여동생들과 함께 스미스 씨의 차에 끼어 타고 양파 모양 환풍기가 달린 교회로 간다. 스미스 부인은 이렇게 차를 같이 타고 가는 것에 대해 만족하는 것 같다. 그런데 그녀는 자기 자신에 대해, 자신이 특별한 노력을 기울이는 것에 대해, 자신이 자선을 베푸는 것에 대해 만족해하는 것 같다. 그러나 나에 대해서는 흡족해하지 않는다. 비록 입을 다물고 미소를 짓고 있기는 하지만, 나를 쳐다볼 때 미간에 주름이 잡히는 것에서, 또 다음 주에는 오빠나 부모님과 함께 오지 않을 것인지 계속 추궁하는 것에서 나는 그녀가 나를 그다지 달가워하지 않음을 알 수 있다. 그런 질문을 받으면 나는 그녀의 가슴에, 허리까지 이어지는 거대한 한 덩어리 가슴에 시선을 집중한다. 바닷가에서 밀려온 물고기처럼 헐떡거리며 숨을 들이쉬고 내뱉는 검은 점이 박힌 검붉은 심장을 품고 있는 가슴. 그리고 부끄러움을 느끼며 고개를 젓는다. 가족을 데려오지 못한다는 사실 때문에 나는 불리한 입장에 처한다.

나는 성경의 모든 책 제목들을 순서대로 암기했고 십계명과 주기도문, 산상수훈 대부분을 암기했다. 성경 퀴즈 열 문제를 다 맞혔고 암송도 완벽하게 해냈다. 그러나 나는 실수하기 시작한다. 주일 학교에서는 사람들 앞에서 일어나 큰 소리로 암송을 해야 한다. 그리고 그레이스는 나의 행동을 감시한다. 그녀는 내가 일요일마다 하는 일을 전부 지켜보고 코딜리어에게 사무적으로 보고한다.

"걔는 어제 주일 학교에서 똑바로 서 있지 않았어." 혹은 "그 애는 아주 착한 척을 했어." 나는 이 모든 비평이 사실이라고 믿는다. 내 어깨는 처져 있고 등뼈는 굽었으며 나는 부적절한 선행을 베푼다. 나는 발을 끌며 비뚤비뚤 걷는 내 모습을 본다. 나는 더 똑바로 서기 위해 노력하고, 내 몸은 조바심으로 굳어진다. 그리고 내가 열 문제를 다 맞힌 것은 사실이다. 그레이스는 아홉 문제만 맞혔다. 올바른 답을 쓰는 것이 잘못된 일인가? 완벽하게 되기 위해 나는 어떻게 올바르게 행동해야 하는가? 다음 주에 나는 일부러 틀린 답을 다섯 개 적는다.

"걔는 성경 퀴즈 열 개 중에서 다섯 개밖에 못 맞혔어." 월요일에 그레이스가 말한다.

"더 바보가 되어 가는구나. 너는 그 정도로 바보는 아니야. 더 노력해야지!" 코딜리어가 말한다.

오늘은 하얀 선물의 주일이다. 가난한 사람들을 위해 우리는 모두 집에 있는 통조림 음식을 하얀 얇은 종이에 싸서 가져온다. 내 선물은 하비타트 상표 완두콩 수프와 스팸이다. 올바른 선물이 아닐지도 모른다는 의구심이 들지만, 찬장에 있는 것은 이것뿐이다. 나는 하얀 선물이라는 것이 마음에 들지 않는다. 모두 똑같이 개성과 색깔이 표백되어 버린 무정한 선물들. 선물들은 모두 죽은 것처럼 보인다. 교회 앞에 쌓여 있는 저 하얗고 불길해 보이는 얇은 종이 꾸러미 안에는 무엇이든 들어 있을 수 있는 것이다.

그레이스와 나는 교회 지하실의 긴 나무 의자에 앉아 벽에 투영된 슬라이드를 보면서 어둠 속에서 퉁기는 피아노 소리에 맞추어 곡조에 따라 가사를 부른다.

예수님은 우리에게 빛나라고 하시네
순전하고 밝은 빛으로,
밤에 빛나는
작은 촛불과 같이.
이 세상에는 어둠뿐이네.
그러니 우리 모두 빛을 발하자,
너는 너의 작은 처소에서,
그리고 나는 내 처소에서.

나는 촛불처럼 빛나고 싶다. 착해지고, 지시를 따르며, 예수님께서 명령하신 것을 하고 싶다. 이웃을 자기 몸처럼 사랑해야 하고 하나님의 왕국은 우리 안에 있다는 것을 믿고 싶다. 그러나 이 모든 것은 점점 더 불가능하게 보인다.

어둠 속에서 빛 한줄기가 측면에서 비치는 것이 보인다. 이것은 촛불이 아니다. 벽에 비친 빛이 그레이스의 안경에 반사되어 나오는 빛이다. 그녀는 가사를 외우고 있기 때문에 스크린을 볼 필요가 없다. 그녀는 나를 감시하고 있다.

예배 후에 나는 스미스 씨 가족과 함께 텅 빈 일요일 거리를 지나 평평한 호수 옆의 회색 평원에서 기차가 앞뒤로 철로를 따라가며 단조롭게 궤도를 바꾸는 것을 보러 간다. 그리고 일요일 정찬을 먹으러 그들의 집에 따라간다. 이것은 이제 예배의 일부분인 것처럼 일요일마다 반복된다. 이것 중 어느 하나라도 하지 않겠다고 하면 매우 무례한 일이 될 것이다.

나는 이 집에서 어떻게 행동해야 하는지 배웠다. 고무나무를 건드리지 않고 지나쳐 계단을 올라가 스미스 씨네 화장실로 들어간다. 그리고 화장지 네 칸을 세어서 사용한 후 깔깔하고 까만 스미스 씨네 비누로 손을 씻는다. 그레이스가 식전 감사 기도를 시작하면 나는 더 이상 지시받을 필요 없이 자동적으로 고개를 숙인다. "우리가 받을 것에 대해 주님께서 우리가 진정으로 감사하도록 만들어 주시길, 아멘."

"돼지고기와 음악적인 음식인 콩, 더 많이 먹을수록 더 많은 소리를 내게 되지."

스미스 씨가 식탁에 둘러앉은 사람들에게 미소를 지으며 말한다. 스미스 부인과 밀드레드 이모는 그의 말이 재치 있는 것이라고 생각하지 않는다. 그레이스의 여동생들은 항상 엄숙한 태도로 아버지를 대한다. 둘 다 그레이스처럼 안경을 끼고, 주근깨투성이 하얀 피부에 갈색 철사처럼 보이는 머리를 땋아 끝부분에는 주일용 리본을 매고 있다.

"로이드." 스미스 부인이 말한다.

"뭘 그래, 악의는 없는 거야." 스미스 씨가 말한다. 그는 내 눈을 들여다본다. "일레인은 재미있게 생각한다고. 그렇지 않니, 일레인?"

덫에 걸린 느낌이다. 무슨 말을 할 것인가? 아니라고 대답하면 결례일 것이다. 그렇다고 대답하면 나는 스미스 부인과 밀드레드 이모와 그레이스를 포함한 세 딸들의 반대편인 스미스 씨와 한편이 될 것이다. 나는 몸이 달아올랐다가 이내 차가워지는 것을 느낀다. 스미스 씨는 내게 미소를 지어 보인다. 공모자의 미소.

"모르겠어요."

내가 대답한다. 실제 대답은 "아니요."다. 사실 그 농담이 무슨 뜻인지 모르기 때문이다. 그렇지만 스미스 씨를 완전히 배신할 수는 없다. 그는 땅딸막하고 머리가 벗겨지고 살이 무른 남자다. 그래도 그는 여전히 남자다. 그는 나를 판단하지 않는다.

그레이스는 다음 날 통학 버스 안에서 귓속말에 가까운 목소리로 이 사건을 코딜리어에게 보고한다. "걔는 모르겠다고 말했어."

코딜리어가 내게 날카롭게 묻는다. "그게 무슨 대답이니? 재미있는 게 아니면 재미없는 거지 왜 모르겠다고 답했니?"

나는 진실을 고백한다. "무슨 뜻인지 몰랐어."

"뭐가 무슨 뜻인지 몰랐다는 거야?"

나는 말한다. "음악적인 음식. 더 많은 소리를 낸다는 말." 나는 이제 내가 모른다는 사실에 크게 곤혹스럽다. 모른다는 것은 최악의 일이다.

코딜리어는 경멸적으로 크게 웃는다. "그게 무슨 뜻인지 몰랐단 말이야? 정말 바보구나! 그건 방귀를 뜻하는 거야. 콩을 먹으면 방귀를 많이 뀌게 되잖아." 그녀가 말한다.

나는 이중으로 굴욕감을 느낀다. 첫 번째는 내가 그것을 몰랐다는 것 때문에, 두 번째는 스미스 씨가 주일 정찬 식탁에서 방귀라는 말을 꺼내고 나를 자기 편에 끌어들였으며, 나는 아니라고 대답하지 않았다는 것 때문이다. 방귀라는 말 자체에 수치심을 느낀 것은 아니다. 나는 그런 말에 익숙하다. 오빠와 그의 친구들은 옆에서 듣는 어른이 없으면 그 단어를 항상 사용한다. 내가 수치감을 느끼는 이유는 고결함의 보루인 스미스 씨네 주일 정찬에서 그 단어가 발설되었다는 사실 때문이다.

그러나 나는 속으로는 내가 한 말을 철회하지 않는다. 스미스 씨에 대한 나의 충직함은 오빠에 대한 충직함과 비슷한 것이다. 두 사람 모두 황소 눈알과 현미경 아래 놓은 발톱 때를 즐기는 사람들, 무례한 자들, 전복적인 자들의 편이다. 누구에게 무례하며, 무엇을 전복하는가? 그레이스와 스미스 부인을, 스크랩북에 붙어 있는 깔끔한 종이 숙녀들을. 코딜리어 역시 이쪽에 속하는 것이 마땅하다. 그녀는 때로는 이쪽에 속하며, 때로는 그렇지 않다. 그것을 구분하는 것은 어려운 일이다.

24장

아침마다 우유가 얼어붙는다. 우유 크림이 울퉁불퉁한 기둥 모양으로 얼어서 우유병 목 위까지 올라와 있다. 럼리 선생은 내 책 위로 몸을 숙인다. 그녀의 보이지 않는 짙푸른색 블루머는 주변에 황폐한 기운을 퍼뜨린다. 그녀의 코 옆 피부는 불독의 뺨처럼 아래로 처져 있다. 입가에는 말라붙은 침 자국이 보인다. "네 필체는 자꾸만 나빠지는구나." 그녀가 말한다. 나는 당황해서 내 공책을 들여다본다. 선생의 말이 옳다. 내가 쓴 글씨는 둥그스름하고 아름다운 게 아니라 거미 다리처럼 가늘고 각지게, 마구 갈겨쓴 것처럼 보인다. 어떤 곳은 강철 펜촉을 너무 세게 눌러 쓰는 바람에 잉크가 거무스름한 녹처럼 번져 글씨가 기형적으로 보인다. "더 열심히 노력해야 해." 나는 손을 오므려 손가락을 감춘다. 럼리 선생이 너덜너덜한 내 손톱 주변을 보고 있다고 생각한다. 그녀가 하는 말, 내가 하는 행동을 모두 캐럴이 듣고 보고 있으며, 나중에 코딜리어에게 보고할 것이다.

코딜리어가 연극에 출연하고, 우리는 그녀를 보러 간다. 이것은 내가 처음 보는 연극이고, 따라서 당연히 신이 날 법하다. 그러나 나는 두려움으로 가득 차 있다. 나는 연극 관람의 예의범절을 하나도 모르며, 무언가 실수를 저지를 것이 분명하기 때문이다. 연극 공연 장소는 이턴 극장이다. 무대에는 검은색 벨벳 가로줄 무늬가 있는 푸른 커튼이 드리워져 있다. 커튼이 열리고 「버드나무에 부는 바람」[44]이 시작된다. 배우는 전부 어린아이들이다. 코딜리어는 족제비 역을 맡았다. 족제비 의상을 입고 족제비 머리를 쓰고 있는 그녀를 다른 족제비들과 구별하기란 불가능하다. 나는 호사스러운 극장 좌석에 앉아서 손가락을 물어뜯으며 목을 길게 빼고 그녀를 찾는다. 그녀가 거기 있다는 것은 알지만 정확히 어디 있는지 모르는 것이 가장 끔찍한 일이다. 그녀는 어디에나 존재할 수 있는 것이다.

라디오에서는 달콤한 음악이 계속 흘러나온다. "나는 하얀 크리스마스를 꿈꿔요." "루돌프 사슴 코는 매우 반짝이는 코." 학교에서 우리는 책상 옆에 서서 루돌프 노래를 불러야 한다.

---

44) 스코틀랜드 작가인 케네스 그레이엄이 자신의 아들을 위해 쓴 동화다.

럼리 선생은 조율 피리로 음을 정하고 나무 자로 박자를 맞춘다. 그 나무 자는 남자아이들이 꼼지락거릴 때 손을 때리는 데 사용되는 것이다. 루돌프라는 사슴은 내 마음에 들지 않는다. 그에게는 뭔가 잘못된 점이 있다. 하지만 동시에 그는 내게 희망을 준다. 그는 결국 사랑을 받게 되기 때문이다. 아버지는 그 사슴이 역겨운 상업적 신조어라고 말한다. "바보는 결국 쓸데없는 곳에 돈을 다 써 버리지." 하고 아버지가 말한다.

우리는 색종이를 반으로 접고 형태를 오려서 빨간색 종을 만든다. 같은 방법으로 눈사람도 만든다. 럼리 선생이 가르쳐 준 균형 맞추는 요령은 이렇다. 모든 것을 반으로 접어, 왼쪽과 오른쪽이 똑같게 되도록 만든다.

나는 몽유병 환자 같은 상태에서 이 크리스마스 과업을 해낸다. 나는 종이나 눈사람, 더더군다나 산타클로스에는 관심도 없다. 코딜리어가 산타클로스란 실제로는 우리 부모님이라는 것을 말해 준 후로 나는 산타클로스의 존재를 믿지 않게 되었다. 학급 크리스마스 파티가 있다. 파티가 열리면 우리는 책상에 앉아 집에서 가져온 쿠키를 조용히 먹고, 럼리 선생이 동그란 젤리를 학생 한 사람당 다섯 개씩 나누어 준다. 럼리 선생은 관례라는 것이 무엇인지 알고 있으며, 그에 대해 자기 나름대로 엄중한 존중의 표시를 하는 것이다.

크리스마스 선물로 나는 바버라 앤 스콧 인형을 받는다. 내가 받고 싶다고 했던 것이다. 나는 무엇을 원하는지 말해야 했고, 사실 이 인형을 가지고 싶기도 했다. 나는 소녀 모양 인형을 가져 본 적이 없다. 바버라 앤 스콧은 아주 유명한 피겨 스케이팅 선수다. 그녀는 상을 많이 탔다. 나는 신문에 실린 사진에서 그녀를 유심히 살펴보았다.

바버라 인형은 작은 모조 가죽 스케이트를 신고 하얀 털이 달린 분홍색 의상을 입었으며 감았다 떴다 할 수 있는 눈에는 속눈썹이 붙어 있다. 하지만 실제 바버라 앤 스콧과는 전혀 닮지 않았다. 사진에서 그녀는 허벅지가 두꺼운 근육질이었는데 이 인형은 날씬한 막대기 같다. 바버라는 성인 여자인데 이 인형은 소녀에 불과하다. 이 인형은 초상 인형이 그렇듯이 사람의 마음을 괴롭히는 힘을 소유하고 있다. 섬뜩한 공포로 내 마음을 채우는 생명 없는 생명. 나는 이것을 종이 상자에 다시 집어넣고 얇은 종이를 채우고 얼굴을 덮어 둔다. 인형을 안전하게 보관하기 위해서라고 말하지만, 사실은 인형이 나를 쳐다보고 있다는 것이 싫은 것이다.

우리 집의 긴 의자 소파 위 벽면에는 배드민턴 그물이 가로로 길게 붙어 있다. 이 사각형 그물에 부모님은 크리스마스카드를 걸어 둔다. 내가 아는 사람들은 아무도 이런 배드민턴 그물을 벽에 걸어 두지 않는다. 코딜리어네 크리스마스트리는 다른 집과 다르다. 거즈 같은 가는 끈으로 뒤덮여 있고, 그 위에 푸른빛 전등이 걸려 있다. 코딜리어의 이런 남다른 점은 용납받을 수 있지만, 내 경우는 그렇지 않다. 나는 이 배드민턴 그물에 대해 조만간 대가를 치르게 될 것이다.

우리는 식탁에 둘러앉아 크리스마스 만찬을 먹고 있다. 식탁에는 아버지의 제자 한 사람이 동석하고 있다. 곤충에 대해 공부하러 인도에서 온 그 젊은이는 한 번도 눈을 본 적이 없다고 한다. 우리는 그가 외국인이며 고국에서 멀리 떨어져 있어 외로울 것이고, 그의 나라에는 크리스마스가 존재하지도 않기 때문에 그를 크리스마스 만찬에 초대한 것이다. 어머니는 이런 사정을 미리 우리에게 설명해 주었다. 그는 공손하고, 불안해 보이며, 낮은 소리로 자주 웃는다. 그리고 내가 보기에는 그의 앞에 펼쳐진 음식들을 공포에 질려 바라보는 듯하다. 으깬 감자, 육수 소스, 녹색과 붉은색의 끔찍하게 화려한 젤리 샐러드, 거대한 칠면조. 어머니는 여기 음식이 낯설 것이라고 말한다. 나는 그의 미소와 공손함 아래 비참함이 깔려 있음을 알 수 있다. 그것을 식별할 수 있는 능력을 길러 왔기 때문에 이제는 손쉽게 다른 사람들의 숨은 비참함을 알아챌 수 있다.

아버지는 식탁 상석에 앉아서 졸리 그린 자이언트[45]처럼 환하게 웃는다. 그는 잔을 높이 들고 땅속 요정 같은 눈을 반짝이며 말한다. "바네르지 씨." 그는 항상 학생들에게 "씨" 자를 붙인다. "한쪽 날개만 갖고는 날 수 없어요."

바네르지 씨는 킬킬거리며 말한다. "정말 맞는 말씀입니다, 선생님." 그의 목소리는 BBC 뉴스 앵커처럼 들린다. 그는 잔을 들고 한 모금 마신다. 잔에 든 것은 포도주다. 오빠와 나의 포도주 잔에는 크랜베리 주스가 있다. 작년, 재작년에 우리는 식탁 아래에서 신발 끈을 한데 연결해 매고 비밀스럽게 움직

---

45) 콩이나 옥수수 통조림 상표의 미소 짓는 초록색 거인 그림을 말한다.

이고 당기면서 서로 신호를 보냈다. 그러나 이제 우리 둘 다, 각자 다른 이유로, 그 시기를 벗어났다.

아버지는 칠면조에 채운 소를 떠내고 검고 하얀 칠면조 고기 조각을 분배한다.[46] 어머니는 거기에 으깬 감자와 크랜베리 소스를 더한 후, 바네르지 씨의 이름을 조심스럽게 발음하면서 그의 나라에 칠면조가 있는지 물어본다. 그는 없는 것 같다고 답한다. 나는 그의 맞은편에 앉아 발을 대롱거리며 완전히 매혹된 상태로 그를 응시한다. 그의 가냘픈 손목은 헐렁한 소맷부리 밖으로 나와 있고, 손은 길고 가늘며, 손톱 주변은 나처럼 너덜너덜하다. 나는 그의 갈색 피부와 눈부시게 흰 치아와 놀란 듯한 검은색 눈동자가 매우 아름답다고 생각한다. 주일 학교 선교 신문 첫 장의 둥글게 늘어선 아이들 그림에는 이런 피부색의 아이도 있다. 거기에는 노란 아이, 갈색 아이들이 자기 민속 의상을 입고 예수님 주위에서 춤을 춘다. 바네르지 씨는 민속 의상을 입지 않고 다른 사람들처럼 그냥 재킷과 넥타이 차림이다. 그래도 나는 그가 남자라는 것을 믿을 수 없다. 그는 다른 남자들과 너무나 다르게 생겼다. 그는 오히려 나와 더 비슷한 존재. 이질적이고 겁에 질린 사람. 그는 우리를 두려워한다. 우리가 다음에는 무엇을 할지, 그에게 어떤 불가능한 일을 기대할지, 그에게 무엇을 먹일지 아무것도 알지 못한다. 그가 손가락을 물어뜯는 것은 너무나 당연하다.

---

46) 칠면조 고기의 가슴살은 하얗고, 다리 부분은 갈색이다.

"홍골에서 고기를 좀 더 떼 드릴까요, 선생?" 아버지가 그에게 묻는다. 그리고 바네르지 씨는 그 단어에 반색한다.

"아, 예, 홍골요." 그가 말한다. 그리고 나는 그들이 서로 공유하는 생물학의 세계로 함께 빠져 들어가고 있음을 알아차린다. 그것은 지금 우리가 앉아 있는 예의범절과 침묵의 불편한 세계로부터 도피처를 마련해 주는 것이다. 고기 저미는 칼로 가슴살을 베어 내며 아버지는 우리 모두와 특히 바네르지 씨에게 새의 비상근(飛翔筋)이 붙은 부위를 고기 저밈용 포크로 가리켜 보여 준다. 물론 사육된 칠면조는 날 수 있는 능력을 상실했다고 아버지는 말한다.

"멜레아그리스 갈로파보."[47] 아버지가 말한다. 그리고 바네르지 씨는 상체를 숙인다. 라틴어를 듣자 그는 생기를 찾는다. "뇌가 콩만 한 동물은, 아니면 새의 두뇌를 가진 동물이라고도 할 수 있겠지요, 몸무게를 늘리는 능력을 길러 왔어요. 특히 다리 부분에 집중적으로." 아버지는 이 사실을 지적한다. "분명 지능을 위한 건 아니지요. 원래 마야인들이 칠면조 사육을 시작했어요." 아버지는 뇌우가 심할 때 칠면조들이 너무 멍청해서 우리 안으로 들어가지 않아 전멸한 사육장 이야기를 들려준다. 칠면조들은 밖에 서서 부리를 벌리고 하늘을 바라보고 있었다. 비가 목으로 흘러 들어가 모두 익사했다는 것이다. 그것은 한 농부가 들려준 이야기로 아마 사실이 아닐 가능성이 높지만, 칠면조의 우둔함은 전설적이라고 아버지는

---

47) Meleagris gallopavo. 칠면조의 학명이다.

말한다. 한때 이 지역의 낙엽수림에 번성했던 야생 칠면조는 훨씬 더 똑똑하고 심지어 숙련된 사냥꾼조차 피할 수 있다고 도 한다. 또 날 수도 있다.

　나는 내 몫을 깨작거리며 먹고, 바네르지 씨도 마찬가지다. 우리 둘 다 으깬 감자를 접시에 온통 흩어 놓기만 하고 거의 먹지는 않는다. 야생의 존재들은 사육된 것들보다 더 똑똑하다. 그것은 분명한 사실이다. 야생의 것들은 도망을 잘 가고 꾀가 많으며 자신을 돌볼 줄 안다. 내가 아는 사람들을 사육된 사람과 야생적인 사람으로 나누어 본다. 어머니, 야생적이다. 아버지와 오빠, 역시 야생적이다. 바네르지 씨, 역시 야생적이지만 약간 소심한 구석이 있다. 캐럴, 사육된 사람이다. 그레이스, 사육됐지만 야생의 흔적이 숨어 있다. 코딜리어는 완전 순수하게 야생적인 인간이다.

　"인간의 탐욕에는 끝이 없지요." 아버지가 말한다.

　"정말입니까, 선생님?" 어떤 나쁜 놈이 칠면조가 날개보다 다리에 살이 많다는 이유로 날개 대신 다리만 네 개 달린 칠면조를 번식시키는 실험을 하고 있다는 이야기를 아버지가 들려주자 바네르지 씨가 묻는다.

　"그런 생물은 어떻게 걷습니까, 선생님?" 아버지는 동감이라는 듯이 말한다. "그런 질문을 하는 것이 당연하지요." 어떤 빌어먹을 바보 과학자들이 정사각형 토마토를 만드는 연구를 하고 있다는 말도 한다. 정사각형 토마토는 둥근 것보다 상자에 포장하기가 더 쉽기 때문이라는 것이다.

　"물론 모든 풍미가 희생되어 버리는 거지요. 그들은 풍미에 대해서는 상관도 하지 않아요. 어떤 이들은 깃털 없는 닭을 만들어 냈어요. 깃털을 나게 하는 데 드는 에너지를 알을 낳는 데 이용할 수 있을 것이라고 생각한 거지요. 그런데 닭들이 너무나 추위를 타는 바람에 닭장에 난방을 이중으로 해야 했고, 결국 돈이 더 들었지요."

"자연을 갖고 장난치는 거군요." 바네르지 씨가 말한다. 나는 이것이 바른 대답이라는 것을 이미 알고 있다. 자연을 탐구하고 일정 한계 내에서 우리 자신을 방어하는 것과 자연을 가지고 장난치는 것은 완전히 다르다.

바네르지 씨는 털 없는 고양이가 생겼다는 것을 잡지에서 읽은 적이 있는데, 그게 무슨 소용이 있는 것인지 모르겠다고 한다. 이제까지 그가 한 말 중에 가장 길었다.

오빠는 바네르지 씨에게 인도에 독사가 있는지 묻는다. 바네르지 씨는 이제 좀 더 편안한 모습으로 그 종류를 열거하기 시작한다. 어머니는 만찬이 생각했던 것보다 더 화기애애하게 진행되자 미소를 짓는다. 어머니는 사람들이 즐거워하기만 한다면 저녁 식탁에서조차도 독사 이야기 정도는 개의치 않는다.

아버지는 접시에 담은 것을 다 들고 나서 칠면조 배 속에서 소를 더 떠낸다. 칠면조는 수족이 묶이고 머리가 없는 아기와 비슷하게 보인다. 그것은 음식이라는 가면을 벗어 버리고 죽은 커다란 새라는 그 실체를 내게 드러낸다. 나는 날개를 먹고 있다. 이것은 사육된 칠면조의 날개다. 세상에서 가장 멍청한 새, 너무나 멍청해서 더 이상 날 수도 없는 새. 나는 상실된 비상을 먹고 있다.

25장

크리스마스가 지난 후 나는 일자리를 얻게 된다. 방과 후 일주일에 한 번씩 한 시간, 춥지 않을 때는 약간 더 길게 브라이언 핀스틴을 유모차에 태우고 집 주위를 돌아다니는 일이다. 그 대가로 25센트를 받는다. 아주 큰돈이다.

핀스틴 씨 가족은 우리 옆집에 산다. 예전에 진흙 더미가 있던 곳에 갑자기 세워진 집이다. 핀스틴 부인은 여자치고도 작은 키에 통통하고, 짙은 곱슬머리와 예쁜 하얀 치아를 갖고 있다. 많이 웃기 때문에 그 치아를 자주 볼 수 있다. 그녀는 웃을 때마다 강아지처럼 콧등을 찡긋하고, 금귀고리를 반짝이며 머리를 좌우로 흔든다. 확실히는 모르지만 이제까지 본 것과 달리 이 귀고리는 그녀의 귓불에 난 작은 구멍으로 들어가는 것 같다.

초인종을 누르자 핀스틴 부인이 문을 연다. "내 작은 구조
자가 왔구나." 그녀가 말한다. 내가 현관에 서서 기다리는 동
안 그곳에 깔아 놓은 신문 위로 내 겨울 장화에서 물이 뚝뚝
떨어진다. 분홍색 꽃무늬 실내 가운을 입고 진짜 털이 달린
굽 높은 슬리퍼를 신고 있는 핀스틴 부인은 브라이언을 데리
러 분주히 위층으로 올라간다. 현관에는 오줌에 절어 냄새 나
는 브라이언의 기저귀가 기저귀 회사에서 수거해 갈 수 있도
록 양동이에 담겨 있다. 자기 빨래를 다른 사람이 와서 수거
해 갈 수 있다는 것이 흥미롭다. 핀스틴 부인은 항상 오렌지를
우묵한 그릇에 담아 현관에서 몇 발짝 떨어진 탁자 위에 놓아
둔다. 크리스마스가 아니면 아무도 오렌지를 저렇게 눈에 보이
는 곳에 놓아두지 않는다. 그릇 뒤에는 나무같이 보이는 금색
촛대가 있다. 메스껍도록 달콤한 아기 똥 냄새가 나는 더러운
기저귀, 오렌지 그릇과 금색 나무가 내 마음속에서 혼합되어
첨단의 세련됨이라는 이미지를 형성한다.

핀스틴 부인은 귀가 달린 푸른 토끼 모양 옷을 입은 브라이
언을 데리고 딸깍거리는 소리를 내며 계단을 내려온다. 그녀
는 브라이언의 뺨에 뽀뽀해 주고, 그를 아래위로 가볍게 흔든
다음 유모차에 눕히고, 방수 유모차 차양을 "탁" 하고 연다.
"자, 브라이언. 이제 엄마는 엄마가 하는 생각에 귀를 기울일
수 있겠구나." 그렇게 말하며 그녀는 콧등을 찡긋하고 금 귀고
리를 흔들면서 웃는다. 그녀의 피부는 통통하고 우유 냄새를
풍긴다. 그녀는 내가 이제까지 본 어머니들과 다르다.

나는 추운 공기 속으로 브라이언의 유모차를 끌고 나와서

눈 위에 난로 재가 뿌려져 있고 얼어붙은 말똥이 여기저기 흩어져 있는 다음 골목을 자박자박 걷기 시작한다. 브라이언이 어떻게 핀스틴 부인의 생각을 방해하는지 나는 이해할 수 없다. 그는 결코 울지 않는다. 또한 절대로 웃지도 않는다. 아무 소리도 내지 않고 잠들지도 않는다. 그저 유모차 안에 누워서 귀여운 코가 추위로 점점 더 붉어지는 동안, 둥글고 푸른 눈으로 나를 엄숙히 바라본다. 나는 브라이언과 놀아 주려고 애쓰지 않는다. 그러나 나는 그가 마음에 든다. 그는 조용할 뿐 아니라 비판적이지도 않다.

내가 적당한 시간이라고 생각하고 브라이언을 집으로 데려가자 핀스틴 부인이 말한다. "벌써 5시라고 말하지 말아 줘!" 나는 25센트짜리 동전 대신 10센트짜리로 달라고 말한다. 그러면 돈이 더 많아 보이기 때문이다. 그녀는 크게 웃더니 부탁한 대로 돈을 준다. 나는 종려나무와 낙타가 있는 사막 그림이 붙은 오래된 주석 차 보관함에 내 전 재산을 보관한다. 나는 돈을 모두 꺼내 침대 위에 늘어놓는 것을 즐긴다. 돈을 세지는 않고, 동전에 찍힌 연대별로 배열한다. 1935, 1942, 1945. 모든 동전에는 목 부분이 단정하게 잘린 왕의 머리가 새겨져 있다. 왕들은 다 다르다. 내가 태어나기 전의 왕은 수염이 있었지만 지금 왕은 그렇지 않다. 그는 우리 교실 뒤에 붙어 있는 조지 왕이다. 이 동전들을 쌓아 올려 잘린 머리들의 더미를 만들고 있으면 묘한 안도감이 든다.

브라이언과 나는 골목 주변을 돌고 또 돈다. 나는 시계가 없기 때문에 한 시간이 다 되었는지 가늠하기 힘들다. 코딜리어와 그레이스가 앞쪽 모퉁이로 오고 그 뒤에 캐럴이 따라온다. 그들은 나를 보고 다가온다.

"일레인과 운을 이루는 건 뭐지?" 코딜리어가 내게 묻는다. 그녀는 대답을 기다리지 않는다. "일레인은 광인이야."

캐럴은 유모차 안을 들여다본다. "이 토끼 귀 좀 봐." 그녀가 말한다. "이 아기 이름이 뭐니?" 그녀는 탐나는 듯한 목소리로 묻는다. 누구나 아기를 태운 유모차를 몰도록 허락받는 것은 아니다.

"브라이언이야. 브라이언 핀스틴." 내가 대답한다.

"핀스틴은 유대계 이름이야." 그레이스가 말한다.

나는 유대계가 무엇인지 모른다. 유대인이라는 말은 본 적이 있다. 성경에 그 단어가 많이 나온다. 그러나 진짜 유대인이, 그것도 바로 옆집에 살고 있다는 것은 몰랐다.

"유대인들은 유대 잡놈들이야." 캐럴은 코딜리어의 승인을 구하며 눈짓을 보낸다.

코딜리어가 예의 어른스러운 목소리로 말한다. "상스러운 말 하지 마. 유대 잡놈이라는 말은 우리가 쓰는 단어가 아니야."

나는 어머니에게 유대계가 무엇인지 물어본다. 어머니는 다른 종류의 종교라고 대답한다. 바네르지 씨 역시 유대계는 아니지만 다른 종류의 종교를 가지고 있다고 한다. 세상에는 여러 다른 종류가 존재한다. 유대인들로 말하자면 그들은 전쟁 동안 히틀러에 의해 많이 죽임을 당했다고 한다.

"왜요?" 내가 묻는다.

아버지가 말한다. "그는 정신병자였어. 과대망상증 환자였지." 이 단어들은 내게 별 도움이 되지 않는다.

"나쁜 사람이었단다." 어머니가 말한다.

나는 재투성이 눈 위로 브라이언의 유모차를 끌다가 구덩이가 나오면 속도를 늦춘다. 브라이언은 눈을 동그랗게 뜨고 나를 바라본다. 그의 코는 빨갛고, 작은 입은 미소를 짓지 않는다. 이제 브라이언에게는 새로운 차원이 더해진다. 그는 유대인인 것이다. 그에게는 무엇인가 특별하고 어느 정도 영웅적인 구석이 있다. 그가 입고 있는 토끼 복장의 푸른 귀도 그것을 손상할 수 없다. 유대인이라는 것은 기저귀와 그릇에 든 오렌지와 핀스틴 부인의 금귀고리와 어쩌면 있을지도 모르는 귓불의 구멍과 잘 어울린다. 물론 오래되고 중요한 문제들과도 잘 조화된다. 유대인을 매일 보는 것은 흔한 일이 아니다.

코딜리어와 그레이스와 캐럴이 내 곁으로 온다. "작은 아기는 오늘 어떠니?" 코딜리어가 묻는다.

"이 아기는 잘 지내고 있어." 나는 조심럽게 말한다.

"나는 이 아기에 대해 말하는 게 아니야. 너에 대해 물어보는 거야." 코딜리어가 말한다.

"나도 한번 밀어 봐도 돼?" 캐럴이 묻는다.

"그러면 안 돼." 내가 말한다. 만일 그녀가 실수를 저지르면, 만일 브라이언 핀스틴을 눈 더미 위에 엎어 버리기라도 한다면 내 책임이 되는 것이다.

"하긴 누가 구닥다리 유대인의 아기를 원하겠어." 그녀가 말한다.

"유대인들은 그리스도를 죽였어. 성경에 그렇게 쓰여 있어." 그레이스가 새침하게 말한다.

그러나 유대인은 코딜리어의 흥미를 그다지 끌지 못한다. 그녀는 다른 데 관심이 있다. "물고기를 낚는 사람이 낚시꾼이면 벌레를 잡는 사람은 뭐지?"

"몰라." 나는 말한다.

코딜리어가 말한다. "너 정말 바보구나. 그건 바로 너희 아버지야, 맞지? 계속해 봐. 맞춰 보라고. 정말 간단해."

"잡꾼?" 나는 말한다.

"너는 너희 아버지가 잡꾼이라고 생각하니? 곤충학자야, 바보. 부끄러운 줄 알아라. 넌 비누로 입을 씻어 내야 해."

나는 잡꾼이라는 말이 나쁜 말이라는 것은 안다. 하지만 왜 나쁜 말인지는 알지 못한다. 어찌 되었든 간에 나는 배반하고 배반당한 것이다. "이제 가야 해." 나는 말한다. 브라이언을 핀스틴 부인에게 데려가면서 나는 소리 죽여 운다. 그 모습을 브라이언은 무표정하게 바라본다. "안녕, 브라이언." 나는 그에게 속삭인다.

나는 핀스틴 부인에게 학교 과제가 너무 많아 이 일을 더이상 할 수 없다고 말한다. 진짜 이유가 무엇인지는 말하지 못한다. 즉 어떤 막연한 이유 때문에 브라이언이 나와 함께 있으면 안전하지 못하다는 것을. 나는 눈 더미 속에 거꾸로 처박힌 브라이언의 모습을 떠올린다. 유모차에 타고 있는 브라이언이 다리 옆의 얼음 언덕 아래로, 죽은 사람들로 가득 차 있는 시내로 떨어지는 모습. 브라이언이 공중으로 던져지고, 토끼 귀는 공포에 휩싸여 위쪽으로 휘날리는 모습. 나는 그만두라는 말도 제대로 할 수 없다.

"예쁜아, 괜찮아." 나의 붉게 충혈되고 눈물이 그렁그렁한 눈을 바라보며 핀스틴 부인이 말한다. 그녀는 내게 팔을 둘러 안아 주고 별도로 10센트를 더 준다. 전에는 어느 누구도 나를 예쁜이라고 불러 준 적이 없었다.

내가 핀스틴 부인과 나 자신을 실망시켰다고 느끼며 나는 집으로 간다. '잡꾼.' 나는 혼자 생각한다. 나는 음절이 잘못 끊겨 단어 자체가 사라져 버릴 때까지 이 단어를 반복한다. '꾼잡, 꾼잡.' 유대 잡놈과 마찬가지로 아무 의미도 없는 말이다. 하지만 이 말에서는 사악한 의도가 새어 나온다. 이 말은 힘을 가지고 있다. 내가 아버지에게 무슨 짓을 한 것인가?

나는 핀스틴 부인이 준 10센트짜리 동전을 모두 꺼내 학교에서 집으로 돌아오는 길에 가게에서 다 써 버린다. 나는 감초 끈과 동그란 젤리와 여러 겹으로 되어 가운데 씨가 들어간 까만 사탕, 빨대로 빨아 먹는 탄산 셔벗을 여러 상자 산다. 나는 이 모든 것을, 이 헌물들을, 이 보상품을, 원하는 친구들에게 똑같이 나누어 준다. 그것을 나누어 주기 직전의 순간, 나는 사랑받는다.

26장

  오늘은 토요일이다. 오전 내내 아무 일도 일어나지 않았다. 남향 창문 위의 처마 밑 홈통에 고드름이 생기고, 햇살이 나오자 물이 새는 것처럼 일정한 소리를 내며 물방울이 떨어진다. 어머니는 부엌에서 베이킹을 하고 있고 아버지와 오빠는 다른 곳에 있다. 나는 고드름을 바라보며 혼자 점심을 먹는다.

  점심은 크래커와 오렌지색 치즈와 우유 한 잔과 알파벳 수프다. 어머니는 알파벳 수프가 어린이들을 즐겁게 해 주는 특식이라고 생각한다. 알파벳 수프에는 하얀 글자들이 떠다닌다. 대문자 A와 O와 S와 R, 그리고 간간이 보이는 X와 Z. 어렸을 때에 나는 글자들을 건져서 접시 가장자리에 단어를 만들어 보거나 내 이름을 한 글자씩 먹어 치우곤 했다. 이제 나는 글자에 아무 흥미도 보이지 않고 그냥 수프를 먹는다. 수프는 주황빛이 도는 붉은색이고 향이 나지만 글자 자체에서는 아무런 맛도 나지 않는다.

전화가 울린다. 그레이스의 전화다. "나와서 놀지 않을래?" 그녀는 아무런 감정 없이 중립적인, 그러면서 광택지처럼 무미건조하고 무뚝뚝하게 들리는 목소리로 말한다. 나는 코딜리어가 그녀 바로 옆에 서 있다는 것을 알고 있다. 싫다고 하면 그들은 무엇인가 단서를 잡아 나를 비난할 것이다. 그러겠다고 하면 정말 그렇게 해야 한다. 나는 그러겠다고 말한다.

"우리가 데리러 갈게." 그레이스가 말한다.

마치 배 속에 흙이 가득 차 있는 것처럼 둔하고 무겁게 느껴진다. 나는 방한복을 입고 장화와 손뜨개 모자와 장갑을 착용한다. 그리고 어머니에게 놀러 나간다고 말한다. "감기 걸리지 않도록 조심해라." 어머니가 말한다.

눈에 반사된 햇빛이 눈부시다. 윗부분이 녹았다가 다시 언 눈 더미는 살얼음으로 덮여 있다. 나는 장화를 신고 살얼음 위에 선명한 발자국을 낸다. 주변에는 아무도 없다. 나는 하얀 빛 아래에서 그레이스의 집을 향해 걷는다. 공기는 빛으로 터질 듯이 가득 차 흔들리는 것처럼 느껴진다. 나는 눈에 가해지는 그 압력을 들을 수 있다. 반투명한 존재가 된 느낌이다. 손전등에 갖다 댄 손이나 잡지에 나온 바닷속을 유영하는 묽은 육체 풍선같이 보이는 해파리처럼.

길 끝쪽에서 매우 어두운 형상으로 보이는 그들 셋이 나를 향해 걸어오는 것이 보인다. 그들의 코트는 거의 검은색으로 보인다. 가까이서 보니 마치 그늘 속에 서 있는 것처럼 그들의 얼굴 역시 너무나 어두워 보인다.

코딜리어가 말한다. "우리가 데리러 간다고 했잖아. 너보고 오라고는 안 했어."

나는 아무 말도 하지 않는다.

그레이스가 말한다. "우리가 말하면 저 애는 대답해야 하는 건데."

코딜리어가 말한다. "뭐가 문제니? 너 귀먹었어?"

그들의 목소리가 멀리서 들려오는 것처럼 느껴진다. 나는 옆으로 몸을 돌려 눈 더미 위에 토한다. 그럴 의도도 없었고, 하게 될 줄도 몰랐다. 매일 아침 일어나면 속이 메스껍기 때문에 나는 그 느낌에 익숙하다. 그러나 지금 이것은 실제로 일어나는 일이다. 씹힌 치즈 조각과 섞인 알파벳 수프, 하얀 눈과 대조되는 강렬한 붉은색과 주황색, 이곳저곳에 널린 부서진 글자들.

코딜리어는 아무 말도 하지 않는다. 그레이스가 말한다. "너 집에 가는 게 좋겠다." 뒤에 서 있는 캐럴이 울음을 터뜨릴 것 같은 소리를 낸다. 그녀가 말한다. "저 애 얼굴에도 묻었어." 방한복 앞자락에서 풍기는 토사물 냄새를 맡으며, 코와 목에서 올라오는 토사물의 맛을 느끼며, 나는 집을 향해 걷는다. 당근 조각 비슷한 맛이 난다.

나는 작은 양동이를 옆에 놓고 침대에 누워서 열의 물결 속을 가볍게 부유한다. 초록색 즙 같은 것 외에는 아무것도 나오지 않을 때까지 여러 번 구토가 반복된다. 어머니가 말한다. "아마 우리 가족 모두 걸리게 될 것 같구나." 그 말이 옳았다. 밤새도록 바쁘게 움직이는 발소리와 구토 소리, 화장실 물 내리는 소리가 들린다. 나는 명주솜에 싸인 것처럼 열병에 둘러싸여, 안전하게 보호받는 듯한 느낌, 다시 어려진 듯한 느낌이 든다.

　나는 더 자주 앓기 시작한다. 어떤 때는 어머니가 손전등으로 입안을 비춰 보고 이마에 손을 짚어 보고 체온을 재고는 나를 학교에 보내기도 한다. 어떤 때는 집에 있어도 좋다는 허락을 받는다. 이런 날이면 안도감을 느낀다. 마치 오랜 시간 뜀박질을 하다가 드디어 쉴 수 있는 장소에 도착한 것처럼. 하지만 이것은 영원하지 않으며, 잠시의 휴식일 뿐이다. 몸에 열이 나면 기분이 좋아지면서 동시에 머리가 멍해진다. 나는 차가운 것들을, 어머니가 마시라고 준 탄산 뺀 진저에일을 좋아하고, 그것을 마신 후 느껴지는 맛의 섬세함을 즐긴다.

　나는 베개로 몸을 받치고 침대에 누워서 물 한 컵을 옆에 놓인 의자 위에 놓고, 멀리 들려오는 어머니의 소리에 귀를 기울인다. 달걀 거품기 소리, 진공청소기 소리, 라디오의 음악 소리, 호수의 파도 소리 비슷한 바닥 광택기 소리. 겨울 햇빛은 창을 통해 반쯤 열린 커튼 사이로 비스듬히 들어온다. 이제 내 방에도 커튼이 달려 있다. 나는 천장에 달린 조명 설비를 바라본다. 불투명한 노란색 유리 안에 갇혀 죽은 파리 두세 마리의 그림자가 불투명 젤리를 통해 보이는 것처럼 비친다. 아니면 나는 문손잡이를 바라보기도 한다.

　때로는 잡지에서 그림을 오려 체스 게임의 주교같이 생긴 병에 든 르파주 상표 고무풀로 스크랩북에 붙인다. 나는《굿

하우스키핑》,《레이디스 홈 저널》,《샤틀렌》같은 여성 잡지에
서 여자 사진을 오려 낸다. 얼굴이 마음에 들지 않으면 머리
부분을 잘라 내고 다른 머리를 붙인다. 이 여자들은 부푼 소
매와 폭 넓은 치마 차림에 하얀 앞치마를 허리에 단단히 매고
있다. 그들은 변기 속에 있는 세균에 살균제를 뿌린다. 창문을
깨끗이 닦거나, 주근깨가 난 얼굴을 비누로 씻거나, 기름 낀
머리칼을 샴푸로 감는다. 그들은 달갑지 않은 체취를 없애 버
리고, 거칠고 주름진 손에 핸드 로션을 바르고, 거대한 두루
마리 화장지를 뺨에 갖다 대고 끌어안는다.

　다른 그림들은 하지 말아야 할 행동을 하고 있는 여자들
을 보여 준다. 어떤 이들은 수다를 너무나 많이 떨고, 어떤 이
들은 단정하지 못하고, 또 어떤 이들은 거들먹거린다. 어떤 이
들은 뜨개질을 지나치게 많이 한다. "걸을 때나, 차를 탈 때나,
서 있을 때나, 앉아 있을 때나, 그녀가 가는 곳에는 항상 뜨개
질이 함께한다."라고 쓰여 있다. 그림에는 전차 속에서 뜨개질
을 하는 여성의 모습이 나와 있다. 뜨개바늘은 옆에 앉은 사
람을 찌르고, 실뭉치는 통로에 떨어져 있다. 어떤 여자들 옆에
는 감시조(監視鳥)가 그려져 있다. 이것은 아이들 그림처럼 조
악하게 생긴 빨갛고 검은 새로서, 눈은 크고 다리는 막대기
같다. "이것은 참견쟁이를 주시하고 있는 감시조다." 잡지에는
이렇게 쓰여 있다. "이것은 당신을 바라보고 있는 감시조다!"

　나는 불완전함, 그러니까 잘못된 식으로 행동하는 것에는
끝이 없다는 것을 깨닫는다. 어른이 된다 하더라도, 아무리 열
심히 문질러도, 무슨 일을 하더라도, 내 얼굴에는 항상 어떤

흠이나 오점이 남아 있을 것이고, 나는 바보 같은 행동을 하게 될 것이다. 그리고 누군가가 나에게 눈살을 찌푸릴 것이다. 그러나 걱정하느라 이마에 주름살이 생긴 이 불완전한 여자들을 오려서 스크랩북에 붙여 놓으면서 나는 어떤 기쁨을 느낀다.

정오가 되자 라디오에서는 해피 갱이 문을 두드리는 노래가 흘러나온다.

똑똑똑.
누구세요?
해피 갱이에요!
들어오세요!
해피 갱과 함께 항상 행복하세요,
항상 건강하고 좋은 기분이기를 바라요.
당신이 행복하고 건강하면,
돈도 필요 없지요.
그러니 해피 갱과 함께 행복하세요.

해피 갱을 들으면 내 마음은 조바심으로 가득 찬다. 만일 행복하고 건강하지 못하다면 어떻게 되는 것일까? 그들은 그에 대해서는 아무 말도 하지 않는다. 그들은 항상 행복하다. 아니, 그렇다고 말한다. 그러나 나는 항상 행복하다는 말을 믿을 수 없다. 그러니까 그들은 어떤 때는 거짓말을 하고 있는 것이 분명하다. 그런데 그때가 언제인가? 가식적으로 들리는 그들의 웃음소리는 어디까지가 가식인가?

　잠시 후 도미니언 천문대의 공식 시각 신호가 들려온다. 처음에는 외계에서 들려오는 듯한 "삑삑" 소리, 다음에는 정적, 그다음에는 긴 신호음. 긴 신호음은 이제 오후 1시가 되었다는 의미다. 시간이 흐르고 있다. 긴 신호음이 나기 전의 정적 속에서 미래가 형태를 갖추고 있다. 나는 베개에 머리를 묻는다. 그 소리를 듣고 싶지 않다.

27장

더러운 재 찌꺼기와 젖은 종이와 축축한 낙엽들을 드러내며 겨울이 녹아내리고 있다. 처음에는 우리 뒤뜰의 거대한 표토 무더기가, 그다음에는 돌돌 말아 놓은 사각형 뗏장 더미가 드러난다. 부모님은 진흙투성이 장화에 흙 묻은 바지를 입고 마치 목욕탕 타일을 입히듯 뗏장을 진흙 위에 간다. 그들은 개밀과 민들레를 뽑아내고 파와 상추를 일렬로 심는다. 고양이들이 어디에선가 나타나 새로 간 부드러운 땅 위에 웅크리고 앉아 몸을 긁는다. 그러면 아버지는 뽑아낸 민들레 뭉치를 고양이들에게 던진다. "나쁜 고양이 놈들." 아버지가 말한다.

나무의 새순은 노란색으로 바뀌고, 아이들은 줄넘기 줄을 꺼낸다. 우리는 그레이스 집 차고 앞, 진분홍색 야생 능금나무 옆에 서 있다. 나와 캐럴은 양쪽에서 줄을 돌리고 그레이스와 코딜리어는 줄넘기를 한다. 우리는 함께 놀고 있는 아이들처럼 보일 것이다.

우리는 노래를 부른다.

어젯밤이 아닌 그저께 밤
스물네 명의 도둑이 우리 뒷문으로 들어왔네.
그리고 그들은…… 내게…… 이렇게 말했네!
숙녀분, 빙글 돌아요, 돌아요, 돌아요,
숙녀분, 땅을 짚어요, 땅을 짚어요, 땅을 짚어요.
숙녀분, 신발을 보여 줘요, 신발을 보여 줘요, 신발을 보여 줘요,
숙녀분, 숙녀분, 스물네 개의 스키두!

그레이스는 줄 가운데서 뜀뛰기를 하며 한 바퀴를 돌고, 진입로를 짚고, 한쪽 발을 침착하게 차 올리고, 작은 미소를 짓는다. 그녀는 실수하는 법이 거의 없다.

이 노래는 내게 위협적으로 들린다. 이것은 뭔가 모호한 불결함을 풍긴다. 이해할 수 없는 부분들이 있다. 도둑들과 그들의 괴상한 명령, 숙녀와 빙글 돌기, 마치 훈련된 개처럼 그녀가 보여 줘야 하는 여러 가지 재주. 그리고 마지막에 '스물네 개의 스키두'는 무슨 의미일까? 그녀는 도둑들이 집 안에서 원하는 것을 모두 훔치고, 아무 물건이나 망가뜨리고, 하고 싶은 것을 모두 하는 사이에, 밖으로 빨리 뛰어나오는 것일까? 아니면 그냥 죽어 버리는 것일까? 나는 그녀가 야생 능금나무에 줄넘

기 줄로 목을 매단 모습을 상상한다. 그녀에 대한 연민은 느끼지 않는다.

태양이 빛나고, 겨우내 사라졌던 구슬이 다시 등장하기 시작한다. 운동장에서는 아이들의 목소리가 높아진다. "순수, 순수, 철공, 철공, 하나당 두 개씩." 내게 그들의 목소리는 유령의 목소리, 혹은 덫에 걸린 동물의 소리처럼 들린다. 기진맥진한 고통의 가느다란 울음소리.

우리는 학교에서 집으로 오는 길에 나무다리를 건넌다. 나는 다른 아이들 뒤에서 걷는다. 부서진 판자 사이로 다리 아래의 땅이 보인다. 나는 오래전 오빠가 순수와 물아기와 고양이 눈 구슬을 담은 병을 다리 아래 어딘가에 묻은 것을 기억한다. 그 병은 아직도 땅속 어딘가 어둠 속에서 비밀스럽게 빛나며 묻혀 있을 것이다. 나는 보이지 않는 사악한 남자들을 개의치 않고 혼자 저 아래로 내려가 그 보물을 파내 모든 신비를 내 손에 움켜쥐는 상상을 한다. 지도가 없기 때문에 결코 병을 찾지는 못할 것이다. 그러나 다른 사람들이 전혀 모르는 것들에 대해 생각하고 있다는 사실이 즐겁다.

나는 겨울 내내 책상 서랍 한구석에 들어 있던 내 푸른 고양이 눈을 끄집어낸다. 햇빛이 관통하여 빛나도록 구슬을 치켜들고 꼼꼼히 살펴본다. 그 수정 구형체 속의 눈은 너무나 푸르고 너무나 깨끗하다. 얼음 속에 무엇이 동결되어 있는 것처럼 보인다. 나는 그것을 호주머니에 넣어 학교로 가져간다. 그러나 구슬치기에 내놓지는 않는다. 나는 그것을 손가락으로 굴리며 꼭 붙잡고 있는다.

"네 호주머니 속에 든 게 뭐니?" 코딜리어가 묻는다.

"아무것도 아니야. 그냥 구슬이야." 나는 말한다.

지금은 구슬치기가 한창이라서 모든 아이들이 호주머니에 구슬을 가지고 다닌다. 코딜리어는 그냥 넘어간다. 그녀는 이 고양이 눈이 나를 방어하는 어떤 힘을 가지고 있는지 알지 못한다. 이것을 간직하고 있으면 때로는 나도 이 구슬이 보는 대로 볼 수 있다. 나는 사람들이 빛나는 자동인형처럼 움직이는 것을, 그들이 입을 벙긋거리지만 어떤 진정한 말도 나오지 않는 것을 볼 수 있다. 그들의 형태와 크기를, 그들의 색깔을, 그들에 대한 아무런 느낌 없이 바라볼 수 있다. 나는 눈을 통해서만 살아 있는 것이다.

우리는 어느 해보다 더 오래 도시에 머문다. 여름 방학이 시작되고, 해가 잠자리에 든 후까지 떠 있고, 습한 열기가 증기를 뿜는 담요처럼 거리 위로 내릴 때까지 우리는 도시에 머문다. 나는 포도 맛이 아니라 살충제 맛이 나는 포도 청량음료를 마시며, 우리 가족이 북쪽으로 갈지 궁금해한다. 나중에 실망하지 않도록 북쪽으로 가는 일은 절대 없을 거라고 스스로에게 주입한다. 그러나 내 고양이 눈의 보호에도 불구하고 내가 이곳 생활을 오래 견디지 못하리라는 것을 나는 알고 있다. 내 마음은 내부를 향해 터져 버릴 것이다. 나는《내셔널 지오그래픽》잡지에서 심해 다이빙에 대해, 두꺼운 금속 잠수복을 입는 이유에 대해, 그런 복장을 하지 않으면 심해의 수압이 진흙을 움켜쥐듯 몸을 짜부라뜨려 결국 내파(內破)되어 버린다는 것에 대해 읽은 적이 있다. 바로 그 단어다. 내파. 그 단어에는 둔중하고 최종적인 울림이 있다. 납으로 된 문이 닫히는 소리처럼.

나는 차의 뒷좌석에 짐짝처럼 앉아 있다. 그레이스와 코딜리어와 캐럴은 사과나무 사이에 서서 바라보고 있다. 나는 그들을 외면하며 몸을 숙인다. 거짓으로 작별 인사를 하고 싶지는 않다. 차가 움직이자 그들은 손을 흔든다.

우리는 차를 몰아 북쪽으로 향한다. 토론토는 우리 뒤로 물러나고, 갈색으로 더러워진 공기가 멀리서 피어오르는 연기처럼 지평선 위로 보인다. 그제서야 나는 몸을 바로 하고 앞을 본다.

잎사귀들은 더 작아지고 더 노래지고, 봉오리 쪽으로 뒤로 접혀 있다. 공기는 상쾌하다. 길옆에서 까마귀가 차에 치여 죽은 호저 시체를 파먹는 것이 보인다. 호저의 털은 거대한 돌기처럼 보이고, 분홍색 창자는 스크램블드 에그처럼 멍울이 져 있다. 북쪽의 화강암 바위가 땅에서 똑바로 솟아난 것과 그것을 관통해 길이 펼쳐지는 것이 보인다. 주변의 늪에 죽은 나무가 꽂혀 있는 거친 연안의 호수가 보인다. 톱밥 연소기, 화재탑도 보인다.

인디언 세 명이 길옆에 서 있다. 무엇을 팔려는 것은 아니다. 그들은 바구니도 들고 있지 않고, 지금은 블루베리를 따기에는 너무 이르다. 그곳에 박혀 있는 듯 서 있는 그들의 모습. 익숙한 그들의 모습은 내게 풍경의 일부로만 존재할 뿐이다.

내가 차창으로 그들을 내다볼 때 그들도 나를 볼 수 있을까? 아마도 아닐 것이다. 나는 그들에게는 흐릿한 무엇, 멈추지 않는 차 속에 있는 많은 얼굴들 중의 하나일 뿐이다. 나는 그들에 대해, 아니 이 모든 것에 대해 아무런 권리도 주장할 수 없다.

나는 휘발유와 치즈 냄새가 풍기는 차 뒷좌석에 앉아 식료품을 사고 있는 부모님을 기다린다. 차는 나무로 된 잡화점 옆에 서 있다. 잡화점은 축 늘어진 낡은 회색 건물이고 외벽에는 온통 간판을 못 박아 놓았다. 블랙 캣 담배, 플레이어스 잡지, 코카콜라. 이곳은 조그만 마을 정도도 안 되고 그저 강변의 다리 옆 고속도로에 있는 넓은 장소에 불과하다. 이 강의 이름이 궁금했던 적도 있다. 오빠는 다리 위에 서서 나뭇조각을 상류에 던지고, 맞은편으로 나오기까지 얼마나 시간이 걸리는지 측정해서 강물의 속도를 계산한다. 흑파리가 날아다닌다. 몇 마리는 차로 들어와 차창을 기어오르다 떨어지고 다시 올라가기를 반복한다. 나는 그 모양새를 살펴본다. 그 벌레들의 굽은 등과 검붉은색의 작은 구근같이 생긴 배를 볼 수 있다. 나는 그것들을 창문에 짓눌러 버리고, 차창에는 내 붉은 핏자국이 남는다.

나는 이제 기쁨이 아닌 안도감을 느끼기 시작한다. 목이 답답하게 조여 오는 느낌이 사라져 버렸고, 더 이상 이를 악다물지 않으며, 발의 살갗은 다시 자라기 시작했고, 손가락은 일부 회복되었다. 뒷모습이 어떻게 보이는지 생각하지 않고 걷고, 내 말이 어떻게 들리는지 귀 기울이지 않고 말한다. 오랫동안 아무 말도 하지 않고 가만히 있기도 한다. 나는 이제 말로부터 자유로워졌다. 말 없음 속으로 주저앉을 수 있고, 마치 침대로 들어가듯이 무상(無常)한 흐름의 리듬 속에 잠길 수 있다.

올여름 우리는 슈피리어호의 북쪽 연안에 있는 오두막을 빌려 지낸다. 주변에는 별장들이 몇 채 있는데 대부분 비어 있다. 다른 아이들은 한 명도 없다. 호수는 거대하고 차갑고 푸르고 위험하다. 화물선을 가라앉게 할 수도 있고 사람을 익사시킬 수도 있다. 바람이 불면 바다와 같은 소리를 내며 파도가 일렁인다. 나는 그 호수에서 헤엄치는 것이 하나도 두렵지 않다. 얼어붙을 듯 차가운 물속으로 걸어 들어가면서 내 발, 그리고 다리가 물속에 잠기는 것을 본다. 발과 다리는 길고 하얗고, 땅에 있을 때보다 더 가늘어 보인다.

그곳에는 넓은 모래톱이 있고 그 한쪽 끝에는 커다랗고 둥근 돌들이 군락을 이루고 있다. 나는 그 돌들 사이에서 시간을 보낸다. 그것들은 물개처럼 둥글둥글하다. 단지 물개보다 딱딱할 뿐이다. 그 돌들은 태양 아래서 따뜻하게 데워지고 공기가 차가워지는 저녁에도 온기를 유지한다. 나는 내 브라우니 카메라로 그 돌들을 찍는다. 돌들에게 소의 종자에서 따온 이름을 붙여 준다.

모래톱 위쪽의 모래 언덕에는 강변 식물들, 솜털이 돋은 듯한 현삼과 자주색 꽃이 핀 살갈퀴와 작고 쓴맛이 나는 콩꼬투리와 다리를 할퀴는 풀들이 있다. 그 뒤쪽에는 떡갈나무와 줄

무늬 단풍나무와 자작나무와 백양나무가 서 있고, 그 사이에 발삼나무와 가문비나무가 자라는 숲이 있다. 덩굴옻나무가 있을 때도 더러 있다. 이것은 비밀스럽고 조심스러운 숲이다. 그러나 호숫가와 무척 가깝기 때문에 숲에서 길을 잃어버리는 일은 없다.

나는 숲을 걷다가 죽은 까마귀를 발견한다. 죽은 까마귀는 살아 있는 것보다 더 커 보인다. 나는 그것을 나무 막대기로 찔러 보고 뒤집어 본다. 구더기가 우글거린다. 썩은 물건 냄새, 녹슨 냄새, 그리고 이상하게도, 먹은 적은 있지만 기억할 수 없는 음식의 냄새 같은 것이 풍긴다. 그것은 검은색이지만 색깔이라기보다는 무슨 구멍처럼 보인다. 부리는 오래된 발톱처럼 윤기가 없고 뿔 같은 색이다. 눈은 쪼그라들었다.

나는 죽은 개구리나 죽은 토끼 같은 죽은 동물들을 본 적이 있지만, 이 까마귀는 더 죽어 보인다. 까마귀는 무력하게 쪼그라든 눈으로 나를 쳐다본다. 그 눈을 막대기로 찔러 버릴 수도 있다. 내가 무슨 짓을 가하더라도 그것은 아무것도 느끼지 못할 것이다. 어느 누구도 그것에게 해를 가할 수 없는 것이다.

이 호숫가에서 낚시하기란 쉬운 일이 아니다. 이곳에는 서 있을 곳도, 부두도 없다. 강의 물살 때문에 우리끼리 배를 타고 나가는 것은 허용되지 않는다. 사실 현재 우리는 배도 없다. 오빠는 다른 일들을 하는 중이다. 그는 쌍안경으로 살펴보면서 호수를 다니는 화물선들의 굴뚝 종류를 수집한다. 혼자

체스를 두거나 불쏘시개를 쪼개거나 나비 도감을 들고 홀로 긴 산책을 나간다. 나비를 잡아서 판지에 핀으로 꽂아 표본을 만드는 일에는 관심이 없다. 그저 나비를 보고 식별하고 수를 세고 싶어 할 뿐이다. 그는 도감의 뒷면에 목록을 만들어 나비에 대해 적어 둔다.

나는 오빠의 도감에 있는 나비 그림 보는 것을 좋아한다. 내가 가장 좋아하는 것은 커다랗고 연녹색이며 날개에 초승달 무늬가 있는 긴꼬리산누에나방이다. 오빠는 그것을 찾아서 내게 보여 준다. 그는 말한다. "만지지 마. 그러면 날개에서 가루가 떨어져서 날지 못하게 되니까."

그러나 나는 오빠와 체스는 두지 않는다. 나만의 화물선 굴뚝이나 나비 목록도 만들지 않는다. 나는 이길 수 없는 놀이에는 흥미를 잃기 시작한다.

환한 햇빛이 비치는 숲 언저리를 따라 초크체리나무들이 서 있다. 붉은 초크체리가 익어서 반투명하게 변한다. 그 열매는 너무 시어서 입을 마르게 한다. 나는 그 열매를 돼지기름용 양동이에 따 넣고 죽은 잔가지와 잎사귀를 가려낸다. 어머니는 그것을 끓이고 천으로 된 젤리 거르는 주머니로 씨를 걸러 내고 설탕을 첨가해서 젤리를 만든다. 어머니는 젤리를 뜨거운 병에 붓고 파라핀 왁스로 봉한다. 나는 아름다운 붉은 병의 수를 센다. 내가 도와서 만들어 낸 것이다. 그것은 유독성 물질처럼 보인다.

마치 이제야 허가를 받은 것처럼 나는 꿈을 꾸기 시작한다.

내 꿈은 총천연색이고, 아무런 소리가 없다.

　나는 죽은 까마귀가 살아 있는 꿈을 꾼다. 까마귀는 그래도 여전히 죽은 것처럼 보인다. 그것은 이리저리 깡총거리며 그 부패한 날개를 퍼덕인다. 그리고 나는 심장이 빠르게 뛰는 가운데 잠에서 깨어난다.

　나는 토론토에서 내 겨울옷을 입는 꿈을 꾼다. 그러나 드레스가 맞지 않다. 옷을 머리에 뒤집어쓰고 소매에 팔을 끼우려고 애쓴다. 거리를 걷는 동안 내 몸의 일부, 벌거벗은 몸의 일부가 옷 밖으로 비집고 나온다. 나는 수치심을 느낀다.

　나는 내 푸른 고양이 눈이 하늘에서 태양처럼, 아니면 태양계에 대한 책에 나오는 행성 그림처럼 빛나는 꿈을 꾼다. 그러나 그것은 따뜻하지 않고 차갑다. 그것이 가까이 다가오기 시작한다. 하지만 더 커지지는 않는다. 밝게 빛나고 매끈한 그것이 하늘에서 내 머리로 곧장 떨어진다. 그것은 나를 치고, 내 안으로 들어간다. 그러나 차갑다는 것 외에는 아무런 아픔도 느껴지지 않는다. 그 차가움이 나를 잠에서 깨운다. 담요가 마룻바닥에 떨어져 있다.

　나는 협곡 위의 나무다리가 산산조각 나는 꿈을 꾼다. 나는 그 위에 서 있고, 나무판자는 금이 가고 갈라지며 다리는 흔들린다. 나는 난간에 매달려 남아 있는 판자를 딛고 걷는다. 그러나 다리가 아무것에도 연결되어 있지 않기 때문에 나는 사람들이 서 있는 언덕까지 갈 수 없다. 어머니도 언덕에 있지만, 어머니는 다른 사람들과 이야기를 나누고 있다.

　나는 초크체리나무에서 초크체리를 따서 돼지기름용 양동

이에 담는 꿈을 꾼다. 단 그 열매는 초크체리가 아니다. 그것은 선명하게 붉은 반투명의 벨라도나 열매다. 그 열매는 흑파리의 몸처럼 피로 가득 차 있다. 열매는 내가 만지자 터져 버리고, 손에 피가 흐른다.

나는 코딜리어 꿈은 절대 꾸지 않는다.

아버지는 저녁마다 모래톱에서 곰처럼 육중하게 뛰고 "허허허." 웃으며 우리와 술래잡기를 한다. 1센트짜리, 10센트짜리 동전이 아버지의 호주머니에서 떨어진다. 배가 연기를 꼬리처럼 끌며 멀리서 천천히 떠가고, 해는 장미색으로 물들며 고요하게 왼쪽으로 진다. 나는 세면기 위에 달린 거울을 들여다본다. 얼굴이 갈색으로 그을고 통통해졌다. 어머니는 화목 난로가 있는 작은 부엌에서 나에게 미소 지으며 한 손으로 안아 준다. 어머니는 내가 행복하다고 느끼는 것이다. 어떤 날에는 밤에 특별 간식으로 마시멜로를 먹는다.

6부

고양이 눈

28장

　예전 심슨스 백화점 지하층은 싸구려 옷가지와 잡동사니를 파는 곳이었다. 이제 이곳은 화려함으로 눈부시다. 피라미드처럼 쌓인 수입 초콜릿과 아이스크림 판매대, 포장지에 찍힌 유통 기한을 향해 작은 시계처럼 똑딱거리며 상품으로서 수명을 보내는 고급 쿠키와 미식가용 음식 통조림이 진열된 여러 개의 통로가 있다. 심지어 에스프레소 판매대까지 있다. 내가 고등학생이었을 때 얼마 되지 않는 용돈으로 세일 기간에 너무 커 맞지도 않는 싸구려 잠옷을 샀던 이곳은 이제는 그야말로 정말 세계 정상급이다. 나는 이 모든 초콜릿에 압도된다. 바라보는 것만으로도 크리스마스와 과식 후의 거북함을 떠올리게 된다. 과식과 만복감.

　나는 에스프레소 판매대에 앉아서 그 엄청난 설탕으로 뒤범벅된 자기 탐닉의 광경을 본 후에 몰려드는 무력감을 달래기 위해 카푸치노를 마신다. 에스프레소 판매대는 진녹색의 가짜 혹은 진짜 대리석이다. 누가 상상으로 이탈리아를 재현했는지, 귀여운 차양을 펼쳐 놓고 작은 회전의자를 갖다 놓았다. 이곳에서는 구두 수선점이 바라다보인다. 그것은 세계 정상급과는 약간 거리가 있지만 내게는 안도감을 준다. 이렇게 초콜릿이 넘쳐 나도, 사람들은 계속해서 신발을 수선하며, 약간 닳았다고 해서 그냥 내던져 버리지 않는 것이다.

나는 어린 시절의 신발들에 대해 생각한다. 앞코가 닳아 버리고 밑창은 반만 남고 새로 굽을 단 갈색 옥스퍼드 슈즈, 너덜너덜하고 지저분한 흰색 운동화, 양말 위에 신던 버클이 두 개 달린 갈색 샌들. 신발 대부분은 갈색이었다. 그 색은 물렁한 당근과 무른 감자와 미끈거리는 양파를 넣어 압력솥에서 익힌 냄비 구이 쇠고기와 잘 어울렸다. 압력솥 위에는 호루라기처럼 생긴 물건이 달려 있었다. 그것에 주의를 기울이지 않으면 뚜껑은 폭탄처럼 폭발하고, 당근과 감자는 천장으로 날아가 죽처럼 붙어 버린다. 어머니도 이런 일이 한 번 있었다. 다행히 부엌에 없었기 때문에 화상을 입지는 않았다. 무슨 일이 일어났는지 알아차렸을 때도 어머니는 화를 내지 않았다. 웃으며 이렇게 말했을 뿐이다. "정말 타의 추종을 불허하는 멍청한 짓 아니니?"

어머니는 대부분 요리를 맡아서 했지만 그다지 내켜하지는 않았다. 대체적으로 어머니는 집안일을 즐기지 않았다. 지하층에 있는 여행용 트렁크에는 1920년대의 커트 벨벳 천으로 된 야회복과 승마용 바지, 진짜 은으로 만들어진 물건들이 들어 있었다. 정교한 장식의 소금 통과 후추 통, 닭발 모양 각설탕 집게, 은으로 된 꽃이 풍성하게 꽂힌 장미 단지. 검게 산화된 그 물건들은 얇은 종이에 포장되어 이곳 지하층에 놓여 있었다. 그렇게 두지 않으려면 닦아 주어야 한다. 우리 집의 나이프와 포크와 숟가락은 장식 문양 때문에 낡은 칫솔로 닦아야 했다. 식탁의 소용돌이 무늬 다리에는 먼지가 쉬이 앉았고, 다른 사람들이 벽난로 선반 위에 놓아두는 물건들에도(어머니는 그것을 거시기라고 불렀다.) 역시 먼지가 잘 쌓였다. 그렇지만 어머니는 케이크 만드는 것은 좋아했다. 아니, 내가 그렇게 생각하고 싶어 하는 것일 수도 있다.

내가 어머니였다면 어떻게 했을 것인가? 어머니는 내게 무슨 일이 일어나고 있는지, 아니 적어도 무슨 일인가 일어나고 있다는 것 정도는 알고 있었을 것이다. 처음부터 어머니는 나의 침묵과 깨문 손가락과 살갗을 벗겨 검게 딱지가 앉은 입술을 분명 보았을 것이다. 만일 그런 일이 지금 내 아이에게 일어난다면 나는 어떻게 대처할지 알고 있다. 그렇지만 그때는? 그때는 선택의 여지가 별로 없었고, 우리는 많은 일들에 대해 침묵을 지켰다.

언젠가 나는 어머니에 대한 연작을 그린 적이 있다. 이중의 삼면화, 혹은 만화책처럼 화판 여섯 개에 그린 여섯 점의 그림을 위쪽에 세 점, 아래쪽에 세 점으로 나누어 배열한 작품이었다. 첫 번째 그림은 1940년대 후반풍 드레스를 입은 어머니가 도시의 집 부엌에 있는 모습을 색연필로 그린 것이다. 심지어 어머니에게도 짙푸른색 테두리에 푸른 꽃무늬 가슴판이 달린 앞치마가 있었고, 심지어 그녀도 때때로 그것을 착용했다. 두 번째 그림은 같은 모습을 옛《레이디스 홈 저널》과《샤틀렌》잡지의 삽화를 오려 붙여 콜라주 기법으로 만든 것이다. 사진은 쓰지 않고, 고약한 초록색과 바랜 파란색과 더러워 보이는 분홍색으로 그려진 예술 작품을 오려서 사용했다. 세 번째 그림은 같은 모습을 하얀 바탕 위에 하얀색으로 그린 것이다. 불룩한 부분은 공예용 철끈을 나란히 배치해 윤곽을 만들어 하얀 천으로 덮인 배경 위에 붙였다. 왼쪽 그림에서 오른쪽으로 옮겨 가며 바라보면 마치 어머니가 실제 인물에서 바빌로니아의 얕은 돋을새김의 그림자로 변화하듯 천천히 녹아 없어지는 듯한 느낌을 준다.

아래쪽의 세 개는 반대 방향으로 되어 있다. 첫 번째는 공예용 철끈 작품, 그다음에는 콜라주로 된 같은 인물, 마지막은 총천연색으로 사실적인 세부 사항을 그린 그림. 이 그림들 속에서 어머니는 헐렁한 바지와 장화와 남성용 외투를 입고 야외에 피운 불에서 초크체리잼을 만들고 있다. 이 그림들은 일종의 구체화 과정이라고 할 수 있을 것이다. 하얀 공예용 철끈으로 된 안개로부터 일상의 현실적인 빛 속으로의 이행.

나는 이 연작을 「압력솥」이라고 명명했다. 제작된 시기와 그 당시 유행하던 경향 때문에 어떤 사람들은 이것이 대지의 여신에 대한 것이라고 생각했다. 어머니가 얼마나 집안일을 싫어했는지 생각해 보면 너무나 우스꽝스러운 발상이었다. 어떤 이들은 이것이 여성의 노예화에 대한 것이라고 생각했으며, 또 다른 이들은 여성을 부정적이고 사소한 살림꾼 역할에 정형화시키는 것이라고 생각했다. 그러나 이것은 그저 나의 어머니가 1940년대 후반에 으레 하던 그대로 요리하는 모습을 그린 것에 불과하다.

나는 어머니와 사별 직후 이 작품을 그렸다. 어머니를 다시 살아나게 하고 싶었던 것 같다. 어머니가 시간을 초월하기를 바랐던 것 같다. 비록 이 세상에 시간을 초월한 것이란 존재하지 않지만. 이 어머니 그림은 다른 모든 것과 마찬가지로 시간 속에 흠뻑 잠겨 있다.

나는 카푸치노를 다 마시고, 돈을 지불하고, 접대해 준 이탈리아 복장 웨이터에게 팁을 남긴다. 나는 이 식료품 매장에서 음식을 사지 않을 것이다. 너무 주눅이 들었다. 평상시나 다른 도시에서였다면 주눅 들지 않았을 것이다. 나는 성인이며 쇼핑에 익숙하다. 그렇지만 이곳에서 지금 당장 내가 원하는 것을 어떻게 살 수 있겠는가? 나는 집으로 돌아가는 길에 자정까지 우유를 팔고 약간 묵은 하얀 식빵이 있는 그런 작은 가게에 들를 것이다. 이제 그런 가게는 바네르지 씨와 피부색이 같은 사람들이나 중국인들이 운영한다. 그 사람들이 예전에 그런 가게를 운영하던 창백한 백인들보다 더 친절하라는 법은 없지만, 그들이 무엇에 대해 불만을 가지고 있는지 대략적인 내용은 좀 더 쉽게 추측할 수 있다. 물론 자세한 것은 알수 없다.

나는 에스컬레이터를 타고 향수가 뿌려진 1층의 후끈한 공기 속으로 다시 올라온다. 이곳의 공기는 너무 나쁘다. 사향 냄새가 지나치게 짙고, 돈 냄새가 압도적이다. 나는 밖으로 나가서 서쪽을 향해 걷는다. 진열장에 있는 흉측한 마네킹을 지나고, 쌍각류(雙殼類) 조개처럼 생긴 시청을 지나간다.

　앞쪽 보도에 몸이 하나 누워 있다. 사람들이 다가와 내려다보고, 눈길을 돌리고, 계속해서 걷는다. 나를 향해 걸어오는 얼굴들에 '이건 나와는 상관없는 일이야.'라는 표정을 조심스럽게 다듬은 흔적이 보인다.

　가까이 다가가서 보니 누워 있는 사람은 여자다. 그녀는 하늘을 보고 누워서 내 눈을 똑바로 응시한다. "숙녀분, 숙녀분, 숙녀분." 그녀는 말한다.

　숙녀라는 단어는 지나치게 남용되었다. 고귀한 숙녀, 피부가 검은 숙녀, 저 여자는 정말 숙녀야, 나이 든 숙녀 레이스, 들어 보세요, 숙녀분, 헤이, 젊은 숙녀분, 어디로 가는지 주의하라고, 숙녀용. 이 단어는 이제 립스틱처럼 닳아 버렸고, 여성으로 대체되었다. 그러나 이 말은 여전히 마음을 끄는 결정적인 힘을 가지고 있다. 무엇인가를 간절히 바랄 때, "여자분, 여자분." 하기보다는 "숙녀분, 숙녀분."이라고 한다. 그리고 이 여자는 지금 그렇게 말하고 있는 것이다.

　나는 생각한다. '이 여자가 심장 마비를 일으킨 것이라면 어떻게 해야 할까?' 나는 그녀를 살펴본다. 이마에 피가 묻어 있다. 많이 나는 것은 아니고 조금 찢어졌다. 아마도 넘어지면서 이마를 찢은 것 같다. 그리고 아무도 그 곁에 발길을 멈추지 않는 가운데, 싸구려 녹색 개버딘 코트와 온통 갈라진 형편없는 구두 차림으로 팔을 대자로 뻗은 몸집 큰 오십 대 남짓한 여성이 정면으로 누워 있는 것이다. 갈색 눈 주변의 그을린 피부는 붉게 부풀어 올랐고, 백발이 섞인 긴 검은 머리는 보도에 흐트러져 있다.

"숙녀분." 그녀가 무슨 말을 한다. 불분명한 웅얼거림이다. 여하튼 그녀는 이제 나를 사로잡았다.

나는 누구 관심을 가지는 사람이 있는지 어깨 너머로 살펴본다. 그러나 아무도 응하지 않는다. 나는 무릎을 꿇고 그녀에게 말을 건다. "괜찮아요?" 괜찮지 않다는 것이 명백한데 무슨 바보 같은 질문이란 말인가? 토사물과 술이 여기저기 쏟아져 있다. 그녀에게 커피를 사 주러 데려가는 내 모습을 상상한다. 그런 다음에는 어디로 데려갈 것인가? 나는 그녀를 떼어 낼 수 없을 것이다. 그녀는 작업실까지 따라와서 욕조에 구토하고, 푸톤 위에서 잠잘 것이다. 그런 이들은 항상 나를 붙잡아 낸다. 그들은 내가 오는 것을 알아차릴 수 있으며, 내가 아무리 심하게 이맛살을 찌푸려도 군중 속에서 찾아낼 수 있다. 보도의 랩 가수, 통일교 신자들, 기타를 연주하며 지하철 표를 요구하는 젊은이들. 무기력한 자들의 손아귀에 나는 무기력하다.

"그냥 취했을 뿐이에요." 한 남자가 지나가며 말한다. 뿐이라니? 그것만으로도 끔찍한 일이 아닌가?

나는 말한다. "여봐요, 일어나도록 도와 드릴게요." '뱅충이 같으니.' 나는 스스로를 질타한다. '이 여자는 네게 돈을 구걸

할 것이고 너는 돈을 주겠지. 그러면 그녀는 싸구려 포도주에 돈을 다 써 버리고 말 거야.' 그러나 나는 그녀가 일어서도록 도와주고, 그녀는 내게 구부정하게 몸을 기댄다. 가까운 벽으로 끌고 갈 수 있다면 나는 그녀를 벽에 기대어 세워 놓고 먼지를 좀 털어 준 후 어떻게 벗어날 것인지를 고민할 것이다.

"여보세요." 내가 말한다. 그러나 그녀는 벽이 아니라 내게 기댄다. 그녀의 숨결에서는 끔찍한 사고의 냄새가 풍긴다. 이제 그녀는 울고 있다. 어린아이의 부끄러움 없고 버림받은 듯한 울음. 그녀의 손가락이 내 소맷자락을 부여잡는다.

그녀가 말한다. "나를 내버려 두지 말아요. 맙소사, 제발 나를 혼자 남겨 두지 말아요." 그녀의 눈은 감겨 있고 목소리는 순전한 곤궁함, 순전한 비통함으로 가득 차 있다. 그것은 나의 가장 약한 부분, 가장 슬픔에 민감한 부분을 건드린다. 그러나 나는 결핍이 무엇인지, 상실이 무엇인지 아는 사람의 대리인에 불과하다. 내가 할 수 있는 일은 아무것도 없다.

"자, 여기." 내가 말한다. 나는 지갑을 뒤져서 10달러짜리 지폐를 찾아내어 빚을 갚듯이 그녀의 손에 구깃구깃 쥐여 준다. 나는 동정에 약한 사람, 피 흘리는 가슴이다. 내 심장에는 베인 상처가 있고, 돈이 피처럼 흘러내린다.

"하느님의 은총이 있기를." 그녀가 말한다. 그녀의 머리가 양쪽으로, 벽이 있는 뒤쪽으로 흔들린다. "하느님이 숙녀분을 축복하기를, 성모님께서 축복하시길." 혀가 풀린 축복이지만 그래도 나는 그 축복이 필요하지 않은가? 그녀는 가톨릭 신자가 틀림없다. 성당을 찾아 작은 소포라도 되는 것처럼 그녀를 문틈으로 밀어 넣을 수도 있다. 그녀는 그들에게 속한 자이므로 그들이 책임져야 하는 것이다.

내가 말한다. "나는 이제 가야 해요. 당신은 이제 괜찮을 거예요." 나는 악다문 이 사이로 거짓말을 뱉어 낸다. 그녀는 초점을 맞추려고 애쓰며 눈을 크게 뜬다. 얼굴이 평정해진다.

"나는 당신을 알아요. 당신은 우리 성모님이고, 나를 사랑하지 않죠." 그녀가 말한다.

완전한 술주정 광기, 그리고 완전히 잘못된 사람이다. 나는 그녀가 전기가 통하는 소켓이라도 되는 양 손을 뗀다. "그래요." 내가 말한다. 그녀 말이 옳다. 나는 그녀를 사랑하지 않는다. 그녀의 눈동자는 갈색이 아니라 녹색이다. 코딜리어처럼.

나는 손에 자책감을 안고 그녀로부터 발걸음을 옮기며, 스스로를 이렇게 면죄한다. 나는 좋은 사람이다. 그녀는 죽어 갔을 수도 있다. 나 말고는 아무도 발길을 멈추지 않았다.

그런 행동을 선함과 혼동하다니, 나는 바보다. 나는 선하지 않다.

나는 선하기에는 너무 많은 것을 알고 있다. 나는 나 자신을 안다.

내가 복수심에 불타고 탐욕스럽고 교활하다는 것을 안다.

29장

우리는 9월에 돌아온다. 북쪽에서는 밤이 되면 기온이 낮아지고 나뭇잎 색깔이 변하기 시작한다. 그러나 도시는 여전히 덥고 여전히 습도가 높다. 놀랄 만큼 시끄럽고, 휘발유 악취와 열기에 녹아내린 길에서 나는 타르 냄새가 풍긴다. 우리집 실내의 공기는 여름 내내 더위에 갇혀 있었던 탓에 퀴퀴하고 탁하다. 수도꼭지를 틀자 처음에는 녹물이 쏟아진다. 나는 불그스름하고 미지근한 물로 목욕을 한다. 벌써부터 내 몸은 굳어지고 모든 감정들이 사라지기 시작한다. 미래는 문처럼 내 앞에서 닫히고 있다.

코딜리어는 나를 기다려 왔다. 통학 버스 정류장에서 그녀를 보는 순간 나는 그것을 알아차린다. 여름 방학 전에 그녀는 무관심한 시기를 중간에 두고 친절함과 적개심 사이를 오갔다. 그러나 이제 그녀는 더 가혹하고 더 무자비하다. 마치 자신이 어느 정도까지 극한으로 갈 수 있는지 보고자 하는 욕망에 사로잡힌 것 같다. 그녀는 나를 가장자리로, 절벽 가장자리 같은 곳으로 뒷걸음질 치도록 만든다. 한 발짝 더, 한 발짝 더. 나는 가장자리를 넘어 추락하게 될 것이다.

캐럴과 나는 이제 5학년이다. 새 담임은 스튜어트 선생이다. 그녀는 스코틀랜드 출신으로, 사투리 억양이 있다. "야들아." 그녀는 말한다. 그녀는 말린 작은 히스 꽃다발이 든 젤리 용기를 책상에 놓아두었고, 자기와 성이 같고 잉글랜드 사람들 때문에 몰락하게 되었던 보니 프린스 찰리[48]의 세밀 초상화를 가지고 있으며, 핸드 로션 병을 책상 서랍 속에 넣어 둔다. 직접 제조한 로션이다.

오후가 되면 선생은 차를 한 잔 끓인다. 일반적인 차 냄새가 아니라 그녀가 작은 은색 병에서 꺼내 차에 넣는 무언가의 냄새가 풍긴다. 그녀는 아름답게 굽슬거리는 푸르스름한 백발에, 살랑살랑 스치는 소리가 나는 연자줏빛 실크 드레스를 입고 레이스가 달린 손수건을 소매 끝에 꽂고 있다. 그녀는 분필 가루에 알레르기가 있기 때문에 종종 간호사가 쓰는 거즈 마스크로 코와 입을 가린다. 그렇다고 해서 산만한 남학생들에게 칠판 지우개를 던지지 않는 것은 아니다. 비밀스럽게, 그

---

48) Charles Edward Stuart (1766~1788). 명예혁명으로 잉글랜드의 왕위에서 물러난 제임스 2세의 손자다. 스튜어트 왕조를 재건하고자 잉글랜드를 침공했으나 실패하고 스코틀랜드에서 도망 다니다 유럽 대륙으로 망명했다.

리고 약하게 던지기는 하지만, 절대로 빗맞추는 경우는 없다. 맞은 학생은 지우개를 그녀에게 가져다주어야 한다. 남자아이들은 이런 일을 싫어 하는 것 같지 않다. 그들은 칠판 지우개로 맞는 것을 우대의 표시로 생각한다.

모든 사람들이 스튜어트 선생을 좋아한다. 캐럴은 우리가 그녀 반이라서 다행이라고 말한다. 좀 더 기운이 있다면 나도 그녀를 좋아할 것이다. 그러나 나는 너무나 무감각하고 속박된 것 같은 상태다.

나는 내 고양이 눈을 호주머니 속에 넣고 꼭 붙잡고 있는다. 보석처럼 소중한 그것은 내 손 안에서 그 공정한 눈으로 뼈와 천을 꿰뚫고 밖을 내다본다. 그것이 지닌 힘의 도움을 받아 나는 온전한 시력을 회복한다. 내 앞에는 코딜리어, 그레이스, 캐럴이 있다. 나는 그들이 걷는 모습을, 그림자가 한쪽 다리에서 다른 쪽으로 움직이는 모양을, 카디건의 붉은 사각형과 치마의 푸른 삼각형처럼 구획된 색깔들을 본다. 그들은 앞에서 움직이는 작고 선명한 꼭두각시처럼 보인다. 나는 내 의지에 따라 그들을 볼 수도, 보지 않을 수도 있다.

나는 다리로 향하는 오솔길에 도착하고, 붉은 열매가 달린 벨라도나 덩굴과 물결치는 이파리를 지나서 어슬렁거리는 고양이를 뒤로하고 아래로 내려가기 시작한다. 그들 셋은 벌써 다리 위에 서서 나를 기다린다. 나는 그들의 타원형 얼굴을, 얼굴 둘레의 머리 윤곽을 바라본다. 그들의 얼굴은 썩은 달걀처럼 보인다. 내 발걸음은 언덕 아래쪽을 향한다.

나는 투명 인간이 되는 상상을 한다. 길옆에 있는 덤불 숲에서 벨라도나 열매를 먹는 상상을 한다. 세탁실에 있는 해골이 그려진 자벡스 상표 표백제를 마시는 상상을, 다리에서 뛰어내려 호박처럼 눈과 입술 반쪽이 으깨지는 상상을 한다. 나는 그렇게 산산조각이 날 것이다. 죽은 사람들처럼 그렇게 죽을 것이다.

이런 짓은 하고 싶지 않다. 모두 두려운 일들이다. 그러나 코딜리어가, 경멸 어린 목소리가 아닌 친절한 목소리로 이런 짓을 하라고 내게 말하는 것을 상상한다. 머릿속에서 그녀의 친절한 목소리를 듣는다. "그렇게 해. 어서." 나는 그녀를 기쁘게 하기 위해 그렇게 할 것이다.

나는 오빠에게 말하고 도움을 청할까 생각해 본다. 그러나 정확히 무슨 말을 할 것인가? 눈이 멍든 것도 아니고 코피가 난 것도 아니다. 코딜리어는 신체에는 아무 해도 입히지 않는다. 만일 나를 괴롭히는 것이 남자아이들이었다면, 그들이 나를 쫓아다니고 놀리는 것이었다면 오빠는 어떻게 대처해야 할지 알 것이다. 그러나 나는 남자아이들에게 이런 식으로 놀림을 당하는 것이 아니다. 여자아이들과 그들의 우회적인 방법과 그들의 소곤거림에 대해서 오빠는 무기력하다.

뿐만 아니라 나는 수치심을 느낀다. 오빠가 나를 비웃을 것이, 내가 여자아이들에게 나약하게 구는 것을 보고 아무것도 아닌 것을 가지고 호들갑을 떤다고 나를 무시하게 될 것이 두렵다.

나는 부엌에서 어머니를 도와 머핀 틀에 기름칠을 하고 있다. 기름이 금속판 위에 남기는 무늬를 바라본다. 손톱 끝의 초승달 무늬와 물어뜯은 살을 본다. 내 손가락은 둥근 무늬를 그리며 움직인다.

어머니는 소금 분량을 재고 밀가루를 체로 쳐 머핀 반죽을 만든다. 체가 사포처럼 건조한 소리를 낸다. "꼭 그 아이들과 놀 필요는 없단다. 같이 놀 수 있는 다른 여자애들이 있을 거야."

어머니가 말한다.

나는 어머니를 쳐다본다. 비참함이 느린 바람처럼 몰려온다. 어머니는 무엇을 알아차렸고, 무슨 짐작을 했으며, 무슨 행동을 취하려는 것일까? 어쩌면 그 아이들의 어머니들에게 말할지도 모른다. 그것은 어머니가 할 수 있는 최악의 행동일 것이다. 그리고 나는 어머니가 그렇게 하는 것을 상상할 수 없다. 어머니는 다른 어머니들과 다르고, 보통 어머니들의 개념에 잘 맞아 들어가는 사람이 아니다. 어머니는 다른 어머니들처럼 집 안에 박혀 있지 않는다. 어머니는 공기처럼 가볍고 규정하기 힘든 사람이다. 다른 어머니들은 이웃에 있는 스케이트장에 스케이트를 타러 가거나 혼자서 협곡으로 산책을 가지 않는다. 그들은 어머니와는 다른 식의 어른인 것 같다. 나는 트윈 세트를 입은 캐럴 어머니의 모습을, 그녀의 회의적인 미소를, 사슬 줄이 달린 안경과 모호함을 지닌 코딜리어의 어머니를, 그레이스의 어머니와 그녀의 머리핀과 앞으로 늘어지는 앞치마를 떠올린다. 어머니가 느슨한 바지를 입고 잡초 한 다발을 들고 어색한 모습으로 그들 집 정문에 나타난다. 그들은 어머니가 하는 말을 믿지 않을 것이다.

"내가 어렸을 때는, 아이들이 서로 별명을 부르곤 했을 때, 우리는 이렇게 말하곤 했어. '막대기와 돌멩이는 내 뼈를 부러뜨릴 수 있지만 별명은 나를 해하지 못한다.'라고." 어머니가 말한다. 어머니의 팔은 반죽을 세게 효과적으로 섞으며 활기차게 움직인다.

"그 아이들은 내 별명을 부르지 않아요." 내가 말한다. "걔들은 내 친구라고요." 나는 그렇게 믿는다.

어머니가 말한다. "너 자신을 방어하는 법을 배워야 해. 그 아이들이 너를 못살게 굴도록 내버려 두지 마라. 나약하게 행동하지 마. 등뼈를 곧추세우고 기개를 갖추어야 해." 어머니는 반죽을 머핀 틀에 조금씩 담는다.

나는 정어리와 그 등뼈를 생각한다. 그 등뼈를 먹어 치울 수도 있다. 그 뼈는 이 사이에서 으스러진다. 한 번 이를 갖다 대면 산산이 부서진다. 내 등뼈도 아마 그럴 것이다. 아니 나는 등뼈가 거의 없는지도 모른다. 내게 일어나는 일들은 더 강한 등뼈를 갖지 못한 내 잘못이다.

어머니는 그릇을 내려놓고 팔로 나를 감싸 안는다. "내가 어떻게 해야 좋을지 알고 싶구나." 어머니가 말한다. 이것은 일종의 고백이다. 이제 나는 지금까지 어렴풋이 짐작하던 것의 진실을 알게 되었다. 이 문제에 관한 한 어머니는 무기력한 것이다.

나는 머핀 반죽을 틀에 담으면 곧바로 구워야 한다는 것을 알고 있다. 그러지 않으면 제대로 부풀어 오르지 않아 딱딱하

게 된다. 위로를 받기 위해 어머니의 주의를 산만하게 하는 사
치를 나는 감히 누릴 수 없다. 그것에 승복해 버리면 내가 그
나마 가지고 있는 작은 등뼈는 으스러져 아무것도 남지 않을
것이다.

나는 어머니의 품에서 몸을 빼낸다. "반죽을 오븐에 넣어야
지요." 내가 말한다.

30장

코딜리어가 학교에 거울을 갖고 온다. 작고 평범한 타원형에 테가 없는 휴대용 거울이다. 그녀는 호주머니에서 거울을 꺼내 내 얼굴에 갖다 대고 말한다. "너 자신을 좀 봐. 한번 보라고!" 그녀의 목소리는 내 얼굴 자체가 무슨 일을 저질렀다는 듯, 너무 지나친 상태에 이르렀다는 듯, 혐오감과 싫증으로 가득 차 있다. 나는 거울 속의 내 얼굴을 들여다보지만 보통 때와 다른 점을 발견할 수 없다. 그것은 그저 내 얼굴일 뿐이다. 껍질을 뜯어낸 입술에는 검은 딱지가 있다.

우리 부모님은 브리지 파티를 열곤 한다. 거실에 있는 가구들을 벽으로 밀어붙이고, 브리지 탁자 두 개와 브리지 의자 여덟 개를 펼쳐 놓는다. 탁자마다 중앙에 짭짤한 견과류와 여러 종류의 사탕을 각각 담은 도자기 접시를 두 개 놓는다. 이것은 '브리지용 종합 사탕'이라고 불린다. 탁자마다 재떨이도 있다.

이내 초인종이 울리기 시작하고 사람들이 들어온다. 집은 낯선 담배 냄새로 가득 차고, 그 냄새는 먹고 남은 사탕과 견과류와 함께 아침까지 남는다. 시간이 흐름에 따라 웃음소리가 점점 더 높아진다. 나는 침대에 누워 사람들이 웃음을 터뜨리는 소리를 듣는다. 고립된 듯한, 혼자 남겨진 듯한 느낌이다. 나는 이런 행동이, 이 소음과 냄새가 왜 다리를 의미하는 '브리지'라고 불리는지 알 수 없다. 이것은 다리와 전혀 다르다.

바네르지 씨도 가끔 이 브리지 파티에 온다. 나는 그를 한 번이라도 보기 위해 플란넬 잠옷 바람으로 복도 한구석에 숨어 기다린다. 그를 짝사랑하거나 뭐 그런 것은 전혀 아니다. 내가 그를 보고 싶어 하는 것은 일종의 조바심과 동료 의식 때문이다. 나는 그가 그의 삶을, 칠면조 요리를 먹어야 한다는 것을, 그 외의 일들을 어떻게 대처하고 처리하는지 보고 싶은 것이다. 그의 그늘지고 사로잡힌 듯한 눈과 약간 신경질적으로 들리는 웃음으로 미루어 보건대 그다지 잘해 나가고 있는 것 같지 않다. 그러나 그를 따라다니는 문제가 무엇이든 간에, 그가 현재 분명히 존재하는 그 문제를 잘 처리할 수 있다면 나도 그렇게 할 수 있을 것이다. 아니, 나 혼자서 그렇게 생각하는 것일 수도 있다.

엘리자베스 공주가 토론토에 온다. 공작인 남편과 함께 캐나다를 방문하는 것이다. 왕실 방문이다. 라디오에서는 환호하는 군중의 목소리와, 매일 바뀌는 공주의 옷 색깔을 묘사하는 엄숙한 목소리가 흘러나온다. 나는 매리타임스 지방의 현악기 음악이 흘러나오는 거실 바닥에 쭈그리고 앉아서 《토론토 스타》 신문을 팔꿈치 밑에 펼치고, 일면에 실린 그녀의 사진을 꼼꼼히 살펴본다. 그녀는 나이보다 더 성숙해 보이고 생각보다 평범하다. 대공습49) 때처럼 걸스카우트 복장을 입고 있지도 않지만, 교실 뒤쪽에 걸려 있는 왕비처럼 야회복에 왕관을 쓰고 있지도 않다. 그녀는 다른 사람들처럼 평범한 정장에 장갑을 끼고 핸드백을 들고 숙녀용 모자를 쓰고 있다. 그래도 그녀는 여전히 공주다. 신문 안쪽에는 그녀의 사진이 전면에 실려 있다. 여자들이 그녀에게 무릎을 굽혀 인사하고 소녀들이 꽃다발을 바치는 사진. 그녀는 그들에게 미소를 지어 보인다. 항상 변함없이 자애로우며, 환한 웃음이라고 묘사되는 그런 미소를.

나는 매일매일 바닥에 쭈그리고 앉아서 신문을 넘기며 공주가 비행기와 기차와 차를 타고 도시에서 도시로 지도를 가로질러 여행하는 것을 점검한다. 나는 토론토를 지나가는 그녀의 여행 계획표를 외운다. 그녀를 가까이서 볼 수 있을 것이다. 그녀가 우리 집 바로 옆, 공동묘지를 가로지르는 헐벗고 여기저기 팬 길을 차를 타고 지나갈 예정이기 때문이다. 그 길 주변에는 새로 심은 가냘픈 나무와 불도저로 굴착한 흙더미

---

49) 1940~1941년에 일어난 독일군의 런던 야간 대공습을 말한다.

와 새로 생긴 다섯 개의 진흙 언덕이 줄지어 서 있다.

진흙 언덕은 우리 집 쪽에 있다. 잡초로 덮인 벌판이 있던 자리에 최근 생겨난 것이다. 언덕들은 대략 지하 저장실처럼 생기고 바닥에 흙탕물이 찬 구덩이 옆에 하나씩 서 있다. 오빠는 그 구덩이 중의 하나가 자기 것이라고 주장한다. 그는 위로부터 터널을 만들고 측면으로 파서 옆문을 만들 공사 계획을 세워 놓았다. 그가 그 안에서 무엇을 하고 싶어 하는지는 아직 알 수 없다.

나는 왜 공주가 이 진흙 언덕을 지나갈 계획을 세웠는지 모르겠다. 그것을 특별히 보고 싶어 할 것 같지는 않다. 하지만 모를 일이다. 그녀는 별 흥미로울 것 같지 않은 것들을 여럿 시찰하고 있기 때문이다. 그녀가 시청 밖에 서 있는 사진, 생선 통조림 공장 옆에 서 있는 사진이 있다. 그러나 그녀가 보고 싶어 하건 않건 간에 진흙 언덕은 올라가 서 있기에는 좋은 장소일 것이다.

나는 이 방문을 고대하고 있다. 이 방문에서 확실치는 않지만 무엇인가 특별한 것을 기대하고 있다. 이 사람이 바로 런던 폭격에 저항했던 용감하고 영웅적인 그 공주다. 그날 내게 무슨 일인가 일어날 것이다. 무엇인가가 변화될 것이다.

왕실 방문단이 드디어 토론토에 다다른다. 날씨는 우중충하고 가는 빗방울이 소위 침을 뱉듯이 하나둘씩 떨어진다. 나는 일찍 나가서 가운데 있는 진흙 언덕 꼭대기에 서 있는다. 발에 밟혀 더러워진 잡초 사이로 난 길가를 따라 어른과 아이들의 행렬이 비뚤비뚤 서 있다. 아이들 일부는 작은 유니언 잭

깃발을 들고 있다. 나도 들고 있다. 학교에서 나누어 주었던 것이다. 군중은 그다지 규모가 크지 않다. 이 주변에는 그렇게 사람들이 많이 살지 않으며, 아마도 일부는 보도가 깔려 있는 시내 중심가로 내려갔을 것이다. 그레이스네 집으로 이어지는 길가에 그레이스와 캐럴과 코딜리어가 서 있는 것을 볼 수 있다. 그들이 나를 보지 않았으면 좋겠다.

나는 깃대에 느슨하게 맨 유니언 잭 기를 들고 진흙 언덕 위에 선다. 시간이 지체되고 아무 일도 일어나지 않는다. 집에 가서 공주가 어디까지 왔는지 라디오를 들어 봐야 하는 것이 아닐까 하는 생각이 든다. 그런데 갑자기 왼쪽으로 경찰차가 공동묘지 옆을 따라 오는 것이 보인다. 가랑비가 내리기 시작한다. 멀리서 환호 소리가 들려온다.

오토바이 몇 대, 그리고 이내 차 몇 대가 나타난다. 길가에 서 있는 사람들의 팔이 공중으로 올라가는 것이 보이고, 간간이 만세 소리도 들을 수 있다. 도로에 팬 구멍에도 불구하고 차들은 너무나 빨리 가 버린다. 어느 차가 맞는지도 알 수 없다.

그러다가 나는 바로 그 차를 발견한다. 그 차의 창밖으로 창백한 색깔의 장갑이 나와 앞뒤로 손을 흔든다. 이미 그 차는 내 반대편에 있고, 이미 지나가고 있다. 나는 내 유니언 잭을 흔들거나 환호하지 않는다. 이미 늦었다. 내가 기다려 왔던 그 무엇을 할 시간이 없다는 사실을 이제야 확실하게 깨닫는다. 지금 내가 할 일은 양팔을 옆으로 펴 균형을 잡고 언덕을 뛰어 내려가 공주의 차 앞에 몸을 날리는 일이다. 그 앞이나 그 위나 그 안에. 그러면 공주는 차를 멈추라고 말할 것이다.

내 몸을 짓밟고 지나가지 않기 위해서는 그렇게 해야 할 것이다. 내가 왕실의 차를 타고 가는 모습을 상상하는 것은 아니다. 내 상상력은 그것보다는 보다 현실적이다. 어찌 되었건 나는 부모님을 떠나고 싶지는 않다. 그러나 사태는 바뀔 것이다. 모든 것이 바뀌고, 무엇인가가 이루어질 것이다.

장갑이 나온 차는 멀어지고, 모퉁이를 접어들고, 사라진다. 그리고 나는 손가락 하나 까딱하지 못했다.

31장

스튜어트 선생은 미술을 좋아한다. 그녀는 옷을 더럽히지 않고 보다 역동적인 미술 작업을 할 수 있도록 집에서 아버지의 낡은 셔츠를 가져오라고 한다. 우리가 가위질하고 그림 그리고 풀칠하는 동안, 그녀는 간호사용 마스크를 쓰고 책상 사이를 걸어 다니며 우리 어깨 너머로 살펴본다. 그러나 혹시라도 어떤 학생이, 남학생이, 일부러 우스운 그림을 그리면 그녀는 짐짓 화난 척하며 그림을 들어 보인다. "이 소년은 자기가 아주 똑똑하다고 생각하는 것이지. 네 양쪽 귀 사이에는 그것보다는 좀 더 많은 것이 들어 있을 텐데." 그러고는 엄지손가락과 손톱으로 그의 귀를 가볍게 튀긴다.

우리는 호박이나 크리스마스 종처럼 익숙한 종이 공작물을 만드는데, 그녀는 우리에게 다른 모양도 만들어 보라고 한다.

우리는 컴퍼스로 복잡한 꽃무늬를 만들고, 판지에 깃털, 스팽글, 밝은색으로 염색된 마카로니 조각, 다양한 길이의 빨대 같은 색다른 사물들을 붙인다. 우리는 칠판이나 커다란 갈색 종이에 집단 벽화를 그린다. 다른 나라에 대한 그림도 그린다. 선인장과 거대한 모자를 쓴 남자가 있는 멕시코, 사람들이 원뿔 모양 모자를 쓰고 다니고 눈이 그려진 배가 있는 중국, 우아하게 보이도록 우리가 힘들여 그린 실크를 두른 여자들이 이마에 보석을 붙이고 구리 항아리를 머리에 이고 균형을 잡으며 걷는 인도.

나는 이 외국에 대한 그림들을 좋아한다. 이것들이 진실이라고 믿을 수 있기 때문이다. 나는 어딘가에 이렇게 다른 사람들이, 외국 사람들이 존재한다는 것을 필사적으로 믿어야 한다. 비록 주일 학교에서는 그런 사람들은 굶주리거나 이교도이거나 아니면 둘 다라고 배웠을지라도. 내가 매주 내는 헌금이 그들을 개종시키고, 그들에게 음식을 주고, 그들을 교육시키는 데 사용된다 하더라도. 럼리 선생은 그들이 교활하고, 기이하거나 혐오스러운 음식을 먹고, 영국 사람들을 배반했다고 했다. 그러나 나는 스튜어트 선생의 말이 더 마음에 든다. 그녀의 말에 따르면 그들의 머리 위에서 빛나는 태양은 활기찬 노란색이고, 종려나무는 선명한 초록색이며, 옷에는 꽃무늬가 새겨져 있고, 그들의 민요는 흥겹다고 한다. 여자들은 빠르고 알아들을 수 없는 언어로 함께 수다를 떨고, 완벽한 순백색 치아를 드러내며 웃는다. 만일 이런 사람들이 존재한다면 나도 언젠가 그곳에 갈 수 있을 것이다. 이곳에 머물지 않아도 되는 것이다.

스튜어트 선생이 말한다.
"오늘은 방과 후 활동에 대해 그릴 것이다."
다른 아이들은 책상에 몸을 숙이고 그림을 그린다. 나는 그들이 무엇을 그릴지 알고 있다. 줄넘기, 웃는 눈사람 만들기, 라디오 듣기, 개와 놀기. 나는 백지 상태로 남아 있는 내 종이를 응시한다. 이윽고 내가 누워 있는 내 침대를 그린다. 침대에는 소용돌이 무늬가 있는 짙은 색 나무 머리 판이 달려 있다. 창문과 서랍장을 그린다. 밤의 색깔을 칠한다. 까만 크레용을 잡은 내 손은 그림이 거의 전부 까맣게 될 때까지, 내 침대와 베개 위에 놓인 내 머리가 희미한 흔적만 남을 때까지 점점 더 힘을 주어 칠한다.

나는 당혹스러운 마음으로 그림을 바라본다. 이런 그림을 그리려고 했던 것이 아니다. 아무도 이런 그림을 그리지 않는다. 이것은 잘못된 그림이다. 스튜어트 선생은 내게 실망해서 내 양쪽 귀 사이에는 그보다는 좀 더 많은 것이 들어 있지 않느냐고 할 것이다. 지금 그녀가 내 뒤에 서서 그림을 들여다보고 있는 것을 느낄 수 있다. 그녀의 핸드 로션 냄새를 맡을 수 있고, 차 향기가 아닌 다른 무엇의 냄새도 맡을 수 있다. 그녀는 내가 자기를 볼 수 있도록 책상 앞으로 나와 선다. 그녀의 주름지고 밝고 푸른 눈이 간호사용 마스크 위에서 나를 내려다보고 있다.

그녀는 잠시 아무 말도 하지 않다가 이내 엄하지 않은 목소리로 말한다. "왜 네 그림은 이렇게 어둡니, 얘야?"

"밤이거든요."

나는 말한다. 입 밖에 내자마자 바보 같은 대답임을 깨닫는다. 심지어 나조차 내 목소리를 거의 들을 수 없다.

"알겠다."

그녀가 말한다. 그녀는 내가 잘못된 그림을 그렸다거나 방과 후에 잠자는 것 말고 다른 할 일이 있지 않느냐는 말은 하지 않는다. 그녀는 교실 통로를 다시 걷기 전에 내 어깨를 잠시 쓰다듬는다. 그 어루만짐은 훅 불어서 끈 성냥불처럼 잠시 달아오른다.

교실의 창문에 종이로 만든 하트가 만발하다. 우리는 판지 상자로 거대한 밸런타인데이 우편함을 만든다. 우편함은 분홍색 주름 종이와 가장자리에 종이 도일리가 달린 붉은 하트로 온통 장식이 되어 있다. 윗부분에 있는 투입구에 우리는 울워스 상점에서 산 카드책에서 오려 낸, 특별히 좋아하는 사람을 위한 특별하고 유일한 밸런타인 카드를 집어넣는다.

밸런타인데이에는 오후 내내 파티가 있다. 스튜어트 선생은 파티를 좋아한다. 그녀는 직접 구운 하트 모양 쇼트브레드 쿠키를 수십 개 가져온다. 쿠키는 분홍색 당의(糖衣)와 은색 구슬로 장식이 되어 있고, 우리와는 동떨어진 이전 시대에 유행했던 메시지가 새겨진 작은 계피 맛 하트와 파스텔 색 하트 모양이 있다. "좋아 좋아." "그녀는 나의 애인." "오, 이 어린 것!"

여학생들 몇 명이 우편함을 열고 카드를 전달하는 동안 스튜어트 선생은 책상에 앉아 교실 전체를 감독한다. 내 책상 위에 카드가 쌓인다. 대부분 남자아이들에게서 온 것이다. 갈겨쓴 글씨와 서명이 없는 것으로 미루어 남자아이들이 보낸 카드임을 알 수 있다. 어떤 카드에는 이름의 머리글자만 있거나 "누구게?"라는 말만 쓰여 있다. 일부에는 엑스(X) 자와 오(O) 자가 쓰여 있다.[50] 여자아이들이 보낸 카드에는 이름 전체가 단정하게 서명되어 있기 때문에 누가 보냈는지 오해할 여지가 없다.

하굣길에 캐럴은 킥킥거리며 남자아이들에게서 받은 카드를 자랑한다. 캐럴이 받은 것이나 코딜리어와 그레이스가 6학년 학급에서 받은 것보다 내가 남자아이들에게서 받은 카드가 더 많다. 오직 나만이 이 사실을 알고 있다. 그들이 하굣길에 보지 않도록 나는 카드를 전부 내 책상에 감추어 두었다. 그들이 물었을 때 나는 별로 많이 받지 못했다고 답한다. 나는 새롭지만 놀랍지는 않은 사실을 음미한다. 남자아이들은 나의 비밀스러운 동맹자인 것이다.

캐럴은 겨우 열 살 9개월밖에 되지 않았는데 가슴이 생기기 시작한다. 젖꼭지는 크지는 않지만, 더 이상 납작하지 않고 뾰족하며, 주변이 부풀어 올랐다. 그녀는 흉부를 앞으로 내밀고, 가슴이 튀어나오도록 스웨터를 꼭 끼게 잡아당기기 때문에 쉽게 알아차릴 수 있다. 쉬는 시간에 그녀는 가슴에 대해 불평한다. "거기가 아파." 그녀가 말한다. 브래지어를 해야 한

---

50) 편지 마지막의 X와 O는 각각 키스와 포옹을 의미한다.

다고도 말한다. 코딜리어가 말한다. "네 바보 같은 젖가슴 얘기 좀 닥쳐." 그녀는 나이가 더 많지만 아직 가슴이 없다.

캐럴은 입술과 뺨에 홍조가 돌도록 꼬집는다. 그녀는 어머니의 휴지통에서 오래된 립스틱을 발견해서 숨겨 놓았다가 호주머니에 넣어 학교로 가져온다. 방과 후에 새끼손가락 끝으로 입술에 립스틱을 살짝 문질러 바른다. 우리가 그녀의 집에 도착하기 전에 휴지로 닦아 내지만 완벽하게 닦아 내지는 못한다.

우리는 위층에 있는 캐럴의 방에서 논다. 우유를 마시러 아래층 부엌으로 내려가자 그녀의 어머니가 말한다. "네 얼굴에 묻은 게 뭐지, 꼬마 숙녀님?" 우리가 보는 앞에서 캐럴의 어머니는 더러운 행주로 캐럴의 얼굴을 닦는다. "그런 천박한 짓은 다시 내 눈에 띄지 않도록 해라! 네 나이에 그런 생각이라니!" 캐럴은 울먹울먹하더니 눈물을 터뜨리고, 마구 울어 젖히며 소리를 지른다. 우리는 끔찍함과 오싹함을 느끼며 바라본다. "아버지가 오시면 두고 보자!" 캐럴의 어머니는 차갑고 분노한 목소리로 말한다. "스스로를 구경거리로 만들다니." 마치 눈길을 받는 것 자체가 잘못된 것이라는 말투다. 곧 캐럴의 어머니는 우리가 여전히 거기 서 있다는 것을 기억해 낸다. "너희도 빨리 집에 가거라!"

이틀 후 캐럴은 아버지가 벨트로, 그것도 버클이 달린 쪽으로 맨엉덩이를 때렸다는 것을 말해 준다. 앉기조차 힘들었다고 한다. 마치 자랑스러워하는 것처럼 들린다. 그녀는 수업이 끝난 뒤에 위층 자기 방에서 우리에게 매 자국을 보여 준다.

치마를 걷어 올리고 속바지를 내리자 정말로 거기에는 자국이, 할퀸 것 같은 자국이 있다. 그다지 붉지는 않지만 어쨌든 매 자국이다.

부드러운 콧수염을 기르고 그레이스를 '아름다운 갈색 눈'이라고 부르고 코딜리어를 '미스 로벨리어'라고 부르는 친절한 캐럴의 아버지 캠벨 씨와 이 체벌의 증거를 연관지어 생각하기는 힘든 일이다. 그가 벨트로 누구를 때리는 것을 상상하니 기분이 이상하다. 그러나 아버지들과 그들의 방식들은 항상 불가사의한 것이다. 예를 들자면 나는 스미스 씨가 기차와 관련된 비밀스러운 삶을 영위하고 있으며 자신의 생각 속으로 도피해 버린다는 것을 누가 말해 주지 않아도 알 수 있다. 코딜리어의 아버지는 우리와 마주치게 되는 드문 경우마다 매우 우호적으로 대해 준다. 그의 재담은 풍자로 가득 차 있고, 미소 짓는 얼굴은 광고판에 나올 법한 모습이다. 그런데 왜 코딜리어는 자기 아버지를 두려워하는 것일까? 그냥 두려운 것이다. 우리 아버지를 제외한 모든 아버지들은 낮 동안에는 보이지 않는 존재다. 낮 시간은 어머니들이 지배한다. 그러나 밤에는 아버지들이 돌아온다. 어두움은 말로 표현할 수 없는 진정한 힘을 가진 아버지들을 집으로 데려온다. 그들은 눈에 보이는 것 이상의 무엇을 지니고 있다. 그래서 우리는 벨트 체벌이 진실이었다고 믿는 것이다.

캐럴은 아침에 아직 정리하지 못한 어머니의 트윈 침대 침대보에서 젖은 자국을 보았다고 말한다. 우리는 까치발을 하고 그녀의 부모님 방으로 들어간다. 술이 많은 모충사 덮개가 덮인 침대는 너무나 단정히 정리가 되어 있어서 덮개를 들추고 들여다보기가 꺼려진다. 캐럴은 침대 옆 탁자의 서랍을 열고 우리는 그 안을 들여다본다. 버섯 머리처럼 생긴 고무 물체와, 치약처럼 생겼지만 치약이 아닌 튜브가 들어 있다. 캐럴은 이것이 아이가 생기는 것을 막기 위한 것이라고 말한다. 아무도 킥킥거리지 않으며 아무도 비웃지 않는다. 그 대신 우리는 상표를 읽는다. 엉덩이에 난 붉은 매 자국 때문에 우리는 캐럴의 말을 이전보다 좀 더 신뢰한다.

캐럴은 커튼과 같은 하얀 주름 장식이 달린 덮개가 놓인 자기 침대에 누워서 알 수 없는 병에 걸린 환자 흉내를 낸다. 우리는 목욕 수건을 적셔서 그녀의 이마에 얹고 물을 한 잔 갖다준다. 이제 환자 놀이를 하는 것이다.

"아, 너무 아파, 아, 너무 아프다고." 캐럴은 침대에서 몸을 비틀며 신음 소리를 낸다. "간호사님, 무슨 조치를 취해 줘요!"

"이 환자의 심장 박동을 들어야 해." 코딜리어가 말하고 캐럴의 스웨터와 속옷을 벗긴다. 우리는 모두 의사의 진찰을 받은 적이 있으며, 그 과정에서 의사가 주는 무뚝뚝한 굴욕을 견뎌야 한다는 것을 알고 있다. "아프지는 않을 거야." 부풀어 오른 유방과 이마에 솟아오른 핏줄처럼 푸른빛이 도는 젖꼭지가 바로 눈앞에 있다. "이 환자의 심장을 느껴 봐." 코딜리어가 내게 말한다.

그러고 싶지 않다. 나는 저 부어오른 부자연스러운 육체를 만지고 싶지 않다. "어서 해. 시키는 대로 하란 말이야." 코딜리어가 말한다.

"애는 반항적이야." 그레이스가 말한다.

나는 손을 내밀어 캐럴의 왼쪽 가슴에 놓는다. 반쯤 물이 찬 풍선, 미지근한 귀리죽처럼 느껴진다. 캐럴이 킥킥거린다. "아, 네 손은 너무 차가워!" 메스꺼움이 솟구친다.

코딜리어가 말한다. "얘 심장이라고 했잖아, 이 바보야. 젖가슴이라고 하지는 않았어. 너는 그 차이도 모르니?"

구급차가 도착하고 어머니가 들것에 실려 차 안으로 운반된다. 직접 보지는 못했고 오빠에게 들은 것이다. 그것은 한밤중 내가 자는 동안 일어난 일이다. 그러나 오빠는 몰래 일어나 침실 창밖으로 별을 관찰하는 일에 한창 열중하고 있었다. 도시의 불들이 꺼지고 나면 별을 훨씬 더 잘 볼 수 있다고 그는 말한다. 자명종 없이 한밤중에 일어나려면 자러 가기 전에 물을 두 컵 마시면 된다고 오빠가 가르쳐 준다. 그런 후 일어나고 싶은 시간에 마음을 집중하는 것이다. 이것은 인디언들이 사용하던 방법이다.

그렇게 그는 깨어 있었고, 무슨 소리를 듣고서 거리에서 무슨 일이 일어나는지 내다볼 수 있는 반대편 창문으로 몰래 다가갔다. 번쩍거리는 빛은 있었지만 사이렌 소리는 들리지 않았고, 그래서 내가 깨지 않은 것이라고 오빠가 말해 준다.

아침에 일어나 보니 아버지가 부엌에서 베이컨을 튀기고 있다. 아버지는 이것을 할 줄 알지만 도시에서는 절대 하지 않고 오직 모닥불을 피워 놓은 야영지에서만 한다. 부모님 침실에는 뭉쳐 놓은 침대보 더미가 바닥에 있고, 담요는 개켜져 의자 위에 놓여 있다. 매트리스에는 커다란 타원형 핏자국이 있다. 그러나 학교에서 돌아오니 침대보는 모두 없어졌고, 침대는 정리되어 있다. 눈에 띄는 것은 아무것도 남아 있지 않다.

아버지는 사고가 일어났다고 말한다. 하지만 침대에 누워 자는 동안 어떻게 사고가 일어날 수 있단 말인가? 오빠는 그것이 아기였다고, 너무 빨리 나온 아기였다고 말한다. 나는 오빠의 말을 믿지 않는다. 아기를 낳을 여자들은 배가 크고 뚱뚱해지는 법인데 어머니는 그렇지 않았다.

병원에서 돌아온 어머니는 이전보다 쇠약해졌다. 어머니는 휴식을 취해야 한다. 어머니 자신을 포함해서 누구도 그녀가 쉬는 것에 익숙하지 않다. 어머니는 휴식 취하기를 거부한다. 평상시처럼 일어나서 벽이나 가구 모퉁이에 손을 짚어 몸을 지탱하면서 걸어 다니고, 부엌 개수대 앞에 몸을 구부리고 서서 일하고, 카디건을 어깨에 걸치고 다닌다. 어머니는 일을 하다 말고 방에 가서 누워야 한다. 피부는 창백하고 건조하다. 그리고 무슨 소리에, 집 밖에서 들려오는 어떤 소리에 귀를 기울이는 듯한 표정이다. 그러나 사실 아무 소리도 들려오지 않는다. 어떤 때는 내가 두 번 반복해서 말해야 어머니는 비로소 무슨 말인지 알아듣기도 한다. 마치 나를 뒤에 남겨 두고, 아니면 내가 이곳에 있다는 것을 잊어버린 채, 어머니가 어디로 가 버린 느낌이다.

이 모든 일들은 피 얼룩보다도 더 섬뜩하다. 아버지는 우리들에게 어머니를 더 많이 도와주라고 말한다. 아버지 역시 두려운 것이다.

어머니가 좀 나아진 후 나는 손으로 뜬 연녹색의 조그마한 양말 한 짝을 어머니의 바느질 상자 속에서 발견한다. 나는 어머니가 왜 한쪽 양말만 떴는지 궁금하다. 어머니가 뜨개질을 좋아하지 않기 때문에 한 짝을 뜨고 싫증이 나서 그만둔 것일 수도 있다.

나는 옆집의 핀스틴 부인과 바네르지 씨가 내 진짜 부모로 나오는 꿈을 꾼다.

나는 어머니가 아기를 낳는 꿈을 꾼다. 쌍둥이 중 한 명만 낳는 꿈. 아기는 회색이다. 다른 한 명은 어디 있는지 나는 모른다.

나는 우리 집이 불타 버리는 꿈을 꾼다. 아무것도 남지 않는다. 마치 산불이 난 것처럼 검게 탄 나무 밑동만이 집이 있었던 곳을 표시해 준다. 그 옆에 진흙으로 된 거대한 산이 솟아오른다.

부모님은 죽었지만 동시에 살아 있기도 하다. 그들은 여름옷을 입고 나란히 누워서, 얼음처럼 딱딱하지만 투명한 땅속으로 가라앉는다. 그들은 점점 멀어지며 슬픈 눈으로 나를 올려다본다.

32장

오늘은 토요일 오후다. 우리는 그 건물에서 열리는 '컨버사트'라는 행사에 간다. '컨버사트'가 무엇인지는 모르지만, 쥐와 뱀이 있고 실험이 이루어지며 여자아이들이 없는 건물로 간다는 것에 나는 안도감을 느낀다. 아버지는 내게 친구를 데려오고 싶으냐고 묻지만 나는 아니라고 대답한다. 오빠는 대니라는 아이를 데려온다. 그는 늘 콧물을 흘리고 있고, 다이아몬드 무늬의 손뜨개 조끼를 입고 다니며, 우표 수집장을 가지고 있다. 그들은 뒷좌석에 앉아(오빠는 더 이상 차멀미에 시달리지 않는다.) 장난스러운 비밀어로 이야기를 나눈다.

"네베 코보무불이비 흐블러버."

"그브레베서버? 조봄 머벅어버보볼래배?"

"야뱜 야뱜 야뱜."

그들이 이런 언어로 대화를 나누는 것은, 적어도 대니 딴에는, 나를 위해서라는 것을 나는 알고 있다. 그는 내가 다른 여자아이들, 몸을 뒤틀고 소리 지르는 여자아이들과 같을 것이라고 착각한 것이다. 예전에는 나도 그만큼이나 메스꺼운 말로 맞받아치곤 했다. 그러나 이제 나는 콧물을 먹는 따위에는 흥미를 잃었다. 나는 듣지 않는 척하며 창밖을 내다본다.

컨버사트라는 것은 일종의 박물관 같은 것이다. 동물학과는 사람들에게 과학을 접할 기회를 주고 지성을 향상시킬 수 있도록 일반 대중에게 학과를 공개한다. 아버지가 반쯤 농담 섞인 말을 할 때처럼 미소 지으며 그렇게 설명해 주었다. 그는 사람들의 지성이 향상될 필요가 있다고 주장했다. 어머니는 자신의 지성은 더 이상 향상될 것 같지 않다면서, 이곳에 오는 대신 장을 보러 갔다.

컨버사트에 많은 사람들이 몰려온다. 주말에 토론토에서 할 수 있는 여가 활동이란 별로 없다. 건물에는 축제 기운이 넘친다. 항상 나던 더스트베인과 가구 광택제 냄새와 쥐똥 냄새와 뱀 냄새는 겨울옷 냄새, 담배 연기와 여자 향수 냄새 같은 다른 냄새들과 뒤섞여 버린다. 색지로 만든 가는 장식 띠가 벽에 붙어 있고, 그 사이로 길을 표시하는 색종이 화살표가 복도와 위아래 계단과 각 방에 붙어 있다. 우리가 배워야 할 것이 항목별로 분류되어 방마다 각각 전시가 열리고 있다.

첫 번째 방에는 붉은 점같이 보이는 상태에서 큰 머리와 부푼 눈과 솜털을 지닌 병아리에 이르기까지 다양한 발전 단계의 병아리 배아(胚芽)가 전시되어 있다. 그 병아리는 부활절 카드에 그려진 것처럼 복슬복슬 귀엽지 않고, 미끈미끈해 보이며, 발톱은 아래로 오그라져 있고, 눈꺼풀은 초승달 모양의 마노같이 푸른 눈을 드러내며 가늘게 열려 있다. 배아들은 소독 보관된 것이다. 포름알데히드 냄새가 심하게 난다. 다른 전시에는 쌍둥이, 진짜 죽은 인간 쌍둥이가 든 용기가 있다. 태반이 아직 붙어 있는 회색의 그 쌍둥이는 식기 세척기처럼 보이는 용기 안에서 떠다닌다. 정맥과 동맥에는 각각 푸른색과 자주색 고무가 주입되어 있어서 그들의 혈관계가 연결되어 있는 것을 볼 수 있다. 또 거대하고 무른 회색 호두처럼 보이는 인간의 뇌가 병 속에 보관되어 있다. 내 머릿속에 그런 것이 있다는 것을 믿을 수 없다.

다른 방에는 지문을 찍어서 내 지문이 다른 사람 것과 같지 않다는 것을 볼 수 있도록 마련된 탁자가 있다. 큰 백상지에 여러 사람의 지문을 확대한 사진이 붙어 있다. 오빠와 대니와 나는 모두 지문을 찍어 본다. 대니와 오빠는 병아리와 쌍둥이에 대해 대수롭지 않게 농담을 주고받았다. "저버녀녘 시빅사바로보 벼병아바리비나바 머벅으블까바?" "싸방두붕이비스브튜뷰느븐 어버때배?" 하지만 그 방에 오래 머물고 싶은 생각은 없는 듯했다. 그들은 지문에 열광해서 아주 시끄럽게 군다. 그들은 서로의 이마 한가운데 지문을 찍고는 크고 불길한 목소리로 외친다. "검은 손의 자국이야!" 결국 주변을 지나던 아버지가 와서 목소리를 낮추라고 주의를 준다. 인도에서 온 아름다운 바네르지 씨는 아버지와 함께 있다. 그는 내게 긴장된 미소를 지어 보이며 말한다. "어떻게 지내요, 아가씨?"

그는 나를 항상 아가씨라고 부른다. 겨울처럼 하얀 얼굴들 사이에서 그는 보통 때보다 더 검어 보인다. 그의 치아는 빛나고 또 빛난다.

지문을 찍는 방에서는 종잇조각을 나누어 준다. 우리는 그것을 맛보고 어떤 것이 복숭아씨처럼 쓴맛이 나고 어떤 것이 레몬처럼 신맛이 나는지 말해야 한다. 이것은 어떤 요소들이 유전된 것이라는 사실을 증명해 준다. 우리가 혀 운동을 할 수 있는지, 혀 양 가장자리를 위로 말거나 클로버잎 모양으로 만들 수 있는지 볼 수 있는 거울도 있다. 어떤 사람들은 둘 다 못한다. 대니와 오빠는 거울을 독차지하고 서서 엄지손가락으로 입 양쪽을 잡아당기고 눈꺼풀 가장자리를 끌어내려 붉은 속살이 드러나게 해 무시무시한 표정을 만든다.

몇몇 전시는 그다지 재미가 없다. 글자가 너무 많이 쓰여 있거나 벽에 도표만 붙어 있거나 현미경을 들여다보는 일이다. 그것은 우리가 하고 싶으면 언제든 할 수 있는 일이다.

복도는 사람들로 번잡하다. 우리는 겨울 덧신을 신은 채로 연파란색과 노란색 종이 장식 띠를 따라 복도를 지나간다. 아직 코트는 벗지 않았다. 이곳은 매우 덥다. 철걱이는 소리를 내는 라디에이터는 열기를 최대로 내뿜고 있고 공기는 다른 사람들의 숨결로 가득 차 있다.

우리는 절개되어 내부가 보이는 거북이가 있는 방에 다다른다. 이것은 정육점에 있는 것과 같은 하얀 에나멜 쟁반에 담겨 있다. 거북이는 살아 있다. 아니, 죽었지만, 그 심장은 살아 있다. 이것은 양서류 동물의 심장이 몸의 다른 부분이 죽은 이

후에도 계속해서 뛰는 모습을 보여 주기 위한 생체 실험이다.

거북이의 배 부분 껍질에는 톱으로 낸 구멍이 있다. 거북이가 거꾸로 누워 있어서 그 구멍으로 심장까지 들여다볼 수 있다. 거북이의 심장은 그 깊은 곳에서 검붉은색으로 번들거리며, 누가 만진 벌레 꽁무니처럼 움츠렸다가 다시 길어지고 또다시 움츠리면서 천천히 뛰고 있다. 오므렸다 폈다 하는 손같이 보인다. 눈 같기도 하다.

전선으로 스피커에 연결되어 있는 심장이 뛰는 소리가 방가득 울려 퍼진다. 늙은이가 계단을 올라가는 것처럼 괴로울 정도로 느리게 뛰는 심장 박동. 다음 순간에 심장이 계속해서 움직일지 아니면 멈출지 나는 구별할 수 없다. 발소리 같은 맥박, 중간 휴지, 그다음 오빠가 항상 외계에서 들려오는 소리라고 부르는 라디오의 공전 소리 같은 소음, 그다음 다시 맥박, 헐떡이며 공기 들이쉬는 소리. 생명이 거북이에게서 새어 나오고 있다. 나는 스피커를 통해 그 소리를 들을 수 있다. 이내 거북이는 생명이 고갈되고 말 것이다.

이 방에 더 이상 머무르고 싶지 않지만, 내 앞뒤로 사람들이 길게 줄을 서 있다. 모두 어른들이다. 나는 대니와 오빠의 모습을 놓쳐 버리고 트위드 코트들 사이에 갇혀 있다. 내 눈높이는 그들의 두 번째 단추 정도밖에 되지 않는다. 다가오는 바람처럼 심장 소리 너머로 들려오는 다른 소리가 들린다. 백양나무 잎이, 아니 그것보다 더 작고 더 건조한 무엇이 흔들리듯 살랑이는 소리. 내 시야 언저리에 검게 보이는 그것이 점점 가까워진다. 눈앞에 보이는 것은 내게서 빠르게 멀어지는 터널 입구 같은 것이다. 아니면 내가 그것으로부터, 햇빛이 보이는 지점으로부터 멀어지고 있는 것인지도 모른다. 그다음 순간 내 눈앞에는 많은 덧신과 먼 곳까지 펼쳐진 바닥 판자가 놓여 있다. 머리에 통증이 느껴진다.

"얘 기절했어." 누군가가 말한다. 이내 나는 내게 무슨 일이 일어났는지 알아차린다.

"더워서 그럴 거야."

누군가가 나를 차가운 회색 공기 속으로 안고 나간다. 걱정하는 소리를 내며 나를 안고 나가는 것은 바로 바네르지 씨다. 아버지가 서둘러 나와서 무릎 사이에 머리를 대고 앉아 있으라고 말한다. 나는 그렇게 하고 앉아서 내 덧신 윗부분을 바라본다. 아버지는 내게 메스껍냐고 물어보고, 나는 아니라고 대답한다. 오빠와 대니도 나와서 아무 말도 하지 않고 나를 빤히 바라본다. 마침내 오빠가 말문을 연다. "쟤배느븐 기비저벌해뺐어버." 그리고 그들은 다시 방으로 들어가 버린다.

나는 아버지가 차를 가져올 때까지 밖에서 기다리다가 차를 타고 집으로 간다. 나는 가치 있는 무언가를 발견했다고 느끼기 시작한다. 떠나고 싶지만 그렇게 할 수 없는 장소들을 벗어나는 방법이 있다. 기절은 샛길로 내려서는 것과 같다. 나 자신의 몸으로부터, 시간으로부터 다른 시간 안으로, 내려서는 것. 깨어나 보면 그 후의 시간이다. 시간은 나 없이 흘러가 버린 것이다.

코딜리어가 말한다. "접시 더미를 열 개 생각해 봐. 그게 바로 네게 주어진 열 번의 기회야." 내가 실수를 저지를 때마다 접시 더미가 하나씩 무너지는 것이다. 나는 이 접시들을 그려 볼 수 있다. 코딜리어 역시 그 더미를 볼 수 있다. "박살!" 하고 말하는 것이 바로 그녀이기 때문이다. 그레이스 역시 약간 볼 수 있지만 그녀의 "박살." 소리는 우유부단하다. 그녀는 코딜리어를 쳐다보면서 승인을 구한다. 캐럴은 박살 선언을 한두 번 시도하지만 비웃음만 산다. "그건 박살이 아냐!"

코딜리어가 말한다. "네 개밖에 남지 않았어. 조심하는 게 좋을 듯한데. 안 그래?"

나는 아무 말도 하지 않는다.

"그 아니꼬운 웃음 얼굴에서 당장 없애지 못하겠어." 코딜리어가 말한다.

나는 아무 말도 하지 않는다.

"박살!" 코딜리어가 말한다. "세 개밖에 남지 않았어."

접시 더미들이 다 무너지고 나면 어떤 일이 일어날지 아무도 말하지 않는다.

나는 여학생 문에 가까운 벽에 기대어 서 있다. 추운 공기가 다리와 소맷부리를 타고 올라온다. 나는 움직이면 안 된다. 왜 움직이면 안 되는지는 벌써 잊어버렸다. 나는 머릿속을 음악으로 가득 채울 수 있다는 것을 발견했다. "한쪽 날개와 기도로 돌아오네, 해피 갱과 계속 행복하세요." 그리고 다른 모든 일들은 거의 다 잊어버린다.

지금은 쉬는 시간이다. 럼리 선생은 황동 종을 들고 운동장을 순회한다. 얼굴이 추위로 굳어서 자신의 일에만 열중하고 있다. 내 담임이 아니지만 나는 여전히 그녀가 무섭다. 열을 지어 선 한 무리의 여자아이들이 「누구도 우리를 멈출 수 없네」를 노래하며 미친 듯이 거칠게 지나간다. 다른 여학생들은 두 명씩 팔짱을 끼고 차분하게 산책한다. 그들은 호기심 어린 눈으로 나를 쳐다보다가 이내 가 버린다. 고속도로를 가다가 길옆에 차 사고가 나면 속도를 조금 늦추고 밖을 내다보는 것과 같다. 그들은 속도를 늦추지만 멈추지는 않는다. 그들은 어디에 골치 아픈 문제가 있는지, 언제 물러서야 하는지 아는 것이다.

나는 벽에서 약간 떨어져 서서 머리를 뒤로 젖히고 회색 하늘을 올려다보며 호흡을 멈춘다. 어지러움을 느끼려고 노력하는 중이다. 나는 접시 더미가 흔들리고 무너져서 소리 없이 산산이 부서지는 것을 본다. 하늘은 바늘구멍처럼 작아지고, 마른 잎사귀의 물결이 내 머리를 스치고 지나간다. 그다음에는 내 몸이 땅에 누워 있는 것을, 그저 누워 있는 것을 발견한다. 여자아이들이 나를 가리키고 모여드는 것을, 럼리 선생이 유유히 걸어와 힘겹게 몸을 굽히고 나를 살펴보는 것을 볼 수 있다. 그러나 나는 마치 '여학생' 표시가 된 문 주변의 공중에 떠 있는 것처럼, 이 모든 것을 새처럼 위쪽에서 내려다본다.

럼리 선생의 얼굴이 내 얼굴에서 불과 몇 센티미터 떨어진 곳에서 어렴풋이 보이는 가운데 나는 정신을 차린다. 럼리 선생은 마치 내가 혼란을 야기했다는 듯이 평소보다 더 험악한 표정을 짓고 있고, 주위에 빙 둘러선 여자아이들은 더 잘 보기 위해 서로 밀치고 있다.

피가 난다. 이마를 다친 것이다. 나는 양호실로 보내진다. 간호사는 피를 닦아 내고 반창고로 거즈 뭉치를 붙인다. 젖은 하얀 세수 수건에 내 피가 묻어 있는 것을 보며 나는 깊은 만족감을 느낀다.

코딜리어는 수그러진다. 피란 강렬한 인상을 남기는 것이다. 구토보다도 더 강렬하다. 집으로 오는 길에 그녀와 그레이스는 내 걱정을 해 주는 듯이 군다. 그들은 나를 사이에 두고 내 팔짱을 끼고 내 기분이 어떤지 묻는다. 그들의 이런 관심에 나는 전율한다. 울게 될까 봐, 화해의 눈물을 펑펑 흘리게 될까 봐 두렵다. 그러나 지금 나는 그렇게 하기에는 너무나 그들을 경계하고 있다.

다음에 코딜리어가 또 벽에 서 있으라고 하자 나는 다시 기절한다. 이제 기절하고 싶을 때는 언제든 할 수 있다. 나는 호흡을 멈추고 살랑거리는 소리를 들으며 암흑이 번져 가는 것을 본다. 그런 후 나는 내 몸을 벗어나 옆길로 슬쩍 빠져나가 다른 어딘가로 간다. 그러나 처음처럼 항상 위에서 그 광경을 내려다보는 것은 아니다. 어떤 때는 그저 암흑뿐이다.

나는 기절하는 여학생으로 알려지기 시작한다.

코딜리어가 말한다. "저 애는 일부러 기절하는 거야. 빨리 해 봐. 기절하는 거 한번 구경하자. 어서 기절하란 말이야." 그러나 지금은, 그녀가 그렇게 하라고 명령을 내릴 때는 기절할 수 없다.

나는 바닥에 쓰러지지 않고 내 몸 밖에서 시간을 보내기 시작한다. 이런 때면 몽롱한 기분이 든다. 마치 두 개의 내가 있고, 하나의 내가 다른 나 위에 불완전하게 겹쳐진 것처럼. 투명한 가장자리가 있고 그 옆에는 흉터처럼 감각이 없는 육체의 경계가 있다. 나는 무슨 일이 일어나는지 볼 수 있으며 사람들이 내게 하는 말도 들을 수 있다. 하지만 주의를 기울이지 않아도 된다. 눈을 뜨고 있지만 나는 그곳에 없다. 나는 옆길로 내려선 것이다.

7부

영원한 도움을 주시는 우리 성모님

33장

　나는 심슨스 백화점에서 나와 서쪽을 향해 걸으며 여전히 먹을 것을 찾아 두리번거린다. 마침내 나는 피자 한 조각을 사서 반으로 접어 손에 들고 길거리에서 게걸스럽게 먹는다. 벤과 있을 때는 그가 제시간에 식사를 하기 때문에 나도 제시간에 제대로 된 음식을 먹는다. 그러나 혼자 있을 때면 오랜 나쁜 습관대로 나쁜 음식을 탐닉하고 남은 음식을 뒤적인다. 이것은 내게 해로운 짓이다. 그러나 나는 내게 해로운 것이 어떤 것인지 기억할 필요가 있다. 그렇지 않으면 나는 벤을, 그의 넥타이와 단정한 머리와 자몽으로 차린 건강한 아침 식사를 당연하게 여기게 될 수도 있다. 나에게 해로운 행동은 그의 소중함을 더 일깨워 준다.

　작업실로 돌아와서 서부와의 시차를 계산해 벤에게 전화

를 건다. 그러나 들려오는 것은 응답기에 녹음된 내 목소리와 "삑." 하는 소리뿐이다. 도미니언 천문대 공식 시간 신호, 미래의 도착을 알리는 그 소리. "사랑해." 나는 말한다. 그가 나중에 들을 수 있도록. 그런 다음에야 비로소 기억해 낸다. 지금 그는 멕시코에 있으며, 내가 돌아갈 때까지 돌아오지 않으리라는 것을.

이제 밖이 어두워졌다. 좀 더 저녁다운 것을 먹으러 나가거나 영화를 볼 수도 있다. 그 대신 나는 푸톤에 기어 올라가 듀베를 덮고, 커피 한 잔과 토론토 전화번호부를 들고 이름을 찾기 시작한다. 스미스라는 성을 가진 사람은 아무도 없다. 이사했거나 죽었거나 아니면 결혼한 모양이다. 캠벨이라는 성은 헤아릴 수 없이 많다. 한때 내 이름이었던 존의 성을 찾아본다. 조제프 흐르비크라는 사람도 없다. 흐르베크, 흐렌, 흐라스트니크, 흐리크추라는 이름들은 있지만.

리슬리라는 이름은 더 이상 없다.

코딜리어 역시 없다.

존의 침대에 다시 누워 있으니 이상한 기분이 든다. 그가 이 침대에 누워 있는 것을 본 적이 없기 때문에 그의 침대라고 생각되지 않았다. 그러나 이것은 엄연히 그의 침대다. 이전의 침대들보다 훨씬 더 단정하고 깔끔하다. 그의 첫 번째 침대는 마루에 매트리스를 깔고 낡은 슬리핑 백을 놓은 것이었다. 나는 그 침대를 전혀 꺼리지 않았고, 사실 상당히 좋아했다. 꼭 야외 캠핑을 하는 기분이었다. 보통 그 주위에 빈 컵과 잔과 음식 찌꺼기가 담긴 접시가 밀물에 밀려온 것처럼 널려 있 곤 했는데, 그것은 별로 마음에 들지 않았다. 그 시절에는 그런 지저분함을 대하는 규범이 있었다. 무시하기에서 청소해 버리기로 넘어가는 사이에 경계선이 있었던 것이다. 그것은 남자가 그런 행동을 그의 삶에 대한 간섭, 그를 조정하려 드는 것이라고 여기는지 여부에 따라 달라졌다.

우리 관계의 초창기, 아직은 내가 널려 있는 접시를 치워 버리지 않던 시기의 어느 날, 우리가 그 침대에 누워 있는데 문이 열리고 한 번도 보지 못한 여자가 나타났다. 그녀는 더러운 청바지와 흐린 분홍색 티셔츠를 입고 있었다. 얼굴은 마르고 창백한 데다 눈동자가 풀려 있었다. 마약 같은 것에 취한 듯 보였다. 그즈음 마약을 손에 넣기가 좀 더 용이해지기 시작했다. 그녀는 한 손은 등 뒤에 감추고 딱딱하고 무표정한 얼굴로 아무 말도 하지 않고 서 있었다. 그사이에 나는 슬리핑 백을 뒤집어썼다.

"어이." 존이 말했다.

그녀는 등 뒤에 감춘 손을 뻗어 우리에게 무언가를 던졌다. 그것은 소스를 뿌린 따뜻한 스파게티가 가득 든 종이봉투였다. 봉투가 터지고 스파게티가 온통 우리 위에 흩어졌다. 그녀는 여전히 아무 말도 하지 않고 문을 쾅 닫고 나갔다.

나는 겁에 질렸지만 존은 웃기 시작했다. 내가 물었다. "이게 뭐야? 도대체 저 여자가 어떻게 들어온 거지?"

"문으로." 여전히 웃으며 존이 대답한다. 그는 내 머리에서 스파게티 가락을 걷어 내고 몸을 숙여 내게 키스해 주었다. 나

는 그 여자가 그의 여자 친구, 아니면 이전 여자 친구라는 것
을 알아차렸고, 그녀에게 화가 치밀었다. 그녀도 나름대로 이
유가 있을 거라는 생각은 떠오르지 않았다. 당시 나는 눈으로
덮인 소화전에 영역을 표시하기 위해 싸 놓은 개의 오줌처럼
목욕탕에 남아 있는 낯선 머리핀, 아니면 베갯잇에 일부러 남
겨 놓은 립스틱 자국에 맞닥뜨려 본 적이 아직 없었던 것이다.
존은 자신의 흔적을 은폐할 줄 알았고, 그렇게 하지 않을 때
는 분명 이유가 있었다. 그녀가 열쇠를 갖고 있었으리라는 생
각 또한 내게 떠오르지 않았다.

내가 말했다. "저 여자는 미쳤어. 정신 병원에나 가야 해."

나는 그 여자를 조금도 동정하지 않았다. 오히려 어떤 면에
서는 존경했다. 그녀의 뻔뻔함을, 무례하게 행동할 수 있는 용
기를, 순전한 분노의 에너지를 존경했다. 스파게티가 가득 든
봉투를 던지는 행동에는 우직함, 무모함, 아무것도 개의치 않
는 위풍이 서려 있었다. 그것은 모든 것에 종지부를 찍었다. 당
시 나는 그런 행동을 한다는 것은 상상조차 할 수 없었다.

34장

그레이스가 식전 감사 기도를 한다. 스미스 씨는 말한다. "주님을 찬양하고 탄약을 돌려라." 그리고 구운 콩에 손을 뻗는다. 스미스 부인이 말한다. "로이드." 스미스 씨가 응수한다. "이건 악의가 없는 거야." 그러고는 곁눈으로 재빨리 내게 미소를 지어 보인다. 밀드레드 이모는 수염 난 입을 찡그린다. 나는 고무나무 같은 스미스 씨네 음식을 씹으며 식탁보 아래에서 손가락을 잡아뜯는다. 일요일이 지나고 있다.

파이애플 스튜를 먹고 나서 그레이스는 내게 지하층으로 내려가 학교 놀이를 하자고 제안한다. 나는 그녀 말대로 한다. 그러나 화장실에 가기 위해 다시 위층으로 올라가야 한다. 그레이스는 학교에서 선생들이 허락을 내리듯 내게 화장실에 가도 좋다고 허락한다. 지하층 계단을 올라가면서 나는 밀드레

드 이모와 스미스 부인이 부엌에서 설거지를 하면서 이야기
나누는 것을 우연히 듣는다.

"그 애는 이교도와 똑같아." 밀드레드 이모가 말한다. 중국
에서 선교사였기 때문에 그녀는 그 방면에 권위자다. "네가 이
제까지 해 온 것은 그 애를 조금도 변화시키지 못했어."

"걔는 성경을 배우고 있어요. 그레이스가 그러던걸요."

스미스 부인이 말한다. 그제서야 나는 그들이 내 이야기를
하고 있다는 것을 깨닫는다. 나는 부엌을 들여다볼 수 있는
계단 꼭대기에서 걸음을 멈춘다. 더러운 접시들이 쌓여 있는
부엌 탁자, 스미스 부인과 밀드레드 이모의 등 언저리.

밀드레드 이모는 말한다.

"네가 답답해서 파랗게 질릴 즈음에야 그들은 비로소 배우
게 되지. 하지만 그건 표면적인 배움에 불과해. 속으로 파고들
지 못한다고. 네가 등을 돌리는 순간 바로 원래 자리로 되돌
아가 버려."

그들 대화의 부당함에 나는 머리를 한 대 맞은 기분이다.
내가 금주에 대한 글짓기에서 특별 칭찬까지 받은 마당에 어
떻게 저런 이야기를 할 수 있단 말인가? 나는 취한 사람이 술
때문에 모세 혈관이 확장된 상태에서 차 사고를 당해 눈보라
속에서 얼어 죽은 이야기를 썼다. 나는 모세 혈관이 무엇인지
도 알며 철자도 맞게 썼다. 시편 전체를 암송할 수 있고, 총천
연색의 하얀 기사 그림이 있는 슬라이드를 보지 않고도 주일
학교 노래를 모두 부를 수 있다.

"그런 집안에서 뭘 기대하겠어요?" 스미스 부인이 말한다.

그녀는 우리 가족이 뭐가 문제인지는 말하지 않는다. "다른 애들도 눈치채고 있지요. 걔들도 알아요."

"걔들이 그 아이에게 너무 심하게 한다고 생각하지 않니?"

밀드레드 이모가 말한다. 구미가 당긴다는 듯한 목소리다. 아이들이 얼마나 심하게 구는지 알고 싶은 것이다.

스미스 부인이 말한다.

"그건 하나님의 심판이에요. 그 아이가 받아 마땅한 거죠."

몸 안에서 뜨거운 물결이 파동 치는 것을 느낀다. 이 물결은 수치심이다. 전에도 경험해 본 적이 있다. 뿐만 아니라 이것은 증오다. 이것은 경험해 본 적이 없다. 적어도 이런 순전한 형태로 느껴 본 적은 없다. 이것은 구체적인 형태를 지닌 증오다. 허리까지 한 덩어리로 이어진 스미스 부인의 단일한 젖가슴이라는 형태. 내 가슴에 솟아난 줄기가 하얗고 굵은 살의 잡초와 같은 증오. 다리로 향하는 오솔길 옆의 고양이 오줌으로 얼룩진 땅에서 자라는, 역한 이파리와 작은 녹색 돌기가 달린 우엉 줄기와 같은 증오. 무겁고 굵직한 증오.

나는 증오로 얼어붙어 계단 꼭대기에 계속 서 있다. 내가 증오하는 것은 그레이스나 심지어 코딜리어도 아니다. 그렇게까지 생각할 여유도 없다. 나는 스미스 부인을 증오한다. 내가 비밀이라고 생각했던 것, 여자아이들 사이에 오가는 문제들이라고 생각했던 것이 사실은 비밀이 아니었다. 그것은 이전에도 논의되어 왔고 용납되어 온 행동이었던 것이다. 스미스 부인은 그것을 알고 용인한 것이다. 그녀는 그것을 멈추기 위해 아무 행동도 취하지 않았다. 내가 그렇게 당해도 마땅하다고 생각하는 것이다.

스미스 부인이 개수대에서 물러나 더러운 접시 더미를 더 가지러 식탁 쪽, 내 시선과 정면으로 마주치는 곳으로 걸어온다. 나는 스미스 부인이 우리 집의 살색 탈수기 사이를 통과하는 아주 짧고 강렬한 영상을 떠올린다. 다리가 먼저 빠져나오고, 뼈가 부서져 납작해지고, 피부와 살덩어리가 머리 쪽으로 밀려 올라가 금방이라도 피가 가득 찬 거대한 풍선처럼 터져 버릴 듯하다. 만화책에 나오는 것처럼 눈에서 치명적인 광선을 뿜어낼 수 있다면 나는 바로 이 자리에서 그녀를 불태워 버릴 것이다. 그녀 말이 옳다. 나는 이교도이며 용서를 베풀지 못한다.

내 시선을 느낀 듯 그녀가 몸은 돌려 나를 바라본다. 우리의 눈이 마주친다. 그녀는 내가 자기 말을 들었다는 것을 알아차린다. 그러나 움찔하지도 않고, 당황하거나 미안한 기색도 없다. 그녀는 예의 입술을 굳게 다문 그 독선적인 미소를 지어 보이고는 내가 아닌 밀드레드 이모에게 말을 건넨다.

"애들은 귀가 정말 밝다니까."

그녀의 병약한 심장은 눈동자처럼, 사악한 눈동자처럼 그녀의 몸속을 떠다닌다. 그 눈은 나를 바라본다.

우리는 어둠 속에서 교회 지하실의 긴 나무 의자에 앉아서 벽을 바라본다. 옆에서 나를 쳐다보는 그레이스의 안경에 반사된 빛이 반짝거린다.

하나님은 작은 참새가 떨어지는 것도 보시네,
그것은 하나님의 부드러운 눈길을 만나네.
하나님께서 이 작은 새를 그렇게 사랑하신다면,
나 또한 사랑하신다는 것을 나는 알겠네.

커다란 손 위의 죽은 새에게 빛 한줄기가 내리는 그림이다.

나는 입술을 움직이지만 노래는 부르지 않는다. 나는 하나님에 대한 신뢰를 잃어 가고 있다. 스미스 부인은 하나님을 독점하고 있으며, 어떤 것이 하나님의 심판인지 알고 있다. 그는 그녀의 편이고, 그건 바로 나를 제외시킨 사람들의 편이다.

나를 사랑한다고 하는 예수님에 대해 생각해 본다. 그러나 그는 사랑한다는 표시를 그다지 많이 보여 주지 않으며, 내게 별다른 도움이 될 것 같지도 않다. 스미스 부인과 하나님에 대항해서 그는 아무것도 할 수 없다. 왜냐하면 하나님이 더 크기 때문이다. 하나님은 우리 아버지가 절대 아니다. 이제 내가 가진 그의 이미지는 거대하고, 무정하고, 얼굴이 없으며, 마치 궤도에 올라선 것처럼 앞으로 계속해서 움직이는 무엇이다. 하나님은 일종의 엔진인 것이다.

나는 더 이상 하나님에게 기도하지 않기로 결심한다. 주기도문을 암송하는 시간에는 입술만 움직이며 계속 침묵을 지킨다.

"우리가 우리에게 죄 지은 자를 용서하듯 우리의 죄를 사하여 주십시오."

나는 그렇게 기도하지 않겠다. 그것이 스미스 부인을 용서

하지 않으면 죽어서 지옥에 가게 된다는 의미라면 기꺼이 지옥에 가겠다. 예수님은 용서한다는 것이 얼마나 힘든지 알고 있었던 것이 분명하다. 그렇기 때문에 그런 대목을 집어넣은 것이다. 그는 항상 실제로는 불가능한 것들, 가령 자기 돈을 모두 나누어 주는 것에 대해 이야기했다.

"너는 기도하지 않았어." 그레이스가 내게 귓속말로 말한다.

배 속이 차가워진다. 그녀의 말을 반박하는 것, 아니면 인정하는 것 중에 어떤 것이 더 나쁜 일일까? 무엇을 하든 처벌이 뒤따를 것이다.

"아니야, 했어." 나는 말한다.

"넌 기도하지 않았어. 너한테 귀를 기울이고 있었단 말이야."

나는 아무 말도 하지 않는다.

"너는 거짓말을 했어." 그레이스는 신이 나서 귓속말로 해야 한다는 사실도 잊고 말한다.

"너는 하나님께 용서해 달라고 기도해야 해. 나도 매일 밤 그렇게 해." 그레이스가 말한다.

나는 손가락을 잡아 뜯으며 어둠 속에 앉아 있다. 나는 하나님께 용서를 구하는 그레이스의 모습을 상상한다. 무엇에 대한 용서인가? 하나님은 뉘우칠 때만 용서를 베푸신다. 그런데 그레이스는 단 한 번도 뉘우치는 기색을 보인 적이 없다. 그녀는 자신이 잘못을 저질렀다고 절대 생각하지 않는다.

그레이스와 코딜리어와 캐럴은 앞서서 걸어가고 나는 한 골

목 정도 뒤처져 따라간다. 그들은 오늘 내가 무례하게 굴었기 때문에 자기들과 함께 걷지 못하게 한다. 그러나 너무 멀리 뒤처지는 것도 원하지 않는다. 나는 "해피 갱과 함께 행복하세요."에 맞추어 걷는다. 내 머리는 이 가사를 제외하면 아무 생각 없이 텅 비어 있다. 나는 고개를 숙이고 보도와 고랑을 살펴보며 은색 담배 종이를 찾는다. 예전처럼 수집하지 않으면서도 말이다. 그것으로 무엇을 만든다 해도 모두 가치 없는 것이 될 것이라는 사실을 나는 알고 있다.

나는 그림이 채색된 종이 한 장을 발견하고 줍는다. 나는 그게 무슨 그림인지 알고 있다. 동정녀 마리아다. 이 종이는 '영원한 도움을 주시는 우리 성모님' 학교, 아니 영원한 괴로움을 주시는 우리 성모님 학교에서 나온 것이다. 동정녀 마리아는 긴 푸른색 옷을 입었고, 옷자락 아래로는 발이 보이지 않는다. 머리에는 하얀 천이 드리워져 있고 그 위에는 왕관이 있다. 그리고 못이 박힌 것처럼 밝은 광선이 삐쭉삐쭉 나오는 후광이 머리 뒷면에 그려져 있다. 그녀는 실망한 듯 슬픈 미소를 짓고 있다. 손은 환영하듯이 펼쳐져 있고, 심장은 가슴 밖으로 나와 있고, 일곱 개의 칼이 그것에 꽂혀 있다. 아니면 그냥 칼처럼 보이는 다른 것일 수도 있다. 심장은 크고 붉으며 단정하다. 마치 새틴으로 된 하트 모양 바늘방석처럼, 아니면 밸런타인데이 하트처럼. 그림 아래에는 이런 글이 인쇄되어 있다. "일곱 가지 슬픔".[51]

---

51) 성모 마리아의 일곱 가지 슬픔을 가리키는 것으로, 예수의 고난에 대한

동정녀 마리아는 우리 주일 학교 신문에도 나온다. 그러나 그 신문에 나오는 마리아는 왕관도, 바늘방석 같은 심장도 없고, 혼자 있는 법도 결코 없다. 그녀는 항상 배경에 등장할 뿐이다. 크리스마스를 제외하면 그녀에 대해 법석을 떠는 때도 없고, 그때도 아기 예수가 훨씬 더 중요하다. 스미스 부인과 밀드레드 이모는 일요일 정찬 식탁에서 가톨릭 신자들 이야기를 하면서 항상 경멸적인 태도를 보인다. 가톨릭 신자들은 성인 상에 대고 기도하고, 성찬 예식에서 포도주스 대신 진짜 포도주를 마신다. "그들은 교황을 숭배해." 스미스 씨 가족은 말한다. "그들은 동정녀 마리아를 숭배해."라고도 한다. 마치 수치스러운 일이라는 듯이.

나는 그림을 자세히 살펴본다. 이 그림을 보관하는 것이 위험한 일이라는 것을 알기 때문에 버려 버린다. 그것을 없애 버리려는 충동은 옳았다. 이제 그들 셋은 걸음을 멈추고 내가 따라오기를 기다리고 있다. 서 있는 것과 걷는 것 이외의 모든 행동이 그들의 주목을 끈다.

"뭔가 줍는 것을 봤는데, 뭐니?" 코딜리어가 묻는다.

"신문이야."

"무슨 신문인데?"

"그냥 신문. 주일 학교 신문."

시므온의 예언, 애굽으로의 도주, 아이 예수를 예루살렘 성전에서 잃어버린 일, 골고다로 가는 길에서 예수와의 마주침, 예수의 십자가 고난, 예수의 시신을 십자가에서 내리는 일, 예수의 시신 매장이라는 일곱 가지 사건을 의미한다.

"그걸 왜 주웠어?"

예전의 나라면 이 질문에 대해 생각해 보고 진실되게 대답하려고 노력했을 것이다. 이제 나는 이렇게 말한다. "모르겠어." 이것이 내가 조롱당하거나 추궁당하지 않고 제시할 수 있는 유일한 대답이다.

"그걸로 뭘 했니?"

"그냥 버렸어."

코딜리어가 말한다. "길거리에서 뭐 줍지 마. 병균이 묻었단 말이야." 그녀는 이쯤에서 그만둔다.

나는 무엇인가 위험하고 반항적이고, 어쩌면 신성 모독적일 수도 있는 행동을 하기로 결심한다. 하나님에게 더 이상 기도할 수 없기 때문에 그 대신 동정녀 마리아에게 기도할 것이다. 이 결정을 하고 나서 마치 도둑질 직전처럼 긴장한다. 가슴은 더 빨리 뛰고 손은 차가워진다. 들킬 것 같은 기분에 사로잡힌다.

무릎을 꿇어야 할 것 같다. 양파가 달린 교회에서는 무릎을 꿇을 필요가 없다. 그러나 가톨릭 신자들은 그렇게 한다고 한다. 나는 침대 옆에 무릎을 꿇고 앉아서 크리스마스카드에 나오는 아이들처럼 두 손을 모은다. 단 항상 흰색 치마 잠옷을 입고 있는 그들과 달리 나는 푸른 줄무늬 플란넬 바지 잠옷을 입고 있다. 나는 눈을 감고 동정녀 마리아에 대해 생각하려고 노력한다. 그녀가 나를 도와주기를, 아니 적어도 내 기도를 들을 수 있다는 것을 보여 주기를 바란다. 그러나 무슨 말을 해야 할지 모르겠다. 그녀에게 어떤 말을 해야 하는지 배운

적이 없다.

　나는 길에서 만나게 된다면 동정녀 마리아가 어떤 모습을 하고 있을지 그려 본다. 우리 어머니 같은 옷을 입고 있을까, 아니면 푸른 드레스를 입고 왕관을 쓰고 있을까? 푸른 드레스를 입고 있다면 주위에 군중이 모여들까? 어쩌면 그들은 그녀가 크리스마스 연극의 출연자라고 생각할지도 모른다. 그러나 심장이 밖으로 드러나서 칼이 잔뜩 꽂혀 있다면 그렇게 생각하지 않을 것이다. 그녀에게 무슨 말을 할지 생각해 본다. 그러나 그녀는 이미 알고 있다. 그녀는 내가 얼마나 불행한지 알고 있는 것이다.

　나는 더 열심히 기도한다. 내 기도는 말로 표현되지 않으며, 반항적이고, 눈물도 없고, 자포자기적이고, 희망도 없다. 아무 일도 일어나지 않는다. 나는 아플 때까지 눈을 주먹으로 누른다. 한순간 어떤 얼굴이, 그다음에는 푸른 섬광이 보이는 듯하다. 그러나 이제 내가 유일하게 볼 수 있는 것은 그 심장이다. 바로 여기, 선명한 붉은색의 둥근 심장이 있다. 그리고 어두운 빛이, 빛을 발하는 벨벳과 같은 어두움이 그 주변을 감싸고 있다. 심장 한가운데서 금빛이 솟아나더니 이내 사라진다. 정말로 그 심장이다. 그 심장은 내 빨간 플라스틱 손가방처럼 보인다.

35장

지금은 3월 중순이다. 교실 창문에는 부활절 튤립이 피기 시작한다. 겨울은 이제 그 딱딱함과 광택을 잃기 시작했지만 땅에는 더러운 세공 장식인 양 아직도 눈이 남아 있다. 하늘이 흐려지고 낮게 내려앉는다.

우리는 습기 차고 흐린 잿빛 하늘이 낮게 드리운 가운데 집을 향해 걷는다. 축축하고 부드러운 눈송이가 하늘에서 내려와 지붕과 나뭇가지에 쌓이고, 이따금 젖은 무명이 떨어지듯 부드러운 "툭" 소리를 내며 눈 더미가 미끄러져 떨어진다. 바람은 불지 않고 소리는 눈 때문에 둔탁하게 들린다.

날씨는 춥지 않다. 나는 푸른색 손뜨개 털모자의 끈을 풀어 느슨하게 나부끼게 한다. 코딜리어는 장갑을 벗고 눈덩이를 만들어 나무와 전신주에 아무렇게나 던진다. 오늘은 그녀가 친절하게 대해 주는 날이다. 그녀는 나와 그레이스에게 팔짱을 낀다. 그리고 「누구도 우리를 멈출 수 없네」를 부르며 거리를 활보한다. 나도 노래를 부른다. 우리는 함께 깡충깡충 뛰고 눈 위에 미끄러진다.

예전에 눈이 내리는 것을 보며 느꼈던 행복감이 어느 정도 다시 찾아든다. 나는 입을 벌리고 떨어지는 눈을 먹는다. 나 자신이 다른 아이들처럼 웃도록 내버려 둔다. 내가 과연 웃을 수 있는지 시험해 본다. 내 웃음은 일종의 공연, 평범함을 부여잡으려는 시도다.

코딜리어는 앞마당의 텅 빈 하얀 잔디밭으로 몸을 던진 후, 눈 속에서 팔을 벌리고 그것을 머리 쪽으로 올렸다가 다시 옆구리 쪽으로 내려서 눈의 천사 형상을 만든다. 눈송이는 그녀의 얼굴과 웃고 있는 입속에 떨어져 더러는 녹고 더러는 눈썹에 들러붙는다. 그녀는 눈을 깜박이고, 눈이 들어가지 않도록 눈을 감는다. 한순간 그녀는 내가 알지 못하는 누구, 빛나는 미지의 좋은 기회를 가진 이방인처럼 보인다. 혹은 눈 위에 던져진 교통사고 희생자처럼 보이기도 한다.

코딜리어는 눈을 뜨고 눈에 젖어 붉어진 자기 손을 올려다본다. 우리는 그녀가 만든 눈의 천사 형상을 망가뜨리지 않도록 그녀를 잡아 일으킨다. 눈의 천사는 깃털로 된 듯한 날개와 아주 작은 머리를 가지고 있다. 손이 멈추었던 옆구리에는 작은 발톱처럼 손가락 자국이 찍혀 있다.

우리는 시간의 흐름을 잊어버렸다. 날이 점점 어두워진다. 우리는 나무다리로 향하는 거리를 뛰어간다. 심지어 그레이스

328

까지도 "기다려!"라고 외치며 둔중하게 뛴다. 처음으로 그녀가 뒤처지게 된 것이다.

코딜리어는 제일 먼저 언덕에 도착해서 내려가기 시작한다. 그녀는 미끄러져 내려가려고 하지만 눈이 충분히 얼지 않아 너무 부드럽다. 그리고 그 위에는 재와 자갈이 덮여 있다. 코딜리어는 넘어져서 밑으로 구른다. 우리는 그녀가 눈의 천사를 만들 때처럼 일부러 그런다고 생각한다. 우리는 신이 나서 숨을 몰아 쉬고 웃으면서 그녀에게 달려간다. 바로 그때 그녀가 일어선다.

우리는 웃음을 그친다. 코딜리어가 넘어진 것이 사고였으며, 일부러 그런 것이 아니라는 것을 그제야 알아차린다. 그녀는 모든 행동이 자기 뜻대로 되기를 원한다.

"너 다쳤니?"

캐럴이 묻는다. 목소리가 떨린다. 그녀는 두려워하고 있다. 이것이 심각한 사태라는 것을 알아차린 것이다. 코딜리어는 대답하지 않는다. 얼굴은 다시 굳어지고 눈은 악의로 가득 차 있다.

그레이스는 코딜리어 옆으로 자리를 옮겨 한발 물러나 내게 예의 그 딱딱한 미소를 지어 보인다.

코딜리어는 나를 향해 말한다. "너 웃고 있었니?" 자기가 넘어진 것을 보고 웃었는지를 묻는 것이라고 나는 풀이한다.

"아니." 내가 말한다.

"웃었어." 그레이스가 중립적인 목소리로 말한다. 캐럴은 나에게서 떨어져 길옆으로 자리를 옮긴다.

코딜리어가 말한다. "기회를 한 번 더 주겠어. 너 웃고 있었니?"

나는 말한다. "그래. 하지만……."

코딜리어가 말한다. "그렇다, 아니다로만 대답해."

나는 아무 말도 하지 않는다. 코딜리어는 마치 승인을 구하듯 그레이스를 넘겨다본다. 그녀는 어른들처럼 한숨을, 과장된 한숨을 내쉬고 말한다. "다시 거짓말을 하다니. 너를 어쩌면 좋지?"

우리는 그곳에 오랫동안 서 있었던 것 같다. 이제는 더 추워졌다. 코딜리어는 손을 뻗쳐서 내 모자를 채 간다. 그녀는 언덕 아래로 내려가 다리에서 잠시 머뭇거린다. 그러고는 난간 쪽으로 가서 내 모자를 협곡 아래로 떨어뜨린다. 그녀의 하얀 타원형 얼굴이 나를 향한다. "이리 와 봐." 코딜리어가 말한다.

그러니까 아무것도 바뀌지 않았던 것이다. 시간은 언제나 똑같은 방식으로 영원히 흐를 것이다. 내 웃음은 결국 가공의 것이었고, 단순히 공기를 갈망하는 것에 불과했다.

나는 언덕을 내려가 코딜리어가 서 있는 난간 옆으로 간다. 눈은 내 발 아래서 뽀드득 소리도 내지 않고 목화솜 포장지처럼 사그라진다. 그 소리는 충치 때우는 소리가 머릿속에 울려 퍼지는 것과 비슷하다. 평소에는 다리의 가장자리에 가는 것이 두렵지만, 지금은 두렵지 않다. 두려움같이 뚜렷한 감정을 느낄 수가 없기 때문이다.

"저기 네 바보 같은 모자가 있어." 코딜리어가 말한다. 그리고 저 아래쪽에, 이 박명 아래에서도 흰색 눈과 대조되어 여전히 푸른색으로 보이는 모자가 놓여 있다. "내려가서 네 모자를 줍는 게 어때?"

나는 그녀를 쳐다본다. 나쁜 남자들이 나온다는, 우리가 절대 내려가서는 안 되는 저 협곡에 나보고 내려가라고 하는 것이다. 문득 '내려가지 않는다면?' 하는 생각이 떠오른다. 그러면 그녀는 어떻게 할 것인가?

코델리아의 머릿속에도 그런 생각이 오가고 있는 것을 나는 알아차린다. 어쩌면 그녀는 너무 극단적인 행동을 한 것인지도, 그래서 드디어 내 마음 가장 근저에 위치한 저항심을 건드린 것인지도 모른다. 만일 내가 이번에 그녀의 명령을 거부한다면 나의 저항이 어디서 끝날지 누가 알겠는가? 나머지 둘은 언덕에서 내려와 다리 중간의 안전한 지점에서 지켜보고 있다.

"그럼 어서 해 봐. 그러면 용서받을 거야." 코딜리어는 좀 더 부드러운 목소리로, 명령이 아니라 격려하듯 말한다.

나는 저 아래로 내려가고 싶지 않다. 그것은 금지된 행동이며 위험한 짓이다. 날은 어둡고 언덕 비탈은 미끄러울 것이다. 다시 올라오기 어려울 수도 있다. 하지만 저 아래 내 모자가 있다. 모자 없이 집에 돌아가면 나는 그 이유를 설명하고 사실을 털어놓아야 한다. 내려가기를 거부한다면 코델리어는 다음에 어떤 짓을 할 것인가? 화를 내며 다시는 내게 말을 하지 않을지도 모른다. 나를 다리 아래로 밀어 버릴지도 모른다. 그녀는 그런 짓은 한 번도 한 적이 없다. 결코 때리거나 꼬집은 적도 없다. 그러나 내 모자를 던져 버린 이 마당에 어떤 행동을 할지 결코 알 수 없다.

나는 다리 끝까지 걸어간다. 코딜리어가 말한다. "모자를 줍거든 100까지 세렴. 올라오기 전에 말이야." 화난 목소리는 아니다. 놀이 규칙을 설명해 주는 사람처럼 들린다.

나는 나무의 가지와 몸통을 붙잡고 가파른 언덕 비탈을 내려가기 시작한다. 그곳의 길은 사실 길이라고 부를 만한 것도 못 된다. 그저 그곳을 오르내린 사람들의 발자국에 닿은 자리일 뿐. 남자아이들, 남자들. 여자아이들은 절대 아니다.

바닥의 헐벗은 나무들 사이에 도착해서 위를 올려다본다. 하늘을 배경으로 다리의 난간이 까맣게 모양을 드러내고 있다. 나를 내려다보고 있는 세 사람 머리의 어두운 윤곽을 볼 수 있다.

내 푸른 모자는 얼어붙은 시냇물에 떨어져 있다. 나는 눈 위에 서서 그것을 바라본다. 코딜리어 말이 맞다. 바보 같은 모자. 나는 그것을 바라보며 증오를 느낀다. 이 바보같이 보이는 모자는 내 것이며, 놀림을 받아 마땅하다. 다시는 쓰고 싶지 않다.

얼음 아래 어딘가에서 물 흐르는 소리가 들린다. 나는 시내에 들어서서 모자를 향해 손을 뻗쳐 그것을 들어 올리다가 얼음 속에 빠진다. 나는 허리까지 시냇물 속에 잠겨 있고, 부서진 얼음장이 주위에 솟아 있다.

추위가 몸을 훑고 지나간다. 덧신 속으로 물이 차 들어오고 그 안의 신발 역시 마찬가지다. 방한 바지는 흠뻑 젖었다. 아마도 나는 비명을 질렀거나 신음 소리를 흘렸을 것이다. 그러나 그 어떤 소리도 들은 기억이 없다. 나는 모자를 움켜쥐고 다리를 올려다본다. 아무도 없다. 그들은 가 버린 것이다. 도망가 버린 것이다. 그래서 내게 100까지 세라고 한 것이다. 그새 달아나 버리려고.

나는 발을 움직이려고 노력한다. 발은 장화에 찬 물 때문에 아주 무겁게 느껴진다. 원한다면 나는 그냥 계속해서 이곳에 서 있을 수도 있다. 이제는 정말 어두움이 내렸고, 땅을 덮고 있는 눈은 푸르도록 희다. 시냇물 속의 낡은 타이어와 녹슨 쓰레기 조각들이 눈에 덮여 있다. 주위에는 순수하고 고요한 푸른 아치들, 푸른 동굴들밖에 없다. 시냇물은 차갑고 평화롭다. 이 시냇물은 공동묘지에서, 무덤과 그 속에 묻혀 있는 뼈에서 곧바로 흘러나오는 것이다. 이것은 맑게 용해되어 버린 죽은 사람들로부터 나온 물이며, 나는 그 안에 서 있다. 움직이지 않으면 곧 이대로 얼어 버릴 것이다. 나 역시 죽은 사람이 될 것이다. 그들처럼, 평화롭고 맑게.

나는 물을 헤치며 걸어 나가고, 발걸음을 디딜 때마다 얼음 가장자리가 깨진다. 물에 흠뻑 젖은 덧신을 신고 걷기는 힘들다. 미끄러져서 물속에 완전히 잠겨 버릴 수도 있다. 나는 나뭇가지를 붙잡고 가까스로 시냇가로 나와서 푸른 눈 위에 앉아 덧신을 벗고 물을 쏟아 버린다. 외투는 팔꿈치까지 젖었고 장갑은 완전히 젖어 버렸다. 다리와 손은 칼로 찌르는 듯하고 고통으로 눈물이 흘러내린다.

불가능하리만치 높아 보이는 협곡 가장자리를 따라 서 있는 집들에서 빛이 흘러나온다. 이렇게 아픈 손발로 어떻게 언덕을 올라갈 수 있을지 모르겠다. 과연 집에 갈 수 있을지도 모르겠다.

머리가 까만 톱밥으로 차오르는 느낌이다. 까맣고 작은 알갱이들이 눈 안에서 떨어진다. 사진 음화에서처럼 눈송이는 까맣게 보인다. 눈은 이제 작은 알약만 한 싸락눈으로 바뀐다. 눈이 나뭇가지 사이로 내려오면서 살랑거리는 소리를 낸다. 붐비는 방에서 사람들이 소음을 내지 않으려고 애쓰며 자리를 옮기고 소곤거리는 소리같이. 이것은 물속에서 몰래 나와서 내 주위로 몰려든 죽은 자들이다. "쉿." 그들은 말한다.

나는 하늘을 보며 시내 옆에 누워 있다. 더 이상 아무 데도 아프지 않다. 하늘은 불그스름한 기를 띠고 있다. 다리가 달라 보인다. 더 높이 걸려 있는 것처럼 보이고, 마치 난간이 사라져 버렸거나 아니면 난간 사이가 다 메워진 것처럼 더 단단하게 느껴진다. 그리고 다리가 빛을 발하고, 그 주변에는 내가 이제까지 본 그 어떤 빛과도 다른 녹황빛의 무리가 있다. 나는 자세히 살펴보기 위해 일어나 앉는다. 물속에 있는 것처럼 몸이 가볍게 느껴진다.

누군가가 다리 위에 서 있다. 검은 윤곽이 보인다. 처음에는 코딜리어가 나를 데리러 온 것이라고 생각하지만 곧 그 사람이 아이가 아니라는 것을, 아이치고는 키가 너무 크다는 것을 알아차린다. 얼굴은 볼 수 없고 그저 형상만 보일 뿐이다. 머리 뒤쪽에서 노란색 도는 초록빛 줄기가 흘러나온다.

나는 일어나 집에 가야 한다는 것을 알고 있지만 이곳에,

눈 속에, 작은 눈송이가 얼굴을 부드럽게 쓰다듬는 가운데 머물러 있는 것이 더 편안하게 느껴진다. 게다가 매우 졸리다. 나는 눈을 감는다.

누군가가 말을 건네는 소리가 들린다. 누군가를 부르는 듯한 목소리, 입을 가리고 말하는 것처럼 매우 나직한 목소리다. 내가 이 소리를 정말로 들었는지조차 잘 모르겠다. 나는 억지로 눈을 뜬다. 다리에 서 있던 그 사람은 난간을 뚫고 움직인다. 아니, 그 안으로 녹아 없어진다. 그 사람은 여자다. 이제 긴 치마가 보인다. 아니, 긴 외투인가? 그녀는 다리 아래로 추락하지 않고 마치 걷는 것처럼 나를 향해 온다. 그러나 그곳에는 디딜 수 있는 곳이 전혀 없다. 나는 무서워할 기운조차 없다. 혼수상태로 눈 위에 누워서 둔한 호기심으로 그녀를 바라본다. 나도 저렇게 허공을 걸을 수 있었으면 좋겠다.

이제 그녀는 아주 가까이 다가온다. 하얗게 빛나는 얼굴과 머리에 두른 검은 스카프, 아니면 후드를 볼 수 있다. 아니, 머리칼인가? 그녀가 내게 팔을 내밀자 기쁨이 솟구친다. 반쯤 열린 외투 안에서 붉은 무엇이 언뜻 내비친다. '그녀의 심장이로구나.' 나는 생각한다. 심장일 것이다. 몸 바깥에서 네온처럼, 석탄처럼 타오르는.

이제 더 이상 그녀를 볼 수 없다. 그러나 내 주변에서 그녀를 느낄 수 있다. 나를 안아 주는 팔처럼 구체적인 것이 아니라 따뜻하고 작은 바람 같은 그녀의 존재를. 그녀는 내게 무슨 말을 한다.

"이제 집에 가도 된단다. 모든 것이 괜찮을 거야. 집으로 가렴." 그녀가 말한다.

목소리는 크지 않다. 그러나 그녀는 정말로 그렇게 말한다.

36장

다리 위의 빛은 사라져 버렸다. 어둠 속에서 싸락눈이 살랑거리며 내리는 가운데, 나는 나뭇가지와 몸통을 붙잡고 단단히 다져진 눈 위에서 미끄러져 가며 언덕을 올라온다. 아무 데도 아프지 않다. 심지어 발이나 손조차도. 몸이 마치 날아갈 것 같다. 작은 바람이 나와 함께 움직이고 따뜻한 손길이 얼굴을 어루만진다.

내가 본 것이 누구인지 나는 알고 있다. 의심의 여지 없이 그 사람은 동정녀 마리아다. 기도할 때조차 나는 그녀가 실제로 존재하는지 확신할 수 없었다. 그러나 이제는 그녀가 진정으로 존재한다는 것을 안다. 어느 누가 그렇게 공중을 걸을 수 있겠는가? 어느 누가 그토록 불타오르는 심장을 가지고 있겠는가? 푸른색 드레스나 왕관이 없었던 건 사실이다. 그녀의 드레스는 검은색으로 보였다. 그러나 그때는 어스름 녘이었다. 어쩌면 왕관이 있었는데도 보지 못했을 수도 있다. 그녀는 다른 옷, 다른 드레스를 입고 있었을 수도 있다. 그런 것은 중요하지 않다. 그녀는 나를 구하러 온 것이다. 내가 눈 속에서 얼어 죽기를 바라지 않았던 것이다. 그녀는 여전히 나와 함께 있으며, 보이지 않지만 나를 따스함과 고통 없음으로 감싸 주고 있다. 그녀는 나의 기도를 들은 것이다.

나는 이제 큰길로 올라왔다. 집들에서 흘러나오는 빛은 이제 내 위 양쪽에서 더 가깝게 빛나고 있다. 눈이 떠지지 않는다. 똑바로 걷지도 못한다. 그러나 내 발은 한 발짝씩 계속 움직이고 있다.

앞쪽에 거리가 펼쳐져 있다. 거기서 매우 빨리 걸어오는 어머니의 모습이 보인다. 코트 단추도 채우지 않았고, 머리에 머플러도 두르지 않았으며, 제대로 꿰어 신지 않은 덧신에서는 찰싹거리는 소리가 난다. 나를 보자 어머니가 뛰어오기 시작한다. 나는 그대로 멈춰 서서, 코트 자락을 휘날리며 불편한 덧신을 신고 뛰어오는 어머니의 모습을 아무 상관도 없는 사람인 양, 달리기 경주를 하는 사람인 양 바라본다. 어머니는 가로등 아래 서 있는 내게 달려오고 나는 커다랗고 눈물로 젖은 그녀의 눈을, 싸락눈이 먼지처럼 앉은 머리를 쳐다본다. 어머니는 장갑도 끼지 않고 있다. 그녀는 팔을 벌려 나를 안는다. 그와 동시에 동정녀 마리아가 사라진다. 아픔과 추위가 다시 솟구친다. 나는 심하게 떨기 시작한다.

나는 말한다. "시내에 빠졌어요. 모자를 주우려고 했거든요."

내 목소리는 둔탁하고, 말소리가 분명하지 않다. 혀에 무슨 이상이 생긴 것 같다.

어머니는 어디 있었냐거나 왜 이렇게 늦었냐고 하지 않는 다. 그저 이렇게 묻는다. "네 덧신은 어디에 있니?" 그것은 저 아래 협곡에, 눈에 덮여 있다. 나는 덧신에 대해, 그리고 모자 에 대해서도 까맣게 잊어버렸다.

"다리 아래로 떨어져 버렸어요."

나는 말한다. 이 거짓말을 최대한 빨리 끝내 버려야 한다. 코딜리어에 대한 진실을 말하는 것은 여전히 생각조차 할 수 없다.

어머니는 코트를 벗어서 내게 둘러 준다. 어머니의 입은 경 직되어 있고 얼굴에는 두려움과 분노가 함께 어려 있다. 그것 은 오래전 북쪽에 살던 때, 우리가 실수로 상처를 입거나 했 을 때 떠오르곤 했던 표정이다. 어머니는 내 팔을 붙잡고 빨리 걷도록 재촉한다. 걸음을 내디딜 때마다 발에서 통증이 느껴 진다. 협곡으로 내려갔다고 야단을 맞게 될지 궁금하다.

집에 도착하자 어머니는 젖어서 반쯤 얼어 버린 내 옷을 벗 기고 미지근한 물로 목욕을 시킨다. 어머니는 내 손가락과 발 가락과 코와 귓불을 주의 깊게 살핀다.

"그레이스와 코딜리어는 어디 있었니? 그 애들도 네가 시내 에 빠지는 것을 봤니?" 어머니가 내게 묻는다.

나는 말한다. "아니요, 걔들은 거기 없었어요."

내가 무슨 말을 하든 어머니가 그 아이들 어머니들에게 전화를 걸 작정이라는 것을 알 수 있다. 그러나 그런 것에 신경을 쓰기에는 나는 너무 피곤하다.

"숙녀분이 나를 도와줬어요." 나는 말한다.

"어떤 숙녀분?"

어머니가 묻는다. 하지만 나는 있는 그대로 이야기할 만큼 멍청하지 않다. 그 사람이 정말 누구였는지 말한다 해도 아무도 믿지 않을 것이다.

"그냥 숙녀분이요." 내가 말한다.

어머니는 동상에 걸리지 않아 다행이라고 말한다. 나는 동상에 대해 알고 있다. 음주에 대한 벌로 손가락과 발가락이 떨어져 버리는 것이다. 어머니는 우유를 많이 넣은 차를 내게 먹인 후 나를 침대에 눕히고, 뜨거운 물이 든 병과 플란넬 이불을 갖다주고 담요 두 장을 더 덮어 준다. 나는 여전히 떨고 있다. 아버지가 돌아오고, 부모님이 복도에 서서 낮고 염려스러운 목소리로 이야기를 나누는 것이 들린다. 그런 후 아버지가 방으로 들어와 내 이마에 손을 얹어 보고는 그림자로 사라진다.

나는 학교 밖의 거리에서 달리는 꿈을 꾼다. 나는 뭔가 잘못을 저질렀다. 때는 가을이며, 잎사귀들은 불타는 듯한 색깔이다. 많은 사람들이 내 뒤를 쫓는다. 그들은 고함치고 있다.

보이지 않는 손이 내 손을 잡고 위쪽으로 이끌어 준다. 공중에 계단이 있고 나는 그 위를 걸어 올라간다. 다른 이들은 계단이 어디 있는지 보지 못한다. 이제 나는 공중에, 올려다보는 얼굴들이 미칠 수 없는 곳에 서 있다. 그들은 여전히 고함치고 있지만 나는 더 이상 그 소리를 들을 수 없다. 그들의 입은 마치 물고기 입처럼 아무 소리 없이 열리고 닫힐 뿐이다.

나는 학교에 이틀 동안 결석한다. 첫날, 나는 침대에 누워 열의 매끄럽고 섬세한 투명함 속을 떠다닌다. 이틀째가 되자 이윽고 무슨 일이 일어났는지 생각하기 시작한다. 나는 코딜리어가 내 푸른 손뜨개 모자를 다리 너머로 던지던 것과, 얼음장 사이로 물에 빠졌던 것과, 어머니가 머리에 싸락눈을 맞은 채 내게로 달려오던 것을 기억한다. 이 일들은 확실하지만, 그 중간중간에 흐릿한 공간이 남아 있다. 죽은 사람들과 외투를 입은 여자가 그 공간 속에 있다. 그러나 그들은 그저 꿈처럼 존재한다. 이제는 그 여자가 정말 동정녀 마리아였는지 확신할 수 없다. 믿기는 하지만 더 이상 알 수는 없다.

나는 캐럴이 현관문의 편지 구멍으로 밀어 넣은 바이올렛 꽃 문양의 회복 기원 카드를 받는다. 주말에는 코딜리어가 전화를 건다. 그녀는 말한다. "네가 시내에 빠졌는지 몰랐어. 기다리지 않아서 미안해. 네가 우리 바로 뒤에 따라오는 줄 알았어." 그녀의 목소리는 조심스럽고 정확하며 외운 것을 읊는 듯 뉘우치는 기색이 없다.

나와 마찬가지로 코딜리어 역시 실제로 무슨 일이 일어났는지 숨기고 있다는 것을 나는 안다. 그녀가 사과를 하도록 강요받았으며, 이후에 내가 그 대가를 치러야 한다는 것도 안다. 그러나 코딜리어는 이전에는 한 번도 내게 사과한 적이 없었다. 거짓일지언정 그녀의 사과는 나를 더 강하게 만드는 것이 아니라 더 약하게 만든다. 나는 응답할 만한 적당한 말을 찾지 못한다. "괜찮아." 나는 가까스로 말한다. 진심으로 말한 것이다.

학교로 돌아가자 코딜리어와 그레이스는 정중하지만 서먹서먹하게 대한다. 캐럴은 보다 확연하게 두려움을, 혹은 흥미를 나타낸다. 우리가 종이 치기를 기다리며 두 사람씩 줄을 서 있을 때 캐럴이 속삭인다. "네가 거의 얼어 죽을 뻔했다고 우리 어머니가 그러시더라. 나는 머리솔빗으로 얻어맞았어. 정말로 맞았다고."

잔디밭의 눈이 녹기 시작한다. 교실 바닥과 집의 부엌에 진흙 발자국이 다시 나타난다. 코딜리어는 경계하는 모습으로 내 주위를 맴돈다. 학교에서 집으로 돌아오는 길에 나를 바라보고 있는 그녀의 눈과 내 눈이 마주친다. 대화는 부자연스럽게 자연스러움을 가장하고 있다. 우리는 가게에 들러 감초 끈을 산다. 캐럴이 돈을 낸다. 감초를 빨아 먹으며 걸어오는데 코딜리어가 말한다.

"나는 우리를 고자질한 죄로 일레인이 벌을 받아야 한다고 생각해. 너희는 그렇게 생각하지 않니?"

"난 고자질하지 않았어."

내가 말한다. 예전에 그런 부당한 비난을 받으면 그랬던 것처럼 배 속이 가라앉는 느낌이 들거나 애써 울음을 참거나 하지 않는다. 내 목소리는 단호하고 침착하고 이성적이다.

"내 말에 반박하지 마. 그러면 왜 너희 어머니가 우리 어머니한테 전화를 거셨니?" 코딜리어가 말한다.

"그래, 어떻게?" 캐럴이 거든다.

"나는 모르는 일이고, 상관도 하지 않을 거야." 내가 말한다. 나는 스스로에게 놀란다.

"너 정말 오만하구나. 그 아니꼬운 웃음 당장 그치지 못하겠어?" 코딜리어가 말한다.

나는 여전히 두려움에 휩싸인 겁쟁이다. 그 어떤 것도 변하지 않았다. 그러나 나는 몸을 돌려 걸어가 버린다. 이것은 공기가 나를 받쳐 주리라고 믿으면서 절벽에서 뛰어내리는 것과 흡사하다. 그리고 공기는 나를 받쳐 준다. 나는 코딜리어의 말대로 하지 않아도 된다는 것을, 그리고 좋은 일인지 나쁜 일인지 모르겠지만, 이제까지 그녀의 말대로 할 필요가 없었다는 것을 깨닫는다. 나는 내가 원하는 대로 할 수 있다.

"감히 우리를 무시하고 가 버리다니. 당장 이리 돌아와!"

코딜리어가 뒤에서 소리친다. 나는 이제 그녀가 하는 말의 정체를 정확하게 파악한다. 그것은 모방이며 연기일 뿐이다. 훨씬 더 나이 많은 누군가를 흉내 내는 것에 불과하다. 그것은 놀이다. 내가 개선해야 할 점은 아무것도 없었다. 그것은 언제나 놀이였으며, 나는 속임을 당한 것이다. 나는 바보 같았다. 그들에게만큼이나 나 자신에게 화가 치민다.

"접시 더미가 열 개 있어."

그레이스가 말한다. 예전 같으면 나는 그 말에 위축되었을 것이다. 이제는 바보스러운 짓이라고 생각한다.

나는 계속해서 걷는다. 대담함과 현기증이 느껴진다. 그들
은 내 가장 친한 친구들이 아니며 심지어 친구도 아니다. 나를
그들에게 붙들어 매는 것은 아무것도 없다. 나는 자유롭다.

그들은 날 따라오면서 내가 걷는 방식에 대해, 내가 뒤에서
어떻게 보이는지에 대해 비판한다. 뒤돌아서면 그들이 나를
흉내 내고 있는 것이 보일 것이다. "건방진 것! 건방진 것!" 그
들이 외친다. 나는 그 속에서 증오뿐 아니라 필요를 들을 수
있다. 그들은 나를 필요로 하지만 나는 더 이상 그들이 필요
하지 않다. 나는 그들에게 무관심하다. 내 안에는 단단하고 투
명한 무엇이, 유리로 된 핵 같은 것이 존재한다. 나는 감초를
먹으며 길을 건너 계속 걷는다.

나는 주일 학교에 가지 않는다. 방과 후에 그레이스나 코딜
리어, 심지어는 캐럴과도 놀지 않는다. 더 이상 다리를 건너 집
으로 돌아오지 않고, 공동묘지를 지나가는 더 먼 길을 이용한
다. 그들이 무리를 지어 뒷문으로 나를 데리러 오면 나는 바쁘
다고 말한다. 그들은 나를 다시 불러들이기 위해 친절을 베풀
지만 나는 더 이상 흔들리지 않는다. 마치 그들의 마음을 꿰
뚫어 보는 것처럼 그들 눈에 어린 탐욕을 볼 수 있다. 왜 이전
에는 이렇게 하지 못했던가?

나는 주인 없는 오빠 방에서 만화책을 읽으며 많은 시간을
보낸다. 나도 고층 건물에 올라가고, 망토를 두르고 날아다니
고, 손끝으로 금속을 뚫고, 가면을 쓰고, 벽을 투시할 수 있었
으면 좋겠다. 나도 사람들을, 범죄자들을, 빨갛고 노란 빛을 뿜

는 주먹으로 때려눕히고 싶다. "퍽!" "탁!" "크윽!" 내가 그런 일을 할 의지가 있다는 것을 알고 있다. 어떤 식으로든 그런 일을 하고 싶다.

학교에서 나는 질이라는 다른 여자아이를 사귄다. 그녀는 다른 종류의 놀이들, 나무와 종이로 하는 놀이들에 관심이 많다. 우리는 그녀의 집에 가서 올드 메이드, 스냅 같은 카드 놀이나 픽업스틱스[52] 같은 놀이를 한다. 그레이스와 코딜리어와 캐럴은 내 삶의 언저리를 서성거리며 나를 꾀려 하고, 조롱한다. 그들의 존재는 날이 갈수록 더 흐릿해지며 점점 더 실체가 없어진다. 나는 그들에게 귀를 거의 기울이지 않기 때문에 그들의 소리를 거의 들을 수 없다.

(2권에 계속)

---

52) 끝에 여러 가지 색이 칠해진 가는 나무 막대기를 수십 개 바닥에 흩어놓고 나머지 막대는 건드리지 않으면서 하나씩 집어 올리는 놀이다.

세계문학전집 **424**

고양이 눈 1

1판 1쇄 펴냄 2007년 12월 28일
2판 1쇄 펴냄 2010년 3월 12일
3판 1쇄 찍음 2023년 10월 13일
3판 1쇄 펴냄 2023년 10월 20일

지은이 마거릿 애트우드
옮긴이 차은정
발행인 박근섭, 박상준
펴낸곳 (주)민음사

출판등록 1966. 5. 19. (제 16-490호)
서울특별시 강남구 도산대로1길 62(신사동) 강남출판문화센터 5층 (우편번호 06027)
대표전화 02-515-2000 팩시밀리 02-515-2007
www.minumsa.com

한국어 판 © (주) 민음사, 2007, 2010, 2023. Printed in Seoul, Korea

ISBN 978-89-374-6424-9 04800
ISBN 978-89-374-6000-5 (세트)

세계문학전집 목록

세계문학전집은 계속 간행됩니다.